Benito Pérez Galdós

Episodios nacionales I
La corte de Carlos IV

Barcelona **2024**
Linkgua-ediciones.com

Créditos

Título original: Episodios nacionales I. La corte de Carlos IV.

© 2024, Red ediciones S.L.

e-mail: info@linkgua-ediciones.com

Diseño de cubierta: Michel Mallard.

ISBN tapa dura: 978-84-1126-435-8.
ISBN rústica: 978-84-9007-282-0.
ISBN ebook: 978-84-9007-244-8.

Sumario

Brevísima presentación

La obra

La corte de Carlos IV es la segunda novela de la primera serie de los *Episodios Nacionales* de Benito Pérez Galdós.

El protagonista, el joven Gabriel Araceli, tras participar en la batalla de Trafalgar, llega a Madrid a finales de 1805 como ayudante de Pepita González, actriz cómica teatral. En la capital, Gabriel se enamora de la joven Inés, una costurera de catorce años que vive con su madre viuda. Gabriel sueña con hacer fortuna y casarse con Inés. Gracias a su trabajo para Pepita González, Gabriel consigue ponerse al servicio de la condesa Amaranta y así entra en contacto con el mundo de la corte madrileña, donde las intrigas y las conspiraciones están a la orden del día. De ese modo será testigo de la frustrada conspiración del príncipe Fernando contra su padre, el Rey Carlos IV. Al final del episodio, Gabriel reniega de la vida cortesana que se le ofrece, puesto que prefiere una honrada vida de pobreza al lado de su querida Inés. Pero la intriga queda abierta para próximas entregas cuando descubre que la joven amada es la hija no reconocida de la condesa Amaranta, y por tanto pertenece a la nobleza.

I

Sin oficio ni beneficio, sin parientes ni habientes, vagaba por Madrid un servidor de ustedes, maldiciendo la hora menguada en que dejó su ciudad natal por esta inhospitalaria Corte, cuando acudió a las páginas del *Diario* para buscar ocupación honrosa. La imprenta fue mano de santo para la desnudez, hambre, soledad y abatimiento del pobre Gabriel, pues a los tres días de haber entregado a la publicidad en letras de molde las altas cualidades con que se creía favorecido por la Naturaleza le tomó a su servicio una cómica del Teatro del príncipe, llamada Pepita González o la González. Esto pasaba a fines de 1805; pero lo que voy a contar ocurrió dos años después, en 1807, y cuando yo tenía, si mis cuentas son exactas, dieciséis años, lindando ya con los diecisiete.

Después os hablaré de mi ama. Ante todo debo decir que mi trabajo, si no escaso, era divertido y muy propio para adquirir conocimiento del mundo en poco tiempo. Enumeraré las ocupaciones diurnas y nocturnas en que empleaba con todo el celo posible mis facultades morales y físicas. El servicio de la histrionisa me imponía los siguientes deberes:

Ayudar al peinado de mi ama, que se verificaba entre doce y una, bajo los auspicios del maestro Richiardini, artista de Nápoles, a cuyas divinas manos se encomendaban las principales testas de la Corte.

Ir a la calle del Desengaño en busca del *Blanco de perla*, del *Elixir de Circasia*, de la *Pomada a la Sultana*, o de los *Polvos a la Marechala*, drogas muy ponderadas que vendía un monsieur Gastan, el cual recibiera el secreto de confeccionarlas del propio alquimista de María Antonieta.

Ir a la calle de la Reina, número 21, cuarto bajo, donde existía un taller de estampación para pintar telas, pues en aquel tiempo los vestidos de seda, generalmente de color claro, se pintaban según la moda, y cuando ésta pasaba, se volvía a pintar con distintos ramos y dibujos, realizando así una alianza feliz entre la moda y la economía, para enseñanza de los venideros tiempos.

Llevar por las tardes una olla con restos de puchero, mendrugos de pan y otros despojos de comida a don Luciano Francisco Comella, autor de comedias muy celebradas, el cual se moría de hambre en una casa de la calle de la Berenjena, en compañía de su hija, que era jorobada y le ayudaba en los trabajos dramáticos.

Limpiar con polvos la corona y el cetro que sacaba mi ama haciendo de reina de Mongolia en la representación de la comedia titulada *Perderlo todo en un día por un ciego y loco amor, y falso Czar de Moscovia*.

Ayudarla en el estudio de sus papeles, especialmente en el de la comedia *Los inquilinos de sir John, o la familia de la India, Juanito y Coleta*, para lo cual era preciso que yo recitase la parte de *Lord Lulleswing*, a fin de que ella comprendiese bien el de *milady Pankoff*.

Ir en busca de la litera que había de conducirla al teatro y cargarla también cuando era preciso.

Concurrir a la cazuela del teatro de la Cruz, para silbar despiadadamente *El sí de las niñas*, comedia que mi ama aborrecía, tanto por lo menos, como a las demás del mismo autor.

Pasearme por la plazuela de Santa Ana, fingiendo que miraba las tiendas, pero prestando disimulada y perspicua atención a lo que se decía en los corrillos allí formados por cómicos o saltarines, y cuidando de pescar al vuelo lo que charlaban los de la Cruz en contra de los del Príncipe.

Ir en busca de un billete de balcón para la plaza de toros, bien al despacho, bien a la casa del banderillero Espinilla, que le tenía reservado para mi ama, cual obsequio de una amistad tan fina como antigua.

Acompañarla al teatro, donde me era forzoso tener el cetro y la corona cuando ella entraba después de la segunda escena del segundo acto, en *El falso Czar de Moscovia*, para salir luego convertida en reina, confundiendo a Osloff y a los magnates, que la tenían por buñolera de esquina.

Ir a avisar puntualmente a los *mosqueteros* para indicarles los pasajes que debían aplaudir fuertemente en la comedia y en la tonadilla, indicándoles también la función que preparaban *los de allá* para que se apercibieran con patriótico celo a la lucha.

Ir todos los días a casa de Isidoro Máiquez con el aparente encargo de preguntarle cualquier cosa referente a vestidos de teatro; pero con el fin real de averiguar si estaba en su casa cierta y determinada persona, cuyo nombre me callo por ahora.

Representar un papel insignificante, como de paje que entra con una carta, diciendo simplemente: *tomad*, o de *hombre del pueblo primero*, que exclama al presentarse la multitud ante el rey: *Señor, justicia, o a tus reales plantas, coronado apéndice del Sol.* (Esta clase de ocupación me hacía dichoso por una noche.)

Y por este estilo otras mil tareas, ejercicios y empleos que no cito, porque acabaría tarde, molestando a mis lectores más de lo conveniente. En el transcurso de esta puntual historia irán saliendo mis proezas, y con ellas los diversos y complejos servicios que presté. Por ahora voy a dar a conocer a mi ama, la sin par Pepita González, sin omitir nada que pueda dar perfecta idea del mundo en que vivía.

Mi ama era una muchacha más graciosa que bella, si bien aquella primera calidad resplandecía en su persona de un modo tan sobresaliente que la presentaba como perfecta sin serlo. Todo lo que en lo físico se llama hermosura y cuanto en lo moral lleva el nombre de expresión, encanto, coquetería, monería, etc., estaba reconcentrado en sus ojos negros, capaces por sí solos de decir con una mirada más que dijo Ovidio en su poema sobre el arte que nunca se aprende y que siempre se sabe. Ante los ojos de mi ama dejaba de ser una hipérbole aquello de *combustibles áspides y flamígeros ópticos disparos*, que Cañizares Añorbe aplicaban a las miradas de sus heroínas.

Generalmente de los individuos que conocimos en nuestra niñez recordamos o los accidentes más marcados de su persona, o algún otro, que a pesar de ser muy insignificante, queda sin embargo grabado de un modo indeleble en nuestra memoria. Esto me pasa a mí con el recuerdo de la González. Cuando la traigo al pensamiento, se me representan clarísimamente dos cosas, a saber: sus ojos incomparables y el taconeo de sus zapatos, *abreviadas cárceles de sus lindos pedestales*, como dirían Valladares o Moncín.

No sé si esto bastará para que ustedes se formen idea de mujer tan agraciada. Yo, al recordarla, veo yo aquellos grandes ojos negros, cuyas miradas resucitaban un muerto, y oigo el *tip-tap* de su ligero paso. Esto basta para hacerla resucitar en el recinto oscuro de mi imaginación, y, no hay duda, es ella misma. Ahora caigo en que no había vestido, ni mantilla, ni lazo, ni garambaina que no le sentase a maravilla; caigo también en que sus movimientos tenían una gracia especial, un cierto no sé qué, un encanto indefinible, que podrá expresarse cuando el lenguaje tenga la riqueza suficiente para poder designar con una misma palabra la malicia y el recato, la modestia y la provocación. Esta rarísima antítesis consiste en que nada hay más hipócrita que ciertas formas de compostura o en que la malignidad ha descubierto que el mejor medio de vencer a la modestia es imitarla.

Pero sea lo que quiera, lo cierto es que la González electrizaba al público con el airoso meneo de su cuerpo, su hermosa voz, su patética declamación en las obras sentimentales, y su inagotable sal en las cómicas. Igual triunfo tenía siempre que era vista en la calle por la turba de sus admiradores y mosqueteros, cuando iba a los toros en calesa o simón, o al salir del teatro en silla de mano. Desde que veían asomar por la ventanilla el risueño semblante, guarnecido por los encajes de la blanca mantilla, la aclamaban con voces y palmadas diciendo: «Ahí va toda la gracia del mundo, viva la sal de España», u otras frases del mismo género. Estas ovaciones callejeras, les dejaban a ellos muy satisfechos, y también a ella, es decir a nosotros, porque los criados se apropian siempre los triunfos de sus amos.

Pepita era sumamente sensible, y según mi parecer, de sentimientos muy vivos y arrebatados, aunque por efecto de cierto disimulo tan sistemático en ella, que parecía segunda naturaleza, todos la tenían por fría. Doy fe además de que era muy caritativa, gustando de aliviar todas las miserias de que tenía noticia. Los pobres asediaban su casa, especialmente los sábados, y una de mis más trabajosas ocupaciones consistía en repartirles ochavos y mendrugos, cuando no se los llevaba todos el señor de Comella, que se comía los codos de hambre, sin dejar de ser el *asombro de los siglos*, y el primer dramático del mundo. La González vivía en una casa sin más compañía que la de su abuela, la octogenaria doña Dominguita y dos criados de distinto sexo que la servíamos.

Y después de haber dicho lo bueno, ¿se me permitirá decir lo malo, respecto al carácter y costumbres de Pepa González? No, no lo digo. Téngase en cuenta, en disculpa de la muchacha ojinegra, que se había criado en el teatro, pues su madre fue *parte de por medio* en los ilustres escenarios de la Cruz y los Caños, mientras su padre tocaba el contrabajo en los Sitios y en la Real Capilla. De esta infeliz y mal avenida coyunda nació Pepita, y excuso decir que desde la niñez comenzó a aprender el oficio, con tal precocidad, que a los doce años se presentó por primera vez en escena, desempeñando un papel en la comedia de Don Antonio Frumento *Sastre, rey y reo a un tiempo, o el sastre de Astracán*. Conocida, pues, la escuela, los hábitos poco austeros de aquella alegre gente, a quien el general desprecio autorizaba en cierto modo para ser peor que los demás, ¿no sería locura exigir de mi ama una rigidez de principios, que habrían sido suficientes, en las circunstancias de su vida, para asegurarle la canonización?

Réstame darla a conocer como actriz. En este punto debo decir tan solo que en aquel tiempo me parecía excelente: ignoro el efecto que su declamación produciría en mí, si hoy la viera aparecer en el escenario de cualquiera de nuestros teatros. Cuando mi ama estaba en la plenitud de sus triunfos, no tenía rivales temibles con quienes luchar. María del Rosario Fernández, conocida por la *Tirana*, había muerto el año 1803. Rita Luna, no menos famosa que aquélla, se había retirado de la escena en 1806; María Fernández, denominada la *Caramba*, también había desaparecido. La Prado, Josefa Virg, María Ribera, María García y otras de aquel tiempo, no poseían extraordinarias cualidades: de modo que si mi ama no sobresalía de un modo notorio sobre las demás, tampoco su estrella se oscurecía ante el brillo de ningún astro enemigo. El único que entonces atraía la atención general y los aplausos de Madrid entero era Máiquez, y ninguna actriz podía considerarle como rival, no existiendo generalmente el antagonismo y la emulación sino entre los dioses de un mismo sexo.

Pepa González estaba afiliada al bando de los anti-Moratinistas, no solo porque en el círculo por ella frecuentado abundaban los enemigos del insigne poeta, sino también porque personalmente tenía no sé qué motivos de irreconciliable inquina contra él. Aquí tengo que resignarme a apuntar una observación que por cierto favorece bien poco a mi ama; pero como para mí la verdad es lo primero, ahí va mi parecer, mal que pese a los manes de Pepita González. Mi observación es que la actriz del Príncipe no se distinguía por su buen gusto literario, ni en la elección de obras dramáticas, ni tampoco al escoger los libros que daban alimento a su abundante lectura. Verdad es que la pobrecilla no había leído a Luzán, ni a Mortiano, ni tenía noticia de la sátira de Jorge Pitillas, ni mortal alguno se había tomado el trabajo de explicarle a Batteux ni a Blair, pues cuantos se acercaron a ella, tuvieron siempre más presente a Ovidio que a Aristóteles y a Bocaccio más que a Despreaux.

Por consiguiente, mi señora formaba bajo las banderas de don Eleuterio Crispín de Andorra, con perdón sea dicho de cejijuntos Aristarcos. Y es que ella no veía más allá, ni hubiera comprendido toda la jerigonza de las reglas, aunque se las predicaran frailes descalzos. Es preciso advertir que el abate Cladera, de quien parece ser fidelísimo retrato el célebre don Hermógenes, fue amigote del padre de nuestra heroína, y sin duda aquel gracioso pedantón echó en su entendimiento durante la niñez, la semilla de los principios, que en otra cabeza dieron por fruto *El gran cerco de Viena*.

Ello es que mi ama gustaba de las obras de Comella, aunque últimamente, visto el descrédito en que había caído este Dios del teatro, al despeñarse en la miseria desde la cumbre de su popularidad, no se atrevía a confesarlo delante de literatos y gente ilustrada. Como tuve ocasión de observar, atendiendo a sus conversaciones y poniendo atención a sus preferencias literarias, le gustaban aquellas comedias en que había mucho jaleo de entradas y salidas, revista de tropas, niños hambrientos que piden la teta, decoración de *gran plaza con arco triunfal a la entrada*, personajes muy barbudos, tales como irlandeses, moscovitas o escandinavos, y un estilo mediante el cual podía decir la dama en cierta situación de apuro: *«estatua viva soy de hielo:»* o *«rencor, finjamos... encono, no disimulemos... cautela, favorecedme.»*

Recuerdo que varias veces la oí lamentarse de que el nuevo gusto hubiera alejado de la escena diálogos concertados como el siguiente, que pertenece si mal no recuerdo a la comedia *La mayor piedad de Leopoldo el Grande:*

Margarita:	Vamos, Amor...
Nadasti:	Odio...
Zrin:	Duda...
Carlos:	Horror...
Alburquerque:	Confusión...
Ulrica:	Martirio...
Los seis:	Vamos a esperar que el tiempo diga lo que tú no has dicho.

Como este género de literatura iba cayendo en desuso, rara vez tenía mi ama el gusto de ver en la escena a *Pedro el Grande en el sitio de Pultowa*, mandando a sus soldados que comieran caballos crudos y sin sal; y prometiendo él por su parte almorzar piedras antes que rendir la plaza. Debo advertir que esta preferencia más consistía en una tenaz obstinación contra los Moratinistas que en falta de luces para comprender la superioridad de la nueva escuela, y en que mi ama, rancia e intransigente española por los cuatro costados, creía que las reglas y el buen gusto eran malísimas cosas solo por ser extranjeras, y que para dar muestras de españolismo bastaba abrazarse, como a un lábaro santo, a los despropósitos de nuestros poetas calagurritanos. En cuanto a Calderón y a Lope de Vega, ella los tenía por admirables, solo porque eran despreciados por los clásicos.

De buena gana me extendería aquí haciendo algunas observaciones sobre los partidos literarios de entonces y sobre los conocimientos del pueblo en general y de los que se disputaban su favor con tanto encarnizamiento; pero temo ser pesado y apartarme de mi principal objeto, que no es discutir con pluma académica sobre cosas, tal vez mejor conocidas por el lector que por mí. Quédese en el tintero lo que no es del caso, y volvamos, una vez que dejo consignado el gusto de mi ama, que hoy afearía a cualquier marquesa, artista o virtuosa de lo que llaman el gran mundo; pero que entonces no era bastante a oscurecer ninguna de las gracias de su persona.

Ya la conocen ustedes Pues bien; voy a contar lo que me he propuesto... pero ¡por vida de!... ahora caigo en que no debo seguir adelante sin dar a conocer el papel que, por mi desgracia, desempeñé en el ruidoso estreno de *El sí de las niñas*, siendo causa de que la tirantez de relaciones entre mi ama y Moratín se aumentara hasta llegar a una solemne ruptura.

II

El hecho es anterior a los sucesos que me propongo narrar aquí; pero no importa. *El sí de las niñas* se estrenó en enero de 1806. Mi ama trabajaba en los *Caños del Peral*, porque el Príncipe, incendiado algunos años antes, no estaba aún reedificado. La comedia de Moratín leída varias veces por éste en las reuniones del príncipe de la Paz y de Tineo, se anunciaba como un acontecimiento literario que había de rematar gloriosamente su reputación. Los enemigos en letras que eran muchos, y los envidiosos, que eran más, hacían correr rumores alarmantes, diciendo que la tal obra era un comedión más soporífero que *La mojigata*, más vulgar que *El barón* y más anti-español que *El café*. Aún faltaban muchos días para el estreno, y ya corrían de mano en mano sátiras y diatribas, que no llegaron a imprimirse. Hasta se tocaron registros de pasmoso efecto entonces, cuales eran excitar la suspicacia de la censura eclesiástica, para que no se permitiera la representación; pero de todo triunfó el mérito de nuestro primer dramático, y *El sí de las niñas* fue representado el 24 de enero.

Yo formé parte, no sin alborozo, porque mis pocos años me autorizaban a ello, de la tremenda conjuración fraguada en el vestuario de los Caños del Peral, y en otros oscuros conciliábulos, donde míseramente vivían, entre *cendales arachneos*, algunos de los más afamados dramaturgos del siglo precedente. Capitaneaba la conjuración un poeta, de cuya persona y estilo pueden ustedes formarse idea si recuerdan al omnímodo escritor a quien Mercurio escoge entre la gárrula multitud para presentarlo a Apolo. No recuerdo su nombre, aunque sí su figura, que era la de un despreciable y mezquino ser constituido moral y físicamente como por limosna de la maternal Naturaleza. Consumido su espíritu por la envidia, y su cuerpo por la miseria, ganaba en fealdad y repulsión de año en año; y como su numen ramplón, probado en todos los géneros, desde el heroico al didascálico, no daba ya sino frutos a que hacían ascos los mismos sectarios de la escuela, estaba al fin consagrado a componer groseras diatribas y torpes críticas contra los enemigos de aquellos a cuya sombra vivía sin más trabajo que el de la adulación.

Este hijo de Apolo nos condujo en imponente procesión a la cazuela de la Cruz, donde debíamos manifestar con estudiadas señales de desagrado los errores de la escuela clásica. Mucho trabajo nos costó entrar en el coliseo, pues aquella tarde la concurrencia era extraordinaria; pero al fin, gracias a que habíamos acudido temprano, ocupamos los mejores asientos de la región paradisíaca, donde se concertaban todos los discordes ruidos de la pasión literaria, y todos los malos olores de un público que no brillaba por su cultura.

Ustedes creerán que el aspecto interior de los teatros de aquel tiempo se parece algo al de nuestros modernos coliseos. ¡Qué error tan grande! En el elevado recinto donde el poeta había fijado los reales de su tumultuoso batallón, existía un compartimiento que separaba los dos sexos, y de seguro el sabio legislador que tal cosa ordenó en los pasados siglos se frotaría con satisfacción las manos y daríase un golpe en la augusta frente, creyendo adelantar gran paso en la senda de la armonía entre hombres y mujeres. Por el contrario, la separación avivaba en hembras y varones el natural anhelo de entablar conversación, y lo que la proximidad hubiera permitido en voz baja, la pérfida distancia lo autorizaba en destempladas voces. Así es que entre uno y otro hemisferio se cruzaban palabras cariñosas, o burlonas o soeces, observaciones que hacían desternillar de risa a todo el ilustre concurso, preguntas que se contestaban con juramentos, y agudezas cuya malicia consistía en ser dichas a gritos. Frecuentemente de las palabras se pasaba a las obras, y algunas andanadas de castañas, avellanas, o cáscaras de naranjas, cruzaban de *polo a polo*, arrojadas por diestra mano, ejercicio que si interrumpía la función, en cambio regocijaba mucho a entrambas partes.

Sin embargo, bueno es advertir que este mismo público, a quien afeaban tan groseras exterioridades, solía dar muestras de gran instinto artístico, llorando con Rita Luna en el drama de Kotzebue *Misantropía y arrepentimiento*, o participando del sublime horror expresado por Isidoro en la tragedia *Orestes*. Verdad es también que ningún público del mundo ha excedido a aquél en donaire, para burlarse de los autores malos y de los poetas que no eran de su agrado. Igualmente dispuesto a la risa que al sentimiento, obedecía como un débil niño a las sugestiones de la escena. Si alguien no pudo jamás tenerle propicio, culpa suya fue.

Mirando el teatro desde arriba parecía el más triste recinto que puede suponerse. Las macilentas luces de aceite que encendía un mozo saltando de banco en banco apenas le iluminaban a medias, y tan débilmente, que ni con anteojos se descubrían bien las descoloridas figuras del ahumado techo, donde hacía cabriolas un señor Apolo con lira y borceguíes encarnados. Era de ver la operación de encender la lámpara central, que, una vez consumada tan delicada maniobra, subía lentamente por máquina, entre las exclamaciones de la gente de arriba, que no dejaba pasar tan buena ocasión de manifestarse de un modo ruidoso.

Abajo también había compartimiento, y consistía en una fuerte viga, llamada *degolladero*, que separaba las lunetas, del patio propiamente dicho. Los palcos o aposentos eran unos cuchitriles estrechos y oscuros donde se acomodaban como podían las personas de pro; y como era costumbre que las damas colgasen en los antepechos sus chales y abrigos, el conjunto de las galerías tenía un aspecto tal, que parecía decoración hecha ex profeso para representar las calles de Postas o de Mesón de Paños.

El reglamento de teatros, publicado en 1803, tendía a corregir muchos de estos abusos; pero como nadie se cuidaba de hacerlo cumplir, solo la costumbre y el progreso de la cultura reformó hábitos tan feos. Recuerdo que hasta mucho después de la época a que me refiero, las gentes conservaban el sombrero puesto, aunque el reglamento decía terminantemente en uno de sus artículos: «En los aposentos de todos los pisos, y sin excepción de alguno, no se permitirá sombrero puesto, gorro, ni red al pelo; pero sí capa o capote para su comodidad.»

Mientras aguardábamos a que se alzase el telón, el poeta me hacía minucioso relato del infinito número de obras que había compuesto entre dramáticas, cómicas, elegíacas, epigramáticas, venatorias, bucólicas y del género sentimental y mixto. Me contó el argumento de tres o cuatro tragedias que no esperaban más que la protección de un Mecenas para pasar de las musas al teatro, y como si mis culpas no estuvieran aún bastante purgadas con oír los argumentos, me espetó algunos sonetos, que si no eran exactamente iguales a aquel famosísimo

Reverberante numen que del Istro
al Marañón sublimas con tu Zurda,

le eran tan semejantes como una calabaza a otra.

Cuando la representación iba a empezar, el poeta dirigió su mirada de gerifalte a los abismos del patio para ver si habían puntualmente acudido otros no menos importantes caudillos de la manifestación fraguada contra *El sí de las niñas*. Todos estaban en sus puestos, con puntual celo por la causa nacional. No faltaba ninguno; allí estaba el vidriero de la calle de la Sartén, uno de los más ilustres capitanes de la mosquetería; allí el vendedor de libros de la Costanilla de los Ángeles, hombre perito en las letras humanas; allí *Cuarta y Media*, cuyo fuerte pulmón hizo acallar él solo a todos los admiradores de *La mojigata*; allí el hojalatero de las Tres Cruces, esforzado adalid, que traía bajo la ancha capa algún reluciente y ruidoso caldero para sorprender al auditorio con sinfonías no anunciadas en el programa; allí el incomparable Roque Pamplinas, barbero, veterinario y sangrador, que con los dedos en la boca, desafiaba a todos los flautistas de Grecia y Roma; allí, en fin, lo más granado y florido que jamás midió sus armas en palenques literarios. Mi poeta quedó satisfecho después de pasar revista a su ejército, y luego dirigimos todos nuestra atención al escenario, porque la comedia había empezado.

—¡Qué principio! —dijo oyendo el primer diálogo entre don Diego y Simón—. ¡Bonito modo de empezar una comedia! La escena es una posada. ¿Qué puede pasar de interés en una posada? En todas mis comedias, que son muchas, aunque ninguna se ha representado, se abre la acción con un *jardín corintiano, fuentes monumentales a derecha e izquierda, templo de Juno en el fondo*, o con *gran plaza, donde están formados tres regimientos; en el fondo la ciudad de Varsovia, a la cual se va por un puente...* etc... Y oiga usted las simplezas que dice ese vejete. Que se va a casar con una niña que han educado las monjas de Guadalajara. ¿Esto tiene algo de particular? ¿No es acaso lo mismo que estamos viendo todos los días?

Con estas observaciones, el endiablado poeta no me dejaba oír la función, y yo, aunque a todas sus censuras contestaba con monosílabos de la más humilde aquiescencia, hubiera deseado que callara con mil demonios. Pero era preciso oírle; y cuando aparecieron doña Irene y doña Paquita, mi amigo y jefe no pudo contener su enfado, viendo que atraían la atención dos personas, de las cuales una era exactamente igual a su patrona, y la otra no era ninguna princesa, ni senescala, ni canonesa, ni landgraviata, ni archidapífera de país ruso o mongol.

—¡Qué asuntos tan comunes! ¡Qué bajeza de ideas! —exclamaba de modo que le pudieran oír todos los circunstantes—. ¿Y para esto se escriben comedias? ¿Pero no oye usted que esa señora está diciendo las mismas necedades que diría doña Mariquita o doña Gumersinda, o la tía Candungas? Que si tuvo un pariente obispo, que si las monjas educaron a la niña sin artificios ni embelecos; que la muy piojosa se casó a los 19 con don Epitafio; que parió veintidós hijos... así reventara la maldita vieja.

—Pero oigamos —dije yo, sin poder aguantar las importunidades del caudillo—, y luego nos burlaremos de Moratín.

—Es que no puedo sufrir tales despropósitos —continúo—. No se viene al teatro para ver lo que a todas horas se ve en las calles y en casa de cada *quisque*. Si esa señora en vez de hablar de sus partos, entrase echando pestes contra un general enemigo porque le mató en la guerra sus veintiún hijos, dejándole solo el veintidós, que está aún en la mamada, y lo trae para que no se lo coman los sitiados, que se mueren de hambre, la acción tendría interés, y ya estaría el público con las manos desolladas de tanto palmoteo... Amigo Gabriel, es preciso protestar con fuerza. Golpeemos el suelo con los pies y los bastones, demostrando nuestro cansancio e impaciencia. Ahora bostecemos abriendo la boca hasta que se disloquen las quijadas, y volvamos la cara hacia atrás, para que todos los circunstantes, que ya nos tienen por literatos, vean que nos aburrimos de tan sandia y fastidiosa obra.

Dicho y hecho; comenzamos a golpear el suelo, y luego bostezamos en coro, diciéndonos unos a otros; *¡qué fastidio!... ¡qué cosa tan pesada!... ¡mal empleado dinero!...* y otras frases por el mismo estilo, que no dejaban de hacer su efecto: los del patio imitaron puntualísimamente nuestra patriótica actitud. Bien pronto un general murmullo de impaciencia resonó en el ámbito del teatro. Pero si había enemigos, no faltaban amigos, desparramados por lunetas y aposentos, y aquéllos no tardaron en protestar contra nuestra manifestación, ya aplaudiendo ya mandándonos callar con amenazas y juramentos, hasta que una voz fuertísima, gritando desde el fondo del patio; *¡afuera los chorizos!*, provocó ruidosa salva de aplausos, y nos impuso silencio.

20

El poetastro no cabía en su pellejo de indignación. Siguió haciendo observaciones, conforme avanzaba la pieza, y decía:

—Ya, ya sé lo que va a resultar aquí. Ahora resulta que doña Paquita no quiere al viejo, sino a un militarito, que aún no ha salido, y que es sobrino del cabronazo de don Diego. Bonito enredo... Parece mentira que esto se aplauda en una nación culta. Yo condenaba a Moratín a galeras, obligándole a no escribir más vulgaridades en toda su vida. ¿Te parece, Gabrielito, que esto es comedia? Si no hay enredo, ni trama, ni sorpresa, ni confusiones, ni engaños, ni *quid pro quo*, ni aquello de disfrazarse un personaje para hacer creer que es otro, ni tampoco aquello de que salen dos insultándose como enemigos, para después percatarse de que son padre e hijo... Si ese don Diego cogiera a su sobrino y matándolo bonitamente en la cueva, preparara un festín e hiciera servir a su novia un plato de carne de la víctima, bien condimentado con especias y hoja de laurel, entonces la cosa tendría alguna malicia... ¿Y la niña por qué disimula? ¿No sería más dramático que se negase a casarse con el viejo, que le insultara llamándole tirano, o le amenazara con arrojarse al Danubio, o al Don, si osaba tocar su virginidad...? Estos poetas nuevos no saben inventar argumentos bonitos, sino estas majaderías con que engañan a los bobos, diciéndolos que son conformes a las reglas. Ánimo, compañeros, prepararse todo el mundo. Pronunciemos frases coléricas y finjamos disputar en corro, diciendo unos que esta obra es peor que *La mojigata*, y otros que aquélla era peor que ésta. El que sepa silbar con los dedos, hágalo *ad libitum*, y patadas a discreción. Apostrofar a doña Irene cuando se retire de la escena, llamándola cada cual como le ocurra.

Dicho y hecho: conforme a las terminantes órdenes de nuestro jefe, armamos una espantosa grita al finalizar el acto primero. Como los amigos del autor protestaron contra nosotros, exclamamos *¡afuera la polaquería!* y enardecidos los dos bandos por el calor de la porfía, se cruzaron más duros apóstrofes, entre el discorde gritar de la cazuela y el patio. El acto segundo no pasó más felizmente que el primero; y por mi parte, ponía gran atención al diálogo, porque la verdad era, con perdón sea dicho del poeta mi amigo, que la comedia me parecía muy buena, sin que yo acertara a explicarme entonces en qué consistían sus bellezas.

La obstinación de aquella doña Irene, empeñada en que su hija debía casarse con Don Diego porque así cuadraba a su interés, y la torpeza con que cerraba los ojos a la evidencia, creyendo que el consentimiento de su hija era sincero, sin más garantía que la educación de las monjas; el buen sentido del don Diego, que no las tenía todas consigo respecto a la muchacha, y desconfiaba de su remilgada sumisión; la apasionada cortesanía de don Carlos, la travesura de Calamocha, todos los incidentes de la obra, lo mismo los fundamentales que los accesorios, me cautivaban, y al mismo tiempo descubría vagamente en el centro de aquella trama un pensamiento, una intención moral, a cuyo desarrollo estaban sujetos todos los movimientos pasionales de los personajes. Sin embargo, me cuidaba mucho de guardar para mí estos raciocinios, que hubieran significado alevosa traición a la ilustre hueste de silbantes, y fiel a mis banderas no cesaba de repetir con grandes aspavientos: «¡Qué cosa tan mala!... ¡Parece mentira que esto se escriba!... Ahí sale otra vez la viejecilla... Bien por el viejo ñoño... ¡Qué aburrimiento! ¡Miren la gracia!», etc., etc.

El segundo acto pasó, como el primero, entre las manifestaciones de uno y otro lado; pero me parece que los amigos del poeta llevaban ventaja sobre nosotros. Fácil era comprender que la comedia gustaba al público imparcial y que su buen éxito era seguro, a pesar de las indignas cábalas, en las cuales tenía yo también parte. El tercer acto fue sin disputa el mejor de los tres: yo le oí con religioso respeto, y luchando con las impertinencias de mi amigo el poeta, que en lo mejor de la pieza creyó oportuno desembuchar lo más escogido de sus disparates.

Hay en el dicho acto tres escenas de una belleza incomparable. Una es aquella en que doña Paquita descubre ante el buen don Diego las luchas entre su corazón y el deber impuesto por una hipócrita conformidad con superiores voluntades: otra es aquella en que intervienen don Carlos y don Diego, y se desata, merced a nobles explicaciones, el nudo de la fábula; y la tercera es la que sostienen del modo más gracioso don Diego y doña Irene, aquél deseando dar por terminado el asunto del matrimonio, y ésta interrumpiéndole a cada paso con sus importunas observaciones.

No pude disimular el gusto que me causó esta escena, que me parecía el colmo de la naturalidad, de la gracia y del interés cómico; pero el poeta me llamó al orden injuriándome por mi deserción del campo *chorizo*.

—Perdone usted —le dije— me he equivocado. Pero ¿no cree usted que esa escena no está del todo mal?

—¡Cómo se conoce que eres novato, y en la vida has compuesto un verso! ¿Qué tiene esa escena de extraordinario, ni de patético, ni de historiográfico...?

—Es que la naturalidad... Parece que ha visto uno en el mundo lo que el poeta pone en escena.

—Cascaciruelas: pues por eso mismo es tan malo. ¿Has visto que en *Federico II*, en *Catalina de Rusia*, en *La esclava de Negroponto* y otras obras admirables, pase jamás nada que remotamente se parezca a las cosas de la vida? ¿Allí no es todo extraño, singular, excepcional, maravilloso y sorprendente? Pues por eso es tan bueno. Los poetas de hoy no aciertan a imitar a los de mi tiempo, y así está el arte por los mismos suelos.

—Pues yo, con perdón de usted —dije— creo que... la obra es malísima, convengo; y cuando usted lo dice, bien sabido se tendrá por qué. Pero me parece laudable la intención del autor que se ha propuesto aquí, según creo, censurar los vicios de la educación que dan a las niñas del día, encerrándolas en los conventos, y enseñándolas a disimular y a mentir... Ya lo ha dicho don Diego: las juzgan honestas, cuando les han enseñado el arte de callar, sofocando sus inclinaciones, y las madres se quedan muy contentas cuando las pobrecillas se prestan a pronunciar un sí perjuro, que después las hace desgraciadas.

—¿Y quién le mete al autor en esas filosofías? —dijo el pedante—. ¿Qué tiene que ver la moral con el teatro? En *El mágico de Astracán*, en *A España, dieron blasón las Asturias y León, y Triunfos de don Pelayo*, comedias que admira el mundo, ¿has visto acaso algún pasaje en que se hable del modo de educar a las niñas?

—Yo he oído o leído en alguna parte que el teatro sirve de entretenimiento y de enseñanza.

—¡Patarata! Además, el señor Moratín se va a encontrar con la horma de su zapato por meterse a criticar la educación que dan las señoras monjas. Ya tendrá que habérselas con los reverendos obispos y la santa Inquisición ante cuyo tribunal se ha pensado delatar *El sí*, y se delatará, sí, señor.

—Vea usted el final —dije atendiendo a la tierna escena en que don Diego casa a los dos amantes, bendiciéndoles con cariño de un padre.

—¡Qué desenlace tan desabrido! Al menos lerdo se le ocurre que don Diego debe casarse con doña Irene.

—¡Hombre! ¿Don Diego con doña Irene? Si él es una persona discreta y seria, ¿cómo va a casarse con esa vieja fastidiosa?

—¿Qué entiendes tú de eso, chiquillo? —exclamó amostazado el pedante—. Digo que lo natural es que don Diego se case con doña Irene, don Carlos con Paquita, y Rita con Simón. Así quedaría regular el fin, y mucho mejor si resultara que la niña era hija natural de don Diego y don Carlos hijo espúreo de doña Irene, que le tuvo de algún rey disfrazado, comandante del Cáucaso o bailío condenado a muerte. De este modo tendría mucho interés el final, mayormente si uno salía diciendo; *¡padre mío!*, y otro *¡madre mía!*, con lo cual después de abrazarse, se casaban para dar al mundo numerosa y masculina sucesión.

—Vamos, que ya se acaba. Parece que el público está satisfecho —dije yo.

—Pues apretar ahora, muchachos. Manos a la boca. La comedia es pésima, inaguantable.

La consigna fue prontamente obedecida. Yo mismo, obligado por la disciplina, me introduje los dedos en la boca y... ¡Sombra de Moratín! ¡Perdón mil veces...! No lo quiero decir: que comprenda el lector mi ignominia y me juzgue.

Pero nuestra mala estrella quiso que la mayor parte del público estuviese bien dispuesta en favor de la comedia. Los silbidos provocaron una tempestad de aplausos, no solo entre la gente de los aposentos y lunetas, sino entre los de la cazuela y tertulia.

El justiciero pueblo que nos rodeaba, y que en su buen instinto artístico comprendía el mérito de la obra, protestó contra nuestra indigna cruzada, y algunos de los más ardientes de la falange se vieron aporreados de improviso. Lo que tengo más presente es la mala aventura que ocurrió al alumno de Apolo en aquella breve batalla por él provocada. Usaba un sombrero trípico, de dimensiones harto mayores que las proporcionadas a su cabeza, y en el momento en que se volvía para contestar a las injurias de cierto individuo, una mano vigorosa, cayendo a plomo sobre aquella prenda hiperbólica, se la hundió hasta que las puntas descansaron sobre los hombros. En esta actitud estuvo el infeliz manoteando un rato, incapaz para sacar a luz su cabeza del tenebroso recinto en que había quedado sepultada.

Por fin, los amigos le sacamos con gran esfuerzo el sombrero, y él echando espumarajos por la boca, juró tomar venganza tan sangrienta como pronta; pero no pasó de aquí su furor, porque todos los circunstantes se reían de él, y a ninguno se dirigió para vengarse. Le sacamos a la calle, donde se serenó algún tanto, y nos separamos, prometiendo juntarnos otra vez al día siguiente en el mismo sitio.

Tal fue el estreno de *El sí de las niñas*. Aunque la primera tarde fuimos derrotados, aún había esperanzas de hundir la obra en la segunda o tercera representación. Se sabía que el ministro Caballero la desaprobaba, jurando castigar a su autor, y esto daba esperanza al partido de los silbantes, que ya veían a Moratín en poder del Santo Oficio, con coroza de sapos, sambenito y soga al cuello. Pero la segunda tarde vinieron de un golpe a tierra las ilusiones de los más ardientes anti-Moratinistas, porque la presencia del príncipe de la Paz impuso silencio a las chicharras, y nadie osó formular demostraciones de desagrado. Desde entonces, el autor de *El sí*, a quien se dijo que la conspiración había sido fraguada en el cuarto de mi ama, interrumpió la tibia amistad que con ésta le unía. La González pagó este desvío con un cordial aborrecimiento.

III

Contado este suceso, muy anterior a los que son objeto del presente libro, empezaré mi narración, la cual irá al compás de ciertos hechos ocurridos en el Otoño de 1807, año que en la mente de los madrileños quedó marcado con el recuerdo de la famosa conspiración de El Escorial.

No quiero escribir una palabra más, sin daros a conocer a una persona que desde aquellos días ocupó lugar privilegiado en mi corazón, siendo a la vez como se verá por este relato, lección viva de mi existencia, pues la enseñanza que de su conocimiento me provino contribuyó de un modo poderoso a formar mi carácter.

Todas las ropas de teatro y de calle que usaba mi ama, eran confeccionadas por una costurera de la calle de Cañizares, excelente y honradísima mujer, joven aún, aunque desmejorada por el trabajo, discreta y afable, en tales términos que por entre la corteza de su malestar presente parecían distinguirse nacimiento y condición muy superiores. Esto no era más que apariencia, pero a la citada persona le pasaba lo contrario de lo que a otros pasa, y es que son nobles sin parecerlo. Doña Juana, que éste era el nombre de aquella santa mujer, tenía una hija llamada Inés, de quince años de edad, la cual le ayudaba en sus tareas, con más solicitud de la que podía esperarse de su delicado organismo y edad temprana.

Enaltecía a esta muchacha, además de las gracias de su persona, un buen sentido, cual no he visto jamás en criaturas de su mismo sexo ni aun del nuestro, amaestrado ya por los años. Inés tenía el don especialísimo de poner todas las cosas en su verdadero lugar, viéndolas con luz singular y muy clara, concedida a su privilegiado entendimiento, sin duda para suplir con ella la inferioridad que le negó la fortuna. No he visto en mi larga vida otra muchacha que a aquella se asemejase, y estoy seguro de que a muchos parecerá este tipo invención mía, pues no comprenderán que haya existido, entre las infinitas hijas de Eva, una tan diferente de las demás. Pero créanlo bajo mi palabra honrada.

Si ustedes hubieran conocido a Inés, y notado la imperturbable serenidad de su semblante, imagen del espíritu más tranquilo, más equilibrado, más claro, más dueño de sí mismo que ha animado el corporal barro, no pondrían en duda lo que digo. Todo en ella era sencillez, hasta su hermosura, no a propósito para despertar mundano entusiasmo amoroso, sino semejante a una de esas figuras simbólicas, que no están materialmente representadas en ninguna parte; pero que vemos con los ojos del alma, cuando las ideas agitándose en nuestra mente, pugnan por vestirse de formas visibles en la oscura región del cerebro.

Su lenguaje era también la misma sencillez; jamás decía cosa alguna que no me sorprendiese como la más clara y expresiva verdad. Sus razones trayéndome al sentido equitativo y templado de todas las cosas, daban a mi entendimiento un descanso, un aplomo, de que carecía obrando por sí mismo. Puedo decir comparando mi espíritu con el de Inés, y escudriñando la radical diferencia entre uno y otro, que el de ella tenía un centro y el mío no. El mío divagaba llevado y traído por impresiones diversas, por sentimientos contradictorios y repentinos: mis facultades eran como meteoros errantes que tan pronto brillan como se oscurecen, tan pronto marchan como chocan, según la influencia recibida de superiores cuerpos; mientras las suyas eran un completo y armónico sistema planetario, atraído, puesto en movimiento y calentado por el gran Sol de su pura conciencia.

Alguien se burlará de estas indicaciones psicológicas, que yo quisiera fuesen tan exactas como las concibe mi oscura inteligencia: alguien encontrará digna de risa la presentación de semejante heroína, y harán mil aspavientos al ver que he querido hacer una irrisoria *Beatrice* con los materiales de una modistilla; pero estas burlas no me importan, y sigo.

Desde que conocí a Inés, la amé del modo más extraño que pueden ustedes imaginar: una viva inclinación arrastraba mi corazón hacia ella: pero esta inclinación era como el culto que tributamos a una superioridad indiscutible, como la fe que nos ocupa sublimando lo más noble de nuestro ser; pero dejando libre una parte de él para las pasiones del mundo. Así es, que sin dejar de ser Inés para mí la primera de todas las mujeres, yo creía poder amar a otras con amor apropiado a las circunstancias de cada momento de la vida. Yo he observado que los que se consagran a un ideal, casi nunca lo hacen por entero, dejan una parte de sí mismos para el mundo, a que están unidos, aunque solo sea por el suelo que pisan. Hago esta observación fastidiosa por si contribuye a esclarecer el peculiar estado de mi alma ante tan noble criatura. ¡Y era una modista; una modistilla! Reíd si os place.

El tercer individuo de aquella honesta familia era el padre Celestino Santos del Malvar, hermano del difunto esposo de doña Juana, tío por lo tanto de Inés, clérigo desde su mocedad, varón simplísimo y benévolo, pero el más desgraciado de su clase, pues no tenía rentas, ni capellanía, ni beneficio alguno. Su modestia, su buena fe y su candor inagotable fueron sin duda parte a tenerle en la miseria por tanto tiempo; y él, aunque era un gran latino, jamás pudo conseguir colocación alguna. Pasaba la vida escribiendo memoriales al príncipe de la Paz, de quien era paisano y fue allá en la niñez amigo; mas ni el príncipe ni nadie le hacía caso.

Cuando Godoy subió al Ministerio prometiole una canonjía o ración, y en la época de este relato hacía catorce años que don Celestino del Malvar estaba esperando lo prometido: mas sin que la tardanza del favor hiciese desmayar su ingenua confianza. Siempre que se le preguntaba, respondía:

—La semana que viene recibiré el nombramiento: así me lo ha dicho el oficial de la secretaría. De este modo pasaron catorce años, y la *semana que viene* no venía nunca.

Siempre que yo iba a aquella casa con recados de mi ama, me detenía todo el tiempo posible, y a ella acudía también en mis ratos de ocio, gozando mucho en contemplar la apacible existencia de una familia, cuyos tres individuos tan honda simpatía habían despertado en mi corazón. Doña Juana y su hija siempre cosiendo, cosiendo con eterna aguja una tela sin fin: de esto vivían los tres, pues el padre Celestino, tocando la flauta, haciendo versos latinos, o consumiendo tinta y papel en larguísimos memoriales, no ganaba más caudal que el de sus esperanzas, siempre colocadas a interés compuesto.

Nuestras conversaciones eran siempre entretenidas y amenas. Yo les contaba mi breve historia, y les hacía reír dándoles a conocer los pocos proyectos que imaginaba para lo porvenir. Nos reíamos discretamente y sin saña de la buena fe de don Celestino, y éste después de salir a informarse de su asunto, volvía lleno de júbilo, dejaba sobre una silla el sombrero de teja y el manteo, y restregándose las manos, decía al sentarse junto a nosotros;

—Ahora sí que va de veras. La semana que entra, sin falta. Me han dicho que ocurrieron ciertas dilacioncillas; pero ya están vencidas, a Dios gracias. La semana que viene, sin falta.

Cierto día le dije:

—Usted, don Celestino, no ha conseguido ya lo que deseaba, porque es hombre encogido y no se lanza... pues... no se lanza.

—¿Qué es eso de lanzarse, chiquillo? —me preguntó.

—Pues... a mí me han dicho que hoy conviene pedir veinte para que den cinco. Además, váyase el mérito con mil demonios: lo que conviene es tener desvergüenza para meterse en todas partes, buscar la amistad de personas poderosas; en fin, hacer lo que los demás han hecho para subir a esos puestos en que son la admiración del mundo.

—¡Ah, Gabriel! —dijo doña Juana—. Tú eres un ambiciosillo a quien alguien ha trastornado el juicio. Lo que menos crees tú es que te has de ver por ensalmo en la corte, cubierto de galones y mandando y disponiendo desde la secretaría del despacho.

—Justo y cabal, señora mía —dije yo riendo y atento a lo que expresaba el semblante de Inés, con quien repetidas veces había hablado del mismo asunto—. Aunque estoy en el mundo sin padre ni madre, ni perro que me ladre, yo creo que bien puedo esperar lo que otros han tenido sin ser más sabios que yo. De menos hizo Dios a Cañete a quien hizo de un puñete.

—Tú tienes disposición, Gabriel —dijo gravemente don Celestino—; y mucho será que de un día para otro no te veamos convertido en personaje. Entonces no te dignarás hablarnos, ni vendrás a casa; pero hijo, es preciso que aprendas los clásicos latinos, sin lo cual no hallarás abierta ninguna de las puertas de la fortuna; y además te aconsejo que aprendas a tañer la flauta, porque la música es suavizadora de las costumbres, endulza los ánimos más agrios, y predispone a la benevolencia para con los que la manejan bien. Y si no, aquí me tienes a mí, que de seguro nada habría conseguido si de antiguo no cultivara mi entendimiento en aquellas dos divinísimas artes.

—No echaré en saco roto la advertencia —repuse— pues todos sabemos a qué debe su encumbramiento el hombre más poderoso que hay hoy en España después del Rey.

—¡Calumnias! —exclamó irritado el sacerdote—. Mi paisano, amigo y mecenas, el señor príncipe de la Paz, debe su elevación a su gran mérito, y a su sabiduría y tacto político, y no a supuestas habilidades en la guitarra y las castañuelas, como dice el estólido vulgo.

—Sea lo que quiera —añadí yo—, lo cierto es que ese hombre, de humildísimo guardia ha subido a cuanto hay que subir. Bien claro está.

—Pues no dudes que tú harás otro tanto —dijo con ironía doña Juana—. De hombres se hacen los obispos, como dijo el otro.

—Verdad es —repuse siguiendo la broma— y juro que he de hacer a don Celestino arzobispo de Toledo.

—Alto allá —dijo el clérigo seriamente—. No aceptaré yo un cargo para el que me reconozco sin méritos. Bastante tendré yo con una capellanía de Reyes Nuevos o el arcedianato de Talavera.

Así siguió entre veras y burlas la conversación, hasta que saliendo de la salita doña Juana y el buen presbítero, nos dejaron solos a Inés y a mí.

—Cómo se ríen de mis proyectos, niñita mía —le dije—. Pero tú comprenderás que un muchacho como yo no debe contentarse con servir a cómicos por toda su vida. A ver: de todo lo que yo puedo ser, Dios mediante, ¿qué te gustaría más? Escoge: ¿te gustaría que fuese capitán general, príncipe coronado, con vasallos y ejército, señor de muchas tierras, primer ministro que quite y ponga los empleados a su antojo, obispo?... No, obispo no, porque entonces no podría casarme contigo, para hacerte llevar en carroza de doce caballos...

Inés se puso e reír, como quien oye un cuento de esos cuyo chiste consiste en la magnitud de lo absurdo.

—Ríete de mí, pero contesta: ¿qué quieres más?

—Lo que quiero —dijo con dulce voz y suspendiendo la costura—, es verte general, primer ministro, gran duque, Emperador o arzobispo; pero de tal modo que cuando te acuestes por la noche en tu colchoncito de plumas puedas decir: hoy no he hecho mal a nadie ni nadie ha muerto por mi causa.

—Pero reinita —dije yo interesándome más cada vez en aquel coloquio— si llego a ser eso que tú dices, (pues bien podría suceder) ¿qué importa que mueran por mí o por el bien del Estado tres o cuatro prójimos que nada significan en el mundo?

—Bueno —repuso ella—, pero que los maten otros. Si tú llegas a ser eso que has dicho, y para mantenerte en un puesto que no mereces, necesitas sacrificar a muchos desgraciados, buen provecho te haga.

—¡Qué escrupulosa eres, Inesilla! —dije—. Si te hiciera caso, mi vida se encerraría entre cuatro paredes. ¿Qué es eso de sacrificar desgraciados? Yo voy a mi negocio, y los demás... como yo no he de matar a nadie. Y sobre todo, si hago daño a alguno serán tantos los que reciban beneficios de mi mano, que todo quedará compensado y mi conciencia en santa paz. Veo que tú no te entusiasmas como yo, ni piensas lo que yo pienso. ¿Quieres que te sea franco? Pues oye. A mí se me ha metido en la cabeza que cuando tenga más años, he de ocupar una posición... qué sé yo... me mareo pensando en esto. No te puedo decir ni cómo he de llegar a ella, ni quién me dará la mano para subir de un salto tantos escalones; pero ello es que yo cavilo en esto, y me figuro que ya me estoy viendo elevado a la más alta dignidad por una dama poderosa que me haga su secretario, o por un joven que me crea listo para ayudarle en sus asuntos...; no te enfades, chiquilla, que cuando tales cosas se ocurren y uno tiene la cabeza llena a todas horas de los mismos pensamientos, al fin tiene que salir cierto, como éste es día.

Inés no se enfadaba, sino que reía. Después marcando con su aguja el compás gramatical de su discurso me dijo:

—Pues mira: si tú hubieras nacido en cuna de príncipes, no te digo que no. Pero has de saber que si tú, que eres un pobrecillo hijo de pescadores y no tienes más ciencia que leer mal y escribir peor, llegas a ser hombre ilustre y poderoso, no porque saques talento y sabiduría, sino porque a una señora caprichosa o a un vejete rico se le ocurra protegerte, como a otros muchos de quienes cuentan maravillas; has de saber, digo, que tan fácilmente como subas volverás a caer, y hasta los sapos se reirán de ti.

—Eso será lo que Dios quiera —respondí—. Caeremos o no: pues aunque ignorantes, no nos faltará nuestra gramática parda.

—¡Qué necio eres! Mira a mí me han dicho... no, nadie me lo ha dicho: pero lo sé... que en el mundo al fin y al cabo, pasa siempre lo que debe pasar.

—Reinita —dije—, en eso te equivocas, porque nosotros deberíamos ser ricos, y no lo somos.

—Todos creerán lo mismo, hijito, y es preciso que alguno esté equivocado. Pues bien: todas las cosas del mundo concluyen siempre como deben concluir. No sé si me explico.

—Sí te entiendo.

—A mí me han dicho... no, no me lo han dicho: lo sé desde hace mil años... yo sé que en el mundo todo lo que pasa es según la ley... porque, chiquillo, las cosas no pasan porque a ellas les da la gana, sino porque así está dispuesto. Las aves vuelan y los gusanos se arrastran, y las piedras se están quietas, y el Sol alumbra, y las flores huelen, y los ríos corren hacia abajo y el humo hacia arriba, porque así es su regla... ¿me entiendes?

—Lo que es eso todos lo sabemos —respondí menospreciando la ciencia de Inesilla.

—Bien, muchacho —continuó la profesora: ¿crees tú que una tortuga puede volar, aunque esté meneando toda la vida sus torpes patas?

—No, seguramente.

—Pues tú pensando en ser hombre ilustre y poderoso, sin ser noble, ni rico, ni sabio, eres como una tortuga que se empeñara en subir volando al pico más alto de Guadarrama.

—Pero, reina y emperatriz —dije yo—, si no pienso subir solo, sino que pienso encontrar, como otros que yo me sé, una personita que me suba en un periquete. Hazme el favor de decirme cuál era la sabiduría y riqueza *del otro*, cuando le hicieron duque y generalísimo.

—Pero, señor duquillo —contestó ella jovialmente—, si esa personita le sube a usted será como si un águila o buitre cogiera por su concha a la tortuga para llevársela por los aires. Sí, te levantará: pero cuando estés arriba, el pájaro que no va a estarse toda la vida con tanto peso en las patas, te dirá: «Ahora, niño mío, mantente solo.» Tú moverás las patucas, pero como no tienes alas, pataplús, caerás en el suelo haciéndote mil pedazos.

—¡Qué tonta eres! —dije con petulancia—. Eso pasa en las cosas que se ven y se tocan; pero, chica, lo que se piensa y lo que se siente es otro mundo aparte. ¿Qué tiene que ver una cosa con otra?

—Estás lucido, sí —repuso Inés—. Todo debe ser así mismamente. Cuando tú quieres a una persona o cuando la aborreces, no es porque se te antoje. ¡Ay!, chico: el corazón tiene también... pues... su ley, y todo lo que pensamos con nuestra cabecita, va según lo que debe ser y está mandado.

—¿Pero di, chiquilla, de dónde sabes tú todo eso? —le pregunté.

—¿Pero esto es saber? —respondió con naturalidad—. Pues esto lo sabes tú y todos. De veras te digo que se me ocurrió cuando estabas hablando, y que jamás había pensado en tales cosas.

—¡Picarona! Cuando menos, tienes escondido un rimero de libros, con los cuales te vas a hacer doctora por Salamanca.

—No, hijito; no he leído más libros, fuera de los de devoción, que *don Quijote de la Mancha*. ¿Ves? A ti te va a pasar algo de lo de aquel buen señor: solo que aquél tenía alas para volar, ¡pobrecillo!, lo que le faltaba era aire en que moverlas.

Inesilla no dijo más. Yo callé también, porque a pesar de mi petulancia, no pude menos de comprender, que las palabras de mi amiga encerraban profundo sentido. ¡Y la que así hablaba era una modistilla! *Ridete cives*.

—Lo que yo sé —dije al fin, sintiendo en mí un vivo arrebato de afecto— es que te quiero, que te amo, que te adoro, que me subyugas y dominas como a un papanatas, que eres una divinidad, y que juro no hacer cosa alguna sin consultarte. Adiós, reinita: mañana te diré lo que se me ocurra esta noche. Quién sabe, quién sabe, si llegaremos a ser... ¿Por qué no? Es preciso estar dispuesto, porque la escalera de los honores es penosa, y si uno se rompe la crisma, como dices...

—Siempre quedará la del cielo —me dijo inclinando otra vez la cabeza sobre la costura.

—Tienes cosas que me hacen estremecer. Adiós, Inesilla, luz y pensamiento mío.

Dicho esto, me despedí de ella y salí. Al abandonar la casa la sentí cantar, y su armoniosa voz se mezclaba en extraña disonancia con los ecos de la flauta que tañía en lo interior de la morada el buen don Celestino. Siempre que salía de allí, mi espíritu experimentaba un reposo, una estabilidad, no sé cómo expresarlo, una frescura, que luego destruía el trato con personas de diversa condición. De esto hablaré enseguida; mas ante todo me cumple manifestar que Inesilla tenía razón al burlarse de mis locos proyectos. Es el caso que como a todas horas oía hablar de personajes nulos, a quienes el cortesano elevó a honrosas alturas sin mérito alguno, se me antojó que la Providencia me reservaba, como en compensación de mi orfandad y pobreza, una de aquellas repentinas y escandalosas mudanzas que por entonces ocurrían en nuestra España; y de tal modo se encajó en mi cerebro semejante idea, que llegó a ser artículo de fe. Me hallaba por más señas en la edad en que somos tontos. No todos poseen el don de saber las cosas *desde hace mil años*, como Inesilla.

Ahora verán ustedes la serie de circunstancias que llevaron mi necia credulidad al último extremo. Para esto tengo que dar a conocer a otras personas, a quienes espero recibirá el lector con gusto. Hablemos, pues, de teatros.

IV

El del príncipe estaba ya reconstruido en 1807 por Villanueva, y la compañía de Máiquez trabajaba en él, alternando con la de ópera, dirigida por el célebre Manuel García; mi ama y la de Prado eran las dos damas principales de la compañía de Máiquez. Los galanes secundarios valían poco, porque el gran Isidoro, en quien el orgullo era igual al talento, no consentía que nadie despuntara en la escena, donde tenía el pedestal de su inmensa gloria y no se tomó el trabajo de instruir a los demás en los secretos de su arte, temiendo que pudieran llegar a aventajarle. Así es que alrededor del célebre histrión todo era mediano. La Prado, mujer de Máiquez, y mi ama alternaban en los papeles de primera dama, desempeñando aquélla el de Clitemnestra, en el *Orestes*, el de Estrella en *Sancho Ortiz de las Roelas* y otros. La segunda se distinguía en el de doña Blanca, de *García del Castañar*, y en el de Edelmira (Desdémona), del *Otello*.

La compañía de ópera era muy buena. Además de Manuel García, que era un gran maestro, cantaban su mujer Manuela Morales, un italiano llamado Cristiani, y la Briones. De esta mujer, que era concubina de Manuel García, nació el año siguiente el portento de las virtuosas, la reina de las cantantes de ópera, Mariquita Felicidad García, conocida en su tiempo por la *Malibrán*.

Figúrense ustedes, señores míos, si estaría yo divertido con representación o música por tarde y noche, asistiendo gratis, aunque por dentro y en sitios donde se pierde parte de la ilusión, a las funciones más bonitas y más aplaudidas que se celebraban en Madrid; rozándome con guapísimas actrices, y familiarizado con los hombres que hacían reír o llorar a la corte entera.

Y no piensen ustedes que solo alternaba con los cómicos; gente que entonces no era considerada como la nata de la sociedad; también me veía frecuentemente en medio de personajes muy ilustres, de los que menudeaban en los vestuarios; no faltando en tales sitios alguna dama tan hermosa como linajuda de las que no desdeñaban de ensuciar su guardapiés con el polvo de los escenarios.

Precisamente voy a contar ahora cómo mi ama tenía relaciones de íntima amistad con dos señoras de la corte, cuyos títulos nobiliarios, de los más ilustres y sonoros que desde remoto tiempo han exornado nuestra historia, me propongo callar por temor a que pudieran enojarse las familias que todavía los llevan. Estos títulos, que recuerdo muy bien, no serán escritos en este papel; y para designar a las dos hermosas mujeres emplearé nombres convencionales.

Recuerdo haber visto por aquel tiempo en la fábrica de Santa Bárbara un hermoso tapiz en que estaban representadas dos lindas pastoras. Habiendo preguntado quiénes eran aquellas simpáticas chicas, me dijeron: «Estas son las dos hijas de Artemidoro: Lesbia y Amaranta.» He aquí dos nombres que vienen de molde para mi objeto, amado lector. Haz cuenta que siempre que diga *Lesbia*, quiero significar a la duquesa de X, y cuando ponga *Amaranta*, a la condesa de X. Con este sistema quedan a salvo todos los títulos nobiliarios de aquellas dos diosas de mi tiempo.

En cuanto a su hermosura, todo lo que mi descolorida pluma pueda expresar será poco para describirlas, porque eran encantadoras, especialmente la condesa de... digo, Amaranta. Ambas tenían gusto muy refinado por las artes, protegían a los pintores, aplaudían y obsequiaban a los cómicos, ponían bajo su patrocinio las primeras representaciones de la obra de algún poeta desvalido, coleccionaban tapices, vasos y cajas de tabaco, introducían y propagaban las más vistosas modas de la despótica París, se hacían llevar en litera a la Florida, merendaban con Goya en el Canal, y recordaban con tristeza la trágica muerte de Pepe Hillo, acontecida en 1803.

Nada tiene de extraño, pues, que su misma vida, la tumultuosa ansiedad de novedades y fuertes impresiones que las dominaba, fuesen parte a lanzarlas en un dédalo de aventuras, tales como las que voy a contar. Las pobrecillas no sabían otra cosa, y puesto que habían perdido cuanto la rancia educación española pudo haberlas dado, sin adquirir nada que llenase este vacío, no debemos culparlas acerbamente. Alguno quizás las culpe, y con razón aunque por otras cosas; pero ¡ay!, eran... lindísimas.

Una tarde mi ama salió de muy mal humor del teatro. Isidoro la había reprendido no sé por qué, y aquí debo advertir que el sublime actor trataba a sus subalternos como si fueran chiquillos de escuela. Al llegar Pepita a su casa me dijo:

—Prepara todo, que vendrán a cenar las señoras Lesbia y Amaranta.

El preparar todo, consistía en azotar un poco los muebles de la sala para limpiar el polvo, o mejor dicho, para que el polvo variara de sitio; en echar aceite en los velones; en comprar la prima para la guitarra si le faltaba; en llamar a don Higinio para que afinase el clave; limpiar las cornucopias; ir por nueva remesa de pomada *a la Marechala*, etc., etcétera. En cuanto a la cena, venía hecha de una repostería. Di cumplimiento a estos encargos, y pedí nuevas órdenes; pero mi ama estaba de muy mal humor, y sin hacer caso de lo que le decía, me preguntó:

—¿No te dijo si venía esta noche?

—¿Quién? —pregunté.

—Isidoro.

—No, señora, no me ha dicho nada.

—Como hablaba contigo al concluir la representación...

—Fue para decirme, que si volvía a enredar entre bastidores, mientras él representaba, me mandaría desollar vivo.

—¡Qué genio! Le convidé para venir y no me contestó.

Después de esto no dijo más, y con ademán triste y sombrío se encerró en su cuarto con la criada para cambiar de vestido. Seguí preparando todo, y al poco rato apareció mi ama.

—¿Qué hora es? —preguntó.

—Las nueve acaban de dar en el reloj de la Trinidad.

—Me parece que siento ruido en el portal —dijo con mucha ansiedad.

La señora se equivoca.

—¿De modo, que él no te dijo terminantemente si venía o no venía?

—¿Quién, Isidoro? No señora; nada me dijo.

—Como tiene ese genio tan... ya ves que incomodado estaba esta tarde. Sin embargo, yo creo que vendrá. Le convidé ayer, y aunque no me dijo una palabra... él es así.

Al decir esto, mostraba en su semblante una inquietud, una agitación, una zozobra, que eran señales de las más vivas emociones de su alma. ¿A qué tanto interés por la asistencia de Isidoro, persona a quien diariamente veía en el teatro?

Después examinó la sala, por ver si faltaba algo, y se sentó aguardando la llegada de sus convidados. Al fin sentimos abrir la puerta de la calle, y pasos de hombre sonaron en la escalera.

—Es él —dijo mi ama, levantándose de un salto y andando con cierto atolondramiento por la habitación.

Yo corrí a abrir, y un instante después el gran actor entró en la sala.

Isidoro era un hombre de treinta y ocho años, de alta estatura, actitud indolente, semblante pálido, y con tal expresión en éste y en la mirada, que observado una vez, su imagen no se borraba nunca de la memoria. Aquella noche traía un traje verde oscuro, con pantalón de ante y botas polonesas, prendas todas de irreprensible elegancia que usaba con más propiedad que ninguno. Su vestir era un modo de ser propio y personal; él constituía por sí una especie de moda, y no se podía decir que se sometiera; cual dócil lechuguino, al uso común. En otros infringir las reglas habría sido ridículo; pero en él infringirlas era lo mismo que modificarlas o crearlas de nuevo.

Ya os lo daré a conocer más adelante como actor. Por ahora podréis conocer algunos rasgos de su carácter como hombre. Al entrar se arrojó sobre un sillón sin saludar a mi ama más que con una de esas fórmulas familiares e indiferentes que se emplean entre personas acostumbradas a verse con frecuencia. Por un buen ato permaneció sin decir nada, tarareando un aria con la vista fija en las paredes y el techo, y sin dejar de golpearse la bota con el bastón.

Salí de la sala a traer no sé qué cosa, y al volver oí a Isidoro que decía:

—¡Qué mal has representado esta tarde, Pepilla!

Observé que mi ama, turbada como una chicuela ante el fiero maestro de escuela, no supo contestar más que con trémulas frases a aquella brusca represión.

—Sí —continuó Isidoro—; de algún tiempo a esta parte estás desconocida. Esta tarde todos los amigos se han quejado de ti y te han llamado fría, torpe... Te equivocabas a cada instante, y parecías tan distraída que era preciso que yo te llamara la atención para que salieras de tu embobamiento.

Efectivamente, según oí entre bastidores aquella tarde, mi ama había estado muy infeliz en su papel de Blanca, en *García del Castañar*. Todos los amigos estaban admirados, considerando la perfección con que la actriz había desempeñado en otras ocasiones papel tan difícil.

—Pues no sé —respondió mi ama con voz conmovida—. Yo creo que he representado esta tarde lo mismo que las demás.

—En algunas escenas sí; pero en las que dijiste conmigo, estuviste deplorable. Parece que habías olvidado el papel, o que trabajabas de mala gana. En la escena de nuestra salida recitaste tu soneto como una cómica de la legua que representa en Barajas o en Cacabelos. Al decirme:

No quieren más las flores al rocío
que en los fragantes vasos el Sol bebe...

tu voz temblaba como la de quien sale por primera vez a las tablas... me diste la mano y la tenías ardiendo, como si estuvieras con calentura... te equivocabas a cada momento, y parecías no hacer maldito caso de que yo estaba en la escena.

—¡Oh, no... pero te diré! El mismo miedo de hacerlo mal. Temía que te enfadaras, y como nos reprendes con tanta violencia cuando nos equivocamos...

—Pues es preciso que te enmiendes, si quieres seguir en mi compañía. ¿Estás enferma?

—No.

—¿Estás enamorada?

—¡Oh, no, tampoco! —contestó la actriz con turbación.

—Apuesto a que por atender demasiado a alguna persona de las lunetas, no acertabas con los versos de la comedia.

—No, Isidoro; te equivocas —dijo mi ama afectando buen humor.

—Lo raro es que en las escenas que siguieron, sobre todo en la de don Mendo, hiciste perfectamente tu papel; pero luego en el tercer acto cuando te tocó otra vez declamar conmigo, vuelta a las andadas.

—¿Dije mal el parlamento del bosque?

—No: al contrario; recitaste con buena entonación los versos

¿Dónde voy sin aliento,

39

cansada, sin amparo, sin intento,
entre aquesta espesura?
Llorad, ojos, llorad mi desventura.

En la escena con la reina también estuviste muy feliz, lo mismo que en el diálogo con don Mendo. Con qué elocuente tono exclamaste «¡tengo esposo!», y después aquello de

Sí harán,
porque bien o mal nacido,
el más indigno marido
excede al mejor galán;

pero desde que salí yo y me viste...
—Es lo que digo. El temor de hacerlo mal y disgustarte...
—Pues me has disgustado de veras. Cuando decías: «Esposo mío, García», te hubiera dado un pescozón en medio de la escena y delante del público. Marmota, ¿no te he dicho mil veces cómo deben pronunciarse esas palabras? ¿No has comprendido todavía la situación? Blanca teme que su marido sospecha una falta. El contento que experimenta al verle, y el temor de que García dude de su inocencia, deben mezclarse en aquella frase. Tú, en vez de expresar estos sentimientos, te dirigiste a mí como una modistilla enamorada, que se encuentra de manos a boca con su querido hortera. Luego cuando me suplicabas que te matara, lo hiciste sin lo que llamamos nosotros decoro trágico. Parecía que realmente deseabas recibir la muerte de mi mano, y hasta te pusiste de hinojos ante mí, cuando te tengo dicho terminantemente que no hagas tal cosa, sino en los pasajes en que te lo ordene. En las décimas

García, guárdete el cielo,

te equivocaste más de veinte veces, y cuando yo dije:

¡ay, querida esposa mía,

qué dos contrarios extremos!

te arrojaste en mis brazos, cuando aún no era llegada la ocasión, y yo, preocupado por el agravio recibido, no podía entregarme a halagos amorosos. Echaste a perder el final, Pepilla, desluciste la comedia y me desluciste a mí.

—Yo no puedo deslucirte nunca.

—Pues ya ves cómo no fui aplaudido esta tarde como las anteriores; y de esto tienes tú la culpa, sí, tú misma, por tus torpezas y tus tonterías. No haces caso de mis lecciones, no te esfuerzas por complacerme, y por último, me pondrás en el caso de quitarte el partido en mi compañía, poniéndote de parte de por medio o racionera, si no me obligas con tus descuidos a echarte del teatro.

—¡Ay Isidoro! —dijo mi ama—. Yo procuro siempre hacerlo lo mejor posible para que no te enfades ni me riñas; pero tanto miedo tengo a que me reprendas que en la escena tiemblo desde que te veo aparecer. ¿Querrás creer una cosa? Pues cuando estamos representando juntos, hasta temo hacerlo demasiado bien porque si me aplauden mucho, me parece que tomo para mí una parte del triunfo que a ti solo corresponde, y creo que has de enfadarte si no te aplauden a ti solo. Este temor, unido al que me causas cuando me amenazas por señas o me corriges con enojo me hace temblar y balbucir, y a veces no sé lo que me digo. Pero descuida que ya me enmendaré: no tendrás que echarme de tu teatro.

No oí lo que siguió a estas palabras, porque salí con un velón que exhalaba mal olor; al volver noté que la conversación había variado. Isidoro permanecía en el sillón con indolencia y mostrando un gran aburrimiento.

—¿Pero no vienen tus convidados? —preguntó.

—Es temprano. Veo que te fastidias en mi compañía —contestó mi ama.

—No; pero la reunión hasta ahora no tiene nada de divertida.

Isidoro sacó un cigarro y fumó. Debo advertir que el ilustre actor no gastaba tabaco por las narices, como todos los grandes hombres de su tiempo, Talleyrand, Metternich, Rossini, Moratín y el mismo Napoleón, que si no miente la historia por abreviar la operación de sacar y destapar la tabaquera, llevaba derramado el aromático polvo en el bolsillo del chaleco, forrado interiormente de hules; y mientras disponía los escuadrones de

Jena, o durante las conferencias de Tilsitt, no cesaba de meter en el suso-dicho bolsillo los dedos pulgar e índice para llevarlos a la nariz cada minuto. Por esta singular costumbre dicen que el chaleco amarillo y las solapas que cubrían el primer corazón del siglo, eran una de las cosas más sucias que se han señoreado de la Europa entera.

Farinelli también se atarugaba las narices entre un aria y un oratorio, y de ciertos papeles viejos que hemos visto, se desprende que el mejor regalo que podía hacer una dama enamorada, o un noble entusiasta, a cualquier músico, pintor o *virtuoso* italiano, era un par de arrobas de tabaco.

El abate Pico de la Mirandola, Rafael Mengs, el tenor Montagnana, la soprano Pariggi, el violinista Alaí y otras notabilidades del teatro del Buen Retiro, consumieron lo mejor que venía de América en los regios galeones.

Perdóneseme la digresión, y conste que Isidoro no usaba tabaco en polvo.

V

Las diez serían cuando solemnemente entraron las dos damas de que antes hice mención. ¡Lesbia, Amaranta! ¿Quién podrá olvidaros si alguna vez os vio? Excusado es decir que iban de incógnito, y en coche, no en litera donde fácil hubiera sido conocerlas al indiscreto vulgo. Las pobrecillas gustaban mucho de aquellas reuniones de confianza, donde hallaban desahogo sus almas comprimidas por la etiqueta.

Ha de saberse que en las reuniones clásicas de familia o de palacio, en las reuniones donde reinaba con despótico imperio la ley castiza, no ocurría cosa alguna que no fuese encaminada a producir entre los asistentes un decoroso aburrimiento. No se hablaba, ni mucho menos se reía. Las damas ocupaban el estrado, los caballeros el resto de la sala, y las conversaciones eran tan sosas como los refrescos. Si alguien tocaba el clave o la guitarra, la tertulia se animaba un poco; pero pronto volvía a reinar el más soporífero decoro. Se bailaba un minueto; entonces los amantes podían saborear las platónicas e ideales delicias que resultaban de tocarse las yemas de los dedos, y después de muchas cortesías hechas con música, volvía a reinar el decoro, que era una deidad parecida al silencio.

Nada tiene de particular que algunas damas de imaginación buscaran en reuniones menos austeras pasatiempos más acordes con su naturaleza, y aquí traigo a la memoria *El sí de las niñas*, que censurando la hipocresía en la educación, es una general censura de la hipocresía en todas las fases de nuestras antiguas costumbres. Todo anunciaba en aquellos días una fuerte tendencia a adoptar usos un poco más libres, relaciones más francas entre ambos sexos, sin dejar de ser honradas, vida en fin, que se fundara antes en la confianza del bien, que en el recelo del mal, y que no pusiera por fundamentos de la sociedad la suspicacia y la probabilidad del pecado. La verdad es que había mucha hipocresía entonces: porque las cosas no se hicieran en público, no dejaban de hacerse, y siendo menos libres las costumbres, no por eso eran mejores.

Lesbia y Amaranta entraron haciendo cortesías y gestos encantadores, que revelaban la alegría de sus corazones. Las acompañaba el tío de Amaranta, viejo marqués diplomático: pero antes de decir quién era éste, voy a referiros cómo eran ellas.

La duquesa de X (Lesbia), era una hermosura delicada y casi infantil, de esas que, semejantes a ciertas flores con que poéticamente son comparadas, parece que han de ajarse al impulso del viento, al influjo de un fuerte Sol, o perecer deshechas si una débil tempestad las agita. Las que se desataron en el corazón de Lesbia no hicieron estrago alguno, al menos hasta entonces, en su belleza.

Parecía haber salido el día antes del poder de las buenas madres de Chamartín de la Rosa y que aún no sabía hablar sino de los bollos del convento, de las hormigas de la regla de San Benito y de los cariños de la madre Circuncisión. ¡Pero cómo desmentía esta creencia en cuanto comenzaba a hablar la muy picarona! En su lenguaje tomaba mucha parte la risa, con tanta franqueza y tan discreta desenvoltura, que nadie estaba triste en su presencia. Era rubia, y no muy alta, aunque sí esbelta y ligera como un pajarito. Todo en ella respiraba felicidad y satisfacción de sí misma; era una naturaleza tan voluntariosa como alegre, a quien ningún extraño albedrío podía sujetar. Los que tal intentaron principiarían por enojarla, y enojarla era echarla a perder destruyendo la mitad de sus encantos.

Entre las cualidades que hacían agradable el trato de Lesbia descollaba su habilidad en el arte de la declamación. Era una cómica consumada, y según conocí después, su talento sin igual para la escena no se reducía a los estrechos lienzos pintados de los teatros caseros, sino que tomaba más ancho vuelo, desplegándose en todos los actos de la vida. Siempre que se daba alguna función extraordinaria en cualquiera de las principales casas de la corte, ella hacía la mejor parte, y a la sazón Máiquez le enseñaba el papel de Edelmira en la tragedia *Otello*, que debía ponerse en escena en el teatro doméstico de cierta marquesa. Isidoro y mi ama estaban también designados para cooperar en aquella representación, anunciada como muy espléndida.

Lesbia era casada. Tres años antes, y cuando apenas tenía diecinueve, contrajo matrimonio con un señor duque que se pasaba el tiempo cazando como un Nemrod en sus vastas dehesas: venía alguna vez a Madrid hecho un zafiote para pedir perdón a su mujer por las largas ausencias, y jurarle que tenía el propósito de no disgustarla más, viviendo lejos de ella. Sin que nadie me lo diga, afirmo que Lesbia se quejaría con su dulce vocecita; pero cuidando de no esforzar su queja en términos que pudieran decidir al duque a cambiar de vida.

Amaranta era un tipo enteramente contrario al de Lesbia. Ésta agradaba; pero Amaranta entusiasmaba. La apacible y graciosa hermosura de la primera hacía pasajeramente felices a cuantos la miraban. La belleza ideal y grandiosa de la segunda causaba un sentimiento extraño, parecido a la tristeza. Pensando en esto después, he creído que la singular estupefacción que experimentamos ante uno de estos raros portentos de la hermosura humana, consiste o en creencia de nuestra inferioridad o en la poca esperanza de poseer el afecto de una persona, que a causa de sus muchas perfecciones, será solicitada por sin número de golosos.

Entre las mujeres que he visto en mi vida, no recuerdo otra que poseyera atracción tan seductora en su semblante, así es que no he podido olvidarla nunca, y siempre que pienso en las cosas acabadas y superiores, cuya existencia depende exclusivamente de la Naturaleza, veo su cara y su actitud como intachables prototipos que me sirven para mis comparaciones. Amaranta parecía tener treinta años. La gloria de haber producido a aquella mujer te pertenece en primer término a ti, Andalucía, y después a ti, Tarifa, fin de España, rincón de Europa donde se han refugiado todas las gracias del tipo español, huyendo de extranjera invasión.

Con lo dicho podrán ustedes formar idea cómo era la incomparable condesa de X, *alias* Amaranta, y excuso descender a pormenores que ustedes podrán representarse fácilmente, tales como su arrogante estatura, la blancura de su tez, el fino corte de todas las líneas de su cara, la expresión de sus dulces y patéticos ojos, la negrura de sus cabellos y otras muchas indefinidas perfecciones que no escribo, porque no sé cómo expresarlas; calidades que se comprenden, se sienten y se admiran por el inteligente lector, pero cuyo análisis no debe éste exigirnos, si no quiere que el encanto de esas mil sutiles maravillas se disipe entre los dedos de esta alquimia del estilo, que a veces afea cuanto toca.

No conservo cabal memoria de sus vestidos. Al acordarme de Amaranta, me parece que los encajes negros de una voluminosa mantilla, prendida entre los dientes de la más fastuosa peineta, dejan ver por entre sus mil recortes e intersticios el brillo de un raso carmesí, que en los hombros y en las bocamangas vuelve a perderse entre la negra espuma de otros encajes, bolillos y alamares. La basquiña del mismo raso carmesí y tan estrecha y ceñida como el uso del tiempo exigía, permite adivinar la hermosa estatua que cubre; y de las rodillas abajo el mismo follaje negro y la cuajada y espesa pasamanería terminan el traje, dejando ver los zapatos, cuyas respingadas puntas aparecen o se ocultan como encantadores animalitos que juegan bajo la falda. Este accidente hasta llega a ser un lenguaje cuando Amaranta, atenta a la conversación, aumenta con el encanto de su palabra los demás encantos, y añade a todas las elocuencias de su persona la elocuencia de su abanico.

Esto en cuanto a la condesa. Refiriéndome a Lesbia, si quiero acordarme de su vestido, todo me parece azul. Figúrensela ustedes con mantilla blanca y guarda-pies azul bordado de encajes negros; y si no es cierto que estuviera así, tampoco es inverosímil que pudiera estarlo.

Antes de la noche a que me refiero, había visto hasta tres veces a las dos lindas mujeres en casa de mi ama. Desde luego comprendí que una y otra eran personas muy metidas en los enredos de la corte, aunque en las clandestinas tertulias de mi casa poco dejaban traslucir. Algunas veces, sin embargo, disputaban las dos en tales términos y con tan mal disimulado ensañamiento que me pareció no existía entre ellas la mejor armonía. También mentaban de vez en cuando los negocios públicos, y a tal o cual persona de la real familia: pero en tales casos siempre daba el tema el señor marqués y tío de Amaranta, personaje que no podía estar en sosiego, si no realzaba a todas horas su personalidad, sacando a relucir a tontas y a locas los negocios diplomáticos en que se creía muy experto.

La noche a que corresponde mi narración, había asistido también el celebérrimo tío, de quien ante todo diré que parecía cosido a las faldas de su sobrina, pues la acompañaba a todas partes, sirviéndole de rodrigón en la iglesia, de caballero en el paseo y de pareja en los bailes. No sé si he dicho que Amaranta era viuda. Si antes lo dije, dese por repetido.

El marqués (callemos el título por las mismas razones que nos movieron a disfrazar el de las damas) era un viejo de mas de sesenta años, que había ejercido varios cargos diplomáticos. Elevado por Floridablanca, sostenido por Aranda, y derribado al fin por Godoy, conservó rencorosa pasión contra este ministro, y por esta causa todas sus disertaciones, que eran interminables, giraban sobre el capitalísimo tema de la caída del favorito. Su carácter era vano, aparatoso y hueco, como de hombre que habiéndose formado de sí mismo elevado concepto, se cree destinado a desempeñar los más altos papeles. Por su grandilocuencia, que no era inferior a la flojedad efectiva de su ánimo, servía como objeto de agudísimas burlas entre sus amigos, y en todos los círculos que frecuentaba, se divertían oyéndole decir: *¿Qué hará la Rusia...? ¿Secundará el Austria tan atroz proyecto? ¡Un gran desastre nos amaga...! ¡Ay de las potencias del Mediodía...!* y otras igualmente misteriosas, con que se proponía darse importancia, cuidando siempre en su estudiada reserva de decir las cosas a medias, y de no dar noticias claras de nada, para que los oyentes, llenos de dudas y oscuridades, le rogasen con insistencia que fuese más explícito.

He dado estos detalles para que se comprenda qué clase de espantajos había entonces para regocijo de aquella generación. En cuanto a mí, siempre me han hecho gracia estos tipos de la vanidad humana, que son sin disputa los que más divierten y los que más enseñan.

Como hombre poco dispuesto a transigir con las *novedades peligrosas*, y enemigo del jacobinismo, el marqués se esforzaba en conseguir que su persona fuese espejo fiel de sus elevados pensamientos, así es que miraba con desdén los trajes de moda, y tenía gusto en sorprender al público elegante de la corte y villa con vestidos anticuados de aquellos que solo se veía ya en la veneranda persona de algún buen consejero de Indias. Así es que si usó hasta 1798 la casaca de tontillo y la chupa mandil, en 1807 todavía no se había decidido a adoptar el frac solapado y el chaleco ombliguero, que los poetas satíricos de entonces calificaban de moda *anglo-gala*.

Me falta añadir que el marqués, con su anti-jacobinismo y su peluca empolvada, digna de figurar en las Juntas de Coblentza, había sido hombre de costumbres bastante disipadas. En la época de mi relación la edad le había corregido un poco, y todas sus calaveradas no pasaban de una benévola complicidad en todos los caprichos de su sobrina. No vacilaba en acompañarla a sus excursiones y meriendas en la pradera del Canal o en la Florida, con gente de categoría muy inferior a la suya. Tampoco ponía reparos en ser su pareja en las orgías celebradas en casa de la González o la Prado, pues tío y sobrina gustaban mucho de aquella familiaridad con cómicos y otra gente de parecida laya. Excusado es decir que tales excursiones eran secretas y tenían por único objeto el esparcir y alegrar el espíritu abatido por la etiqueta. ¡Pobre gente! Aquellos nobles que buscaban la compañía del pueblo para disfrutar pasajeramente de alguna libertad en las costumbres estaban consumando, sin saberlo, la revolución que tanto temían, pues antes de que vinieran los franceses y los volterianos y los doceañistas, ya ellos estaban echando las bases de la futura igualdad.

VI

Lesbia, dando golpecitos con su abanico en el hombro de Isidoro, decía:

—Estoy muy enfadada con usted señor Máiquez, sí señor, muy enfadada.

—¿Porque he representado mal esta tarde? —contestó el actor—. Pepilla tiene la culpa.

—No es eso —continuó la dama—, y me las pagará usted todas juntas.

Al oír esto, Isidoro inclinó la cabeza. Lesbia acercó su rostro, y habló tan bajo, que ni yo ni los demás entendimos una palabra; pero por la sonrisa de Máiquez se adivinaba que la dama le decía cosas muy dulces. Después continuaron hablando en voz baja, y el uno atendía a las palabras del otro con tal interés, daban tanta fuerza y energía al lenguaje de los ojos, se ponían serios o joviales, tristes o alborozados con transición tan ansiosa y brusca, que al más listo se le alcanzaba la injerencia del travieso amor en las relaciones de aquellos dos personajes.

Para que todo se sepa de una vez, diré que el diplomático no miraba con malos ojos a la González; mas ésta no podía contestar a sus tiernas insinuaciones, porque harto tenía que hacer atendiendo al íntimo diálogo que sostenían Lesbia e Isidoro. A mi ama un color se le iba y otro se le venía, de pura zozobra: a veces parecía encendida en violenta ira; a veces dominada por punzante dolor, pugnaba por distraerles, ingiriendo en su conversación conceptos extraños, y al fin, no pudiendo contenerse, dijo con muy mal humor.

—¿No concluirá tan larga confesión? Si siguen ustedes así, entonaremos el *yo, pecador*.

—¿Y a ti qué te importa? —dijo Máiquez con semblante sañudo y con aquel despótico tono que usaba con los desdichados subalternos de su compañía.

Mi ama se quedó perpleja, y en un buen rato no dijo una palabra.

—Tienen que contarse muchas cosas —dijo Amaranta con malicia—. Lo mismo sucedió el otro día en casa. Pero estas cosas pasan, señor Máiquez. El placer es breve y fugaz. Conviene aprovechar las dulzuras de la vida hasta que el horrible hastío las amargue.

Lesbia miró a su amiga... Mejor dicho, ambas se miraron de un modo que no indicaba la existencia de una apacible concordia entre una y otra.

El secreto entre Isidoro y la dama continuaba cada vez más íntimo, más ardoroso, más impaciente. Parecía que el tiempo se les abreviaba entre palabra y palabra, no permitiéndoles decirlo todo. Amaranta se aburría, el marqués dirigía con ojos y boca inútiles flechas al enajenado corazón de mi ama, y ésta cada vez más inquieta, mostrando en su semblante ya la interna rabia de los celos, ya la dolorosa conformidad del martirio, no procuraba entablar conversación, ni parecía cuidarse de sus convidados. Pero al fin el marqués, comprendiendo que aquélla era ocasión propicia para hablar, aunque fuera ante mujeres, de su tema favorito que eran los asuntos públicos, rompió el grave silencio y dijo:

—La verdad es que estamos aquí divirtiéndonos, y a estas horas tal vez se preparan cosas que mañana nos dejarán a todos asombrados y lelos.

Hallándose mi ama, como he dicho, absorta entre el despecho y la resignación, se dejó dominar del primero, que la inducía a trabar otro diálogo íntimo con el diplomático, y dijo con viveza:

—¿Pues qué pasa?

—Ahí es nada... Parece mentira que estén ustedes con tanta calma —contestó el marqués retardando el dar las noticias.

—Dejemos esas cuestiones que no son de este lugar —dijo la sobrina con hastío.

—¡Oh, oh, oh! —exclamó con grandes aspavientos el diplomático—. ¡Por qué no han de serlo! Yo sé que Pepa desea vivamente saber lo que pasa, y saberlo de mis autorizados labios: ¿no?

—Sí, muchísimo; quiero que usted me cuente todo —dijo mi ama—. Esas cosas me encantan. Estoy de un humor... divertidísimo: hablemos, hablemos, señor marqués.

—Pepa, usted me electriza —dijo el marqués clavando en ella con amor sus turbios y amortiguados ojos—. Tanto es así, que yo, a pesar de haberme distinguido siempre, durante mi carrera diplomática, por mi gran reserva, seré con usted franco, revelándole hasta los más profundos secretos de que depende la suerte de las naciones.

—¡Oh!, me encantan los diplomáticos —dijo mi ama con cierta agitación febril—. Hábleme usted, cuénteme todo lo que sepa. Quiero estar hablando con usted, toda la noche. Es usted, señor marqués, la persona de conversación más dulce, más amena, más divertida que he tratado en mi vida.

—Nada te dirá, Pepa, sino lo que todo el mundo sabe —indicó Amaranta—, y es que a estas horas las tropas de Napoleón deben de estar entrando en España.

—¡Oh, qué cosa más linda! —dijo mi ama—. Hable usted, señor marqués.

—Sobrina, ¿acabarás de apurarme la paciencia? —exclamó el marqués, dando importancia extraordinaria al asunto—. No se trata de que entren o no entren esas tropas, se trata de que van a Portugal a apoderarse de aquel reino para repartirlo...

—¿Para repartirlo? —dijo la González con su calenturienta jovialidad—. Bien; me alegro. Que se lo repartan.

—Lindísima Pepa, esas cosas no pueden decidirse tan de ligero —dijo el marqués gravemente—. ¡Oh, usted aprenderá conmigo a tener juicio!

—Es cierto —añadió Amaranta— que se ha acordado dividir a Portugal en tres pedazos: el del Norte se dará a los reyes de Etruria; el centro quedará para Francia y la provincia de Algarbes y Alentejo, servirá para hacer un pequeño reino, cuya corona se pondrá el señor Godoy en su cabeza.

—¡Patrañas, sobrina, patrañas! —dijo el marqués—. Eso es lo que dio tanto que hablar el año pasado; pero ¿quién se acuerda ya de semejante combinación? Tú no estás al tanto de lo que pasa... Por supuesto, no necesito repetir que es preciso guardar absoluto secreto sobre lo que voy a decir.

—¡Ah!, descuide usted —repuso mi ama—. En cuanto a mí, estoy encantada de esta conversación.

—El año pasado Godoy trató de ese asunto, por medio de Izquierdo, su representante reservado, con Napoleón. Parece que la cosa estaba arreglada. Pero de repente el Emperador pareció desistir, y entonces don Manuel, ofendido en su amor propio y viendo defraudadas sus esperanzas, quiso mostrarse fuerte contra Napoleón, publicó la famosa proclama de Octubre del año pasado, y envió un mensajero secreto a Inglaterra, para tratar de adherirse a la coalición de las potencias del Norte contra Francia. Esto lo tengo yo muy sabido... porque ¿qué secreto puede escaparse a mi penetración y consumada experiencia de estos arduos negocios? Bien... así las cosas, venció Napoleón a los prusianos en Jena, y ya tenemos a nuestro don Manuel asustadico y hecho un lego motilón, temiendo la venganza del que había sido gravemente ofendido con la publicación de la proclama, considerada aquí y en Francia como una declaración de guerra. Envió a Izquierdo a Alemania, para implorar perdón, y al fin le fue concedido; pero no se volvió a hablar más del reparto de Portugal, ni de la soberanía de los Algarbes. He aquí, señoras, la pura verdad. Yo, por mis antecedentes y mis conocimientos, estoy al tanto de todos estos asuntos, pues al paso que los atisbo y escudriño aquí, no falta algún diplomático extranjero que me los comunique con toda reserva. Hoy no se habla ya del reparto de Portugal, señora sobrinita. Lo que ocurre es mucho más grave, y... pero no, no somos dueños de comunicar a nadie ciertas cosas. Callaré hasta que el gran cataclismo se haga público... ¿Aprueba usted mi discreción, querida Pepa? ¿Conviene usted conmigo en que la reserva es hermana gemela de la diplomacia?

—¡Oh, la diplomacia! —exclamó mi ama con afectación—. Es cosa que me tiene enamorada. ¡La pérfida Albión! ¡Los tratados! ¡Bonaparte! ¡La coalición! ¡Oh, qué asuntos tan divinos! Confieso que hasta aquí me han aburrido mucho; pero ahora... esta noche, rabio por conocerlos, y esta conversación, señor marqués, me tiene embelesada.

—Es verdad —dijo el diplomático relamiéndose de satisfacción—, qué pocas personas tratan de estas materias con tanta delicadeza, con tanta prudencia, digámoslo de una vez, con tanta gracia como yo. Cuando estaba en Viena por el año 84 todas las damas de la corte me rodeaban, y si vieran ustedes cómo pasaban el rato oyéndome...

—Lo comprendo: lo mismo me pasa a mí esta noche —dijo mi ama sin cesar en su extraña exaltación—. Por piedad, hábleme usted del Austria, de la Turquía, de la China, del protocolo y de la guerra; sobre todo de la guerra.

—Dejemos a un lado, por esta noche tan fastidiosa conversación —indicó Amaranta—. No creo que usted, querido tío, sea de la ridícula opinión que se supone que Godoy intenta, con el auxilio de Bonaparte, mandar a América a la Real familia, quedándose él de rey de España.

—Sobrina, por todos los santos, no me incites a hablar; no me hagas olvidar el gran principio de que la discreción es hermana gemela de la diplomacia.

—Es absurdo también —continuó la sobrina— suponer que Napoleón haya mandado sus tropas a España para poner la corona al príncipe Fernando. El heredero de un trono no puede solicitar el favor de un soberano extranjero para ningún fin contrario a los de sus reales padres.

—Vamos, vamos, señoras, asuntos tan graves no pueden tratarse de ligero. Si yo me decidiera a hablar, se quedarían ustedes espantadas, y no podríamos cenar.

A esta sazón ya había venido la cena, y yo comenzaba a servirla. Isidoro y Lesbia, requeridos por mi ama para que se acercaran a la mesa, dieron tregua al arrobamiento y tomaron parte por un rato en la conversación general.

—¿Pero, qué están ustedes hablando? —dijo Lesbia—. ¿Hemos venido aquí para ocuparnos de lo que no nos importa? ¡Bonito tema!

—¿Pues de qué quiere usted que se hable, desgraciada?

—De otras cosas... vamos; de bailes, de toros, de comedias, de versos, de vestidos...

—¡Qué sosada! —indicó mi ama con desdén—. Además, ustedes pueden tratar de lo que gusten, y nosotras hablaremos de lo que más nos convenga.

—Ya veo por qué anda Pepa tan distraída —dijo Máiquez burlándose de mi ama—. Se ha dedicado a estudiar la política y la diplomacia, carreras más propias de su ingenio que la del teatro.

Mi ama intentó contestar a esta mofa, pero las palabras expiraron en sus labios y se puso muy encendida.

—Aquí venimos a divertirnos —añadió Lesbia.

—¡Oh, frívola y vana juventud! —exclamó el marqués después de beberse un gran vaso de vino—. No piensa más que en divertirse, cuando la Europa entera...

—Dale con la Europa entera.

—Pepa es la única que comprende la gravedad de las circunstancias. Usted, encantadora actriz, será de las pocas que, como yo, no se sorprendan del cataclismo.

—¿Querrá usted explicarnos de una vez lo que va a pasar?

—¡Por Dios y todos los santos! —exclamó el diplomático afectando cierta compunción suplicante—. Yo ruego a ustedes que no me obliguen con sus apremiantes excitaciones a decir lo que no debe salir de mis labios. Aunque tengo confianza en mi propia prudencia, temo mucho que si ustedes siguen hostigándome, se me escape alguna frase, alguna palabra... Callen ustedes por Dios, que la amistad tiene en mí fuerza irresistible, y no quiero verme obligado por ella a olvidar mis honrosos antecedentes.

—Pues callaremos: no deseamos saber nada, señor marqués —dijo Máiquez, comprendiendo que el mejor medio para mortificar al buen viejo consistía en no preguntarle cosa alguna.

Hubo un momento de silencio. El marqués, contrariado en su locuacidad, no cesaba de engullir, entablando relaciones oficiosas con un capón, e impetrando para este fin los buenos oficios de una ensalada de escarola, que le ayudaba en sus negociaciones. Mientras tanto se deshacía en obsequios con mi ama, y sus turbios ojos, reanimados no sé si por el vino o por el amor, brillaban entre los arrugados párpados y bajo las espesas cenicientas cejas que contraía siempre en virtud de la costumbre de leer la vieja escritura de los *memorandums*. La González no decía tampoco una palabra, y solo ponía su reconcentrada atención, aunque sin mirarlos, en los dos amantes, mientras que Amaranta, agitada sin duda por pensamientos muy diferentes, no miraba a Isidoro ni a Lesbia, ni a mi ama, ni a su tío, sino... ¿tendré valor para decirlo?, me miraba a mí. Pero esto merece capítulo aparte, y pongo punto final en éste para descansar un poco.

VII

Sí, ¿lo creerán ustedes?, me miraba, ¡y de qué modo! Yo no podía explicarme la causa que motivaba aquella tenaz curiosidad, y si he decir verdad como hombre honrado, aún no he salido de dudas. Yo servía a la mesa, como es de suponer, y no pueden ustedes figurarse cuál fue mi turbación cuando advertí que aquella hermosa dama, objeto por parte mía de la más fervorosa admiración, fijaba en mí los ojos más perfectos, que, según creo, se han abierto a la luz desde que hay luz en el mundo. Un color se me iba y otro se me venía; a veces mi sangre toda corría precipitadamente hacia mi semblante poniéndome encendido, y a veces se recogía por entero en mi palpitante corazón, dejándome más pálido que un difunto. Ignoro el número de fuentes que rompí aquella noche, pues las manos me temblaban, y creo que serví de un modo lamentable, trocando el orden de los platos, y dando sal cuando me pedían azúcar.

Yo decía para mí: ¿qué es esto? ¿Tendré algo en la cara? ¿Por qué me mirará tanto esa mujer?... Al salir fuera, iba a la cocina, me miraba a toda prisa en un espejillo roto que allí tenía; mas no encontraba en mi semblante nada que de notar fuese. Volví a la sala, y otra vez Amaranta me clavaba los ojos. Por un instante llegué a creer... ¡pero quiá!, me reía yo mismo de tan loca presunción. Cómo era posible que una dama tan hermosa y principal sintiera... ¡Ay!, recuerdo haber dicho, aunque al revés, lo que después escribió en un célebre verso cierto poeta moderno. Pero todo debía de ser un sueño de mi infantil soberbia. ¿Cómo podía la estrella del cielo mirar al gusano de la tierra, sino para recrearse, comparando, en su propia magnitud y belleza?

Pero debo añadir otra circunstancia, y es que cuando mi ama me reprendía por las muchas torpezas que cometí en el servicio de la mesa, Amaranta acompañaba sus miradas de una dulce sonrisa, que parecía implorar indulgencia por mis faltas. Yo estaba perplejo, y un violento fluido que parecía súbito acrecentamiento de vida corría por mis nervios, produciéndome una actividad devoradora a la cual seguía un vago aturdimiento.

Después de largo rato la conversación, anudándose de nuevo, fue general. El marqués, viendo que no se le preguntaba nada, estaba en gran desasosiego, y a los rostros de todos dirigía con inquietud sus ojos buscando una víctima de su conversación; pero nadie parecía dispuesto a escucharle, con lo cual, lleno de enojo, tomó la palabra para decir que si continuaban apremiándole para que hablara, se vería en el caso de no poner por segunda vez a prueba su discreción concurriendo a tertulias donde no reinaba el más profundo respeto hacia los secretos de la diplomacia.

—Pero si no le hemos dicho a usted una palabra —indicó Lesbia, riendo.

Isidoro, conociendo que el marqués era enemigo de Godoy, dijo con mucha sorna:

—No se puede negar que el príncipe de la Paz, como hombre de gran talento, burlará las intrigas de sus enemigos. Napoleón le apoya, y no digo yo la coronita de los Algarbes, sino la de Portugal entero o quizás otra mejor, recibirá de manos de su majestad imperial. Conozco a Napoleón, le he tratado en París, y sé que gusta de los hombres arrojados como Godoy. Verá usted, verá usted, señor marqués, todavía le hemos de ver a usted llamado a los consejos del nuevo rey, y tal vez representándole como plenipotenciario en alguna de las Cortes de Europa.

El marqués se limpió la boca con la servilleta, echóse hacia atrás, sopló con fuerza, desahogando la satisfacción que le producía el verse interpelado de aquel modo, fijó la vista en un vaso, como buscando misterioso punto de apoyo para una sutil meditación, y dijo con mucha pausa:

—Mis enemigos, que son muchos, han hecho correr por toda Europa la especie de que yo llevaba correspondencia secreta con el príncipe de Talleyrand, con el príncipe Borghese, con el príncipe Piombino, con el gran duque de Aremberg, y con Luciano Bonaparte, en connivencia con Godoy, para estipular las bases de un tratado en virtud del cual España cedería las provincias catalanas a Francia a cambio de Portugal y el reino de Nápoles... pasando Milán a la reina de Etruria, y el reino de Westfalia a un Infante de España. Yo sé que esto se ha dicho —añadió alzando la voz y dando un fuerte puñetazo en la mesa—. ¡Yo sé que esto se ha dicho; ha llegado a mis oídos, sí, señor! Los calumniadores lo hicieron creer a los soberanos de Austria y Prusia; se me interpeló sobre el caso, Rusia no titubeó en hacerse eco de la calumnia, y fue preciso que yo empleara todo mi valimiento y tacto para disipar las densas nubes que se habían acumulado en el horizonte de mi reputación.

Al decir esto el marqués empleaba el mismo tono que habría usado ante un Consejo de los principales políticos de Europa. Después de sonarse con estrépito, prosiguió así:

—Afortunadamente soy bien conocido, y al fin... tengo la satisfacción de haber sido objeto de las más satisfactorias frases por parte de los soberanos citados. ¡Ah!... ya sé yo el objeto que guió a los calumniadores y el sitio de donde partió la calumnia. En casa de Godoy se inventó esa trama abominable con objeto de ver si, autorizada con mi nombre, podía esa combinación correr con alguna fortuna por Europa. Pero tan inicuos planes, quedaron sin éxito, como era de suponer, y la Europa entera convencida de que el príncipe de la Paz y yo no podemos obrar de concierto en negocio alguno de interés general para las grandes potencias.

—¿De modo —dijo Isidoro—, que usted no es, como dicen, amigo secreto de Godoy?

El diplomático frunció el ceño, sonrió con desdén, llevó un polvo a la nariz, y continuó así:

—¿Qué incongruentes especies no inventará la calumnia? ¿Qué torpes ardides no imaginarán la astucia y la doblez contra la prudencia y la rectitud? Mil veces me han hecho esos cargos, y mil veces los he rebatido. Pero es fuerza que repita ahora lo que en otras ocasiones he dicho. Había hecho propósito solemne de no ocuparme más de este asunto; pero la terquedad de mis amigos, y la obcecación del público me obligan a ello. Hablaré claro: si en el calor de mi defensa hago revelaciones que puedan sonar mal en ciertos oídos cúlpese a los que me han provocado, no a mí, que todo debo posponerlo al brillo de mi inmaculada reputación.

Lesbia, Isidoro y mi ama hacían esfuerzos para contener la risa, al ver el énfasis con que nuestro hombre defendía, contra imaginarias acusaciones una personalidad de que nadie se ocupaba sino él. Amaranta parecía meditabunda, mas sus reflexiones no le impedían fijar alguna vez en mí sus incomparables ojos.

—En el año de 1792 —prosiguió el viejo—, cayó del ministerio el conde de Floridablanca, que se había propuesto poner coto a los estragos de la revolución francesa. ¡Ah! El vulgo no conoció la mano oculta que había arrojado de la secretaría del Estado a aquel hombre insigne, envejecido en servicio del

Rey. ¿Pero cómo podía ocultarse a los hombres perspicaces la máquina interior de aquel cambio de ministerio? Un joven de 25 años a quien los Reyes miraban con particular afecto y que tenía frecuente entrada en palacio, y hasta participación en los consejos, influyó en el cambio de ministerio, y en la elevación del señor conde de Aranda. ¿Tuve yo participación en aquel suceso? No, mil veces no; hallábame a la sazón agregado a la embajada española, cerca del Emperador Leopoldo, y no pude de ningún modo influir para que desempeñara el ministerio mi amigo el conde de Aranda. Pero ¡ay!, este duró poco en el poder, porque nuevas maquinaciones le derribaron, y en Noviembre del mismo año, España y el mundo todo vieron con sorpresa que era elevado a la primera dignidad política aquel mismo joven de 25 años, ya colmado de honores inmerecidos, tales como el ducado de la Alcudia y la grandeza de España de primera clase, la gran cruz de Carlos III, la cruz de Santiago, los cargos de ayudante general del cuerpo de guardias, mariscal de campo de los reales ejércitos, gentil-hombre de cámara de S.M. con ejercicio, sargento mayor del real cuerpo de guardias de Corps, consejero de Estado, superintendente general de correos y caminos, etc., etcétera. Empuñó Godoy las riendas del Estado en tiempos muy críticos: todos los hombres de previsión, comprendíamos la proximidad de grandes males, e hicimos lo posible por conjurarlos. El torpe duque de la Alcudia declaró la guerra a Francia, contra la opinión de Aranda, y de todos cuantos teníamos alguna experiencia en los negocios. ¿Se nos hizo caso? No. ¿Se oyeron nuestros consejos? No. Pues veamos ahora lo que ocurría después de hecha la paz con Francia.

«El Rey continuaba acumulando en la persona de su favorito toda clase de distinciones y honores, y por fin le enlazó con una princesa de la familia real. Tanto favor dispensado a un hombre nulo y que en los más indignos hechos buscaba ocasión de medro, produjo la animadversión y el descontento de todos los españoles. La caída de un favorito, que había desconcertado el Erario público, y desmoralizado la justicia vendiendo los destinos, era segura.» Y aquí debo decir, aunque por un momento falte a las leyes de mi sistemática reserva, que yo nada influí para que entraran en los ministerios de Hacienda y Gracia y Justicia Saavedra y Jovellanos. Ruego a ustedes que no revelen este secreto, que hoy por primera vez sale de mis labios.

—Seremos tan callados como guardacantones, señor marqués —dijo Isidoro.

—Pero la cosa no tenía remedio —continuó el diplomático dirigiendo sus ojos a todos los lados de la sala, como si le oyera gran número de personas—. Jovellanos y Saavedra no podían concertarse en el gobierno con quien ha sido siempre la misma torpeza y la corrupción en persona. La república francesa trabajaba en contra del favorito; Jovellanos y Saavedra se empeñaron en desprenderse de tan peligroso compañero, y al fin el rey, cediendo a tantas sugestiones, y a la voz popular, dio a Godoy su retiro en Marzo de 1798. Yo declaro aquí de una vez para siempre que no tuve participación en su caída, como han dado en suponer. Y ésta sería ocasión de decir algo que sé, y que siempre he callado; pero... no, no fío bastante en la prudencia de los que me escuchan, y prefiero guardar silencio sobre un punto delicado que nadie conoce. Conste tan solo que no contribuí a la caída de Godoy en 1798.

—Pero la desgracia del señor don Manuel duró poco —dijo Isidoro—, porque el ministerio Jovellanos-Saavedra fue de poca duración, y el de Caballero y Urquijo, que le sucedió, tampoco tuvo larga vida.

—Efectivamente, a eso iba —continuó el marqués—. Los Reyes no podían pasarse sin su amigo. Ocupó éste nuevamente la secretaría de Estado, y queriendo acreditarse de guerrero, ideó la famosa expedición contra Portugal, para obligar a este pequeño reino a romper sus relaciones con Inglaterra. Ya desde entonces nuestro ministro no pensaba más que en secundar los planes de Bonaparte del modo menos ventajoso para España. Él mismo mandó aquel ejército, que se puso en planta a costa de grandes sacrificios; y cuando los pobres portugueses abandonaron a Olivenza sin que pudiera entablarse una lucha formal, el favorito celebró sus soñadas victorias con un festejo teatral que dio a aquella guerra el nombre de *guerra de las naranjas*. Ustedes saben que los Reyes habían acudido a la frontera. El favorito mandó construir unas angarillas que adornó con flores y ramajes, y sobre esta máquina hizo poner a la reina, que fue tan chabacanamente llevada en procesión ante las tropas, para recibir de manos del generalísimo un ramo de naranjas, cogido en Elvas por nuestros soldados. No añadiré una palabra más, ni recordaré los punzantes chistes que circularon en aquella ocasión de boca en boca. Que cada cual se entienda con su conciencia, y que todos tengan bastante energía para defender sus propios actos, como defiendo yo los míos en este momento. Ahora paso a otra cuestión.

«Y aunque necesite repetirlo mil veces, diré también que no tuve parte alguna en las negociaciones del tratado de San Ildefonso, ni en la alianza de nuestra marina con la francesa, origen del desastre de Trafalgar. Pero sobre ese tratado sé cosas curiosísimas que me confió el general Duroc y que no puedo revelar a ustedes por más empeño que muestren en conocerlas. No... no me pidan ustedes que revele lo que sé; no pongan a prueba mi discreción; hay secretos que no pueden confiarse en el seno de la amistad más íntima. Yo debo callar y callaré. Si los dijese, cuán pronto confundiría al príncipe de la Paz y a los que me suponen cómplice de sus infames tratos con Bonaparte. Mi único afán ha consistido en destruir sus combinaciones, y aquí en confianza puedo decir que repetidas veces lo he conseguido. Por eso se empeña en desacreditarme a los ojos de Europa, en malquistarme con los hombres de Estado, que han depositado en mí su confianza; por eso suena mi nombre unido a todas las combinaciones que fragua Izquierdo en París. Pero ¡ah!, gracias a mi destreza podré anonadar a los calumniadores, salvando mi buen nombre. Ojalá pudiera asimismo salvar a nuestros Reyes y a nuestro país del descrédito a que los conduce ciegamente un hombre abominable, que se ha elevado por las causas que todos sabemos y sigue dirigiendo la nave del Estado valido de su torpe arrogancia e insolente travesura.

Dijo, y llevándose a la nariz con diplomático aplomo el polvo de rapé se sonó con más estruendo que el de una batería, miró a todos por encima del pañuelo, y luego pronunció vagas frases que anunciaban la agitación de su grande espíritu. Oyéndole y viéndole, parecía que sobre el mantel de la mesa que yo había servido iban a resolverse las más arduas cuestiones europeas, repartiendo pueblos y arreglando naciones como en el tapete de Campo-Formio, de Presburgo o de Luneville.

—Estamos ya convencidos, señor marqués —dijo Lesbia—, de que usted no ha tenido ni tiene parte alguna en los desastres ocasionados por el príncipe de la Paz; pero no nos ha dicho cuáles son los cataclismos que nos amenazan.

—Ni una palabra más, no diré ni una palabra más —dijo el marqués alzando la voz—. Cesen, pues, las preguntas. Todo es inútil, señoras mías. Soy inflexible e implacable: todos los esfuerzos, todas las astucias de la curiosidad no conseguirán arrancarme una revelación. He suplicado a ustedes que no me preguntasen nada, y ahora, no ruego, sino mando que me dejen en paz, renunciando a corromper y sobornar mi experimentada prudencia con los halagos de la amistad.

Oyendo al diplomático, yo recordaba a cierto mentiroso que conocí en Cádiz, llamado don José María Malespina. Ambos eran portentos de vanidad; pero el de Cádiz mentía desvergonzadamente y sin atadero, mientras que el de Madrid, sin alterar nunca los sucesos reales, se suponía hombre de importancia, y su prurito consistía en defenderse de ataques imaginarios y en negarse a revelar secretos que no sabía. Esto prueba la inmensa variedad que el Creador ha puesto en la fauna moral, así como en la física.

Isidoro y Lesbia, retirándose de la mesa, habían vuelto a formar la tela de araña de sus comunicaciones amorosas. Mi ama había variado en sus disposiciones favorables con el marqués. En vano le prometió franquearse con ella, revelándole lo que ningún ser humano había oído hasta entonces de sus labios; pero sin duda a la González no debió de halagar mucho la promesa de conocer los planes de todas las potencias europeas, porque no tuvo para su solícito cortejante palabra ni frase alguna que no fuesen el mismo acíbar.

Amaranta, cuya reconcentración mental se desvanecía poco a poco, clavó en mí sus ojos de una manera que parecía indicar vivo deseo de entablar conversación conmigo. En efecto, contra todas las prescripciones del decoro, en cierta ocasión en que yo recogía los platos vacíos que tenía delante, se sonrió de un modo celestial, atravesándome el corazón con estas palabras:

—¿Estás contento con tu ama?

No puedo asegurarlo terminantemente; pero creo que sin mirarla, contesté: —Sí, señora.

—¿Y no desearías cambiar de ama? ¿No deseas encontrar colocación en otra parte?

Tampoco aseguro que sea cierto, pero me parece que respondí: —Según con quien fuera.

—Tú pareces un chico de disposición —añadió con una sonrisa que parecía abrir el cielo ante mis ojos.

A esto sí estoy seguro de no haber contestado una palabra. Después de una breve pausa, en que mi corazón parecía querer echárseme fuera del pecho, tuve un arranque de osadía, que hoy mismo me causa asombro, y dije:

—¿Es que quiere usía tomarme a su servicio?

Al oírme, Amaranta prorrumpió en graciosa carcajada, y yo me quedé perplejo, creyendo haber dicho alguna inconveniencia. Al punto salí de la sala con mi carga de platos: en la cocina procuré calmar mi turbación, tratando de explicarme los sentimientos de Amaranta respecto a mí, y después de mil dudas, dije:

—Mañana mismo le contaré todo a Inés, y veremos lo que ella piensa.

VIII

Cuando regresé a la sala, la escena continuaba la misma, pero la llegada de un nuevo personaje iba a variarla por completo. Oímos ruido de alegres voces y como preludios de guitarra en el portal, y después entró un joven a quien diferentes veces había yo visto en el teatro. Acompañábanle otros; pero se despidieron en la puerta, y él subió solo, mas haciendo tanto ruido, que no parecía sino que un ejército se nos metía en la casa. Me acuerdo bien de que aquel joven vestía el traje popular; esto es, un rico marsellés, gorra peluda de forma semejante a la de los sombreros tripicos, pero mucho más pequeña, y capa de grana con forros de felpa manchada. Al verle con esta facha, no crean ustedes que era algún manolo de Lavapiés o chispero de Maravillas, pues los arreos con que le he presentado cubrían la persona de uno de los principales caballeros de la corte; solo que éste, como otros muchos de su época, gustaba de buscar pasatiempo entre la gente de baja estofa, y concurría a los salones de *Polonia la Aguardentera*, *Juliana la Naranjera*, y otras célebres majas de que se hablaba mucho entonces. En sus nocturnas correrías usaba siempre aquel traje, que en honor de la verdad, le caía a las mil maravillas.

Pertenecía aquel joven a la guardia real, y sus conocimientos no traspasaban más allá de la ciencia heráldica, en que era muy experto, del arte del toreo y la equitación. Su constante oficio era la galantería arriba y abajo, en los estrados y en los bailes de candil. Parecían escritos expresamente para él los famosos versos:

¿Ves, Arnesto, aquel majo en siete varas
de pardomonte envuelto...

—¡Oh, don Juan! —exclamó Amaranta al verle entrar.

—Bien venido sea el señor de Mañara.

Animóse la reunión como por encanto con la entrada de aquel joven, cuyo carácter jovial y bullanguero se manifestó desde el primer momento. Advertí que el rostro de Amaranta adquiría de súbito extraordinaria viveza y malicia.

—Señor de Mañara —dijo con gran desenfado—, llega usted a tiempo. Lesbia le echaba a usted de menos.

Lesbia miró a su amiga de un modo terrible, mientras Isidoro parecía dominado por violenta cólera.

—Aquí, don Juan, siéntese usted a mi lado —indicó mi ama con alegría, señalando a Mañara la silla que tenía a la izquierda.

—No creí encontrar a usted aquí, señora duquesa —dijo el petimetre dirigiéndose a Lesbia—. He venido, sin embargo, impulsado por la voz de mi corazón; ya veo que el corazón no se equivoca siempre.

Lesbia estaba bastante turbada, mas no era mujer a quien arredraban las situaciones críticas; así es que entre ella y Mañara hubo un verdadero tiroteo de dichos agudos, risas y epigramas. Máiquez estaba cada vez más intranquilo.

—Esta es noche de suerte para mí —dijo don Juan sacando un bolsillo de seda—. He estado en casa de la Primorosa, y allí he ganado cerca de dos mil reales.

Diciendo esto, vació el oro sobre la mesa.

—¿Había allí mucha gente? —preguntó Amaranta.

—Mucha; mas la marquesita no pudo ir porque estaba con dolor de muelas. ¡Ah!, nos hemos divertido.

—Para usted —dijo Amaranta con verdadero ensañamiento en su malicia— no hay diversión allí donde no está Lesbia.

Ésta volvió a dirigir a su amiga colérica mirada.

—Por eso he venido.

—¿Quiere usted seguir probando fortuna? —dijo mi ama—. La baraja, Gabriel; trae la baraja.

Hice lo que se me mandaba, y los oros, las espadas, los bastos y las copas se entremezclaron bajo los dedos del petimetre, que barajaba con toda la rapidez que da la experiencia.

—Sea usted banquero.

—Bien; ahí va.

Cayeron las primeras cartas: todos los personajes sacaron su dinero; fijáronse ansiosas miradas en los terribles signos, y comenzó el juego.

Por un momento no se oyeron más que estas breves y elocuentes frases: «¡Tres duros al caballo!... Yo no abandono a mi siete de espadas... Bien por el rey... Gané..., perdí... Diez a mí... Maldita sota!»

—Mala suerte tiene usted esta noche, Máiquez —dijo Mañara, recogiendo el dinero del actor, que ni una vez apuntaba sin perder cuanto ponía.

—¡Y yo, qué buena! —dijo mi ama recogiendo sus monedas, que ascendían ya a una respetable cantidad.

—¡Oh, Pepa; para usted es toda la suerte! —exclamó el banquero—. Pero dice el refrán: «Afortunado en el juego, desgraciado en amores.»

—En cambio usted —dijo Amaranta— puede decir que es afortunado en ambos juegos. ¿Verdad, Lesbia?

Y luego, dirigiéndose a Isidoro, que perdía mucho, añadió:

—Para usted, pobre Máiquez, sí que no se ha hecho aquel refrán; porque usted es desgraciado en todo. ¿Verdad, Lesbia?

El rostro de ésta se encendió súbitamente. Me pareció que la vi dispuesta a contestar con violencia a su amiga; pero se contuvo y la tempestad quedó conjurada por algún tiempo. El marqués perdía siempre, pero no paró de jugar mientras tuvo una peseta en su bolsillo. No así Máiquez, que una vez desvalijado, recibió un préstamo del banquero, y así siguió el juego hasta más de la una, hora en que comenzaron a hablar de retirarse.

—Debo a usted treinta y siete duros —dijo Máiquez.

—Y por fin —preguntó el petimetre—, ¿cuál es la función escogida para representarse en casa de la señora marquesa?

—Ya está acordado que sea *Otello*.

—¡Oh!, me parece bien, amigo Isidoro. Me entusiasma usted en el papel de celoso —dijo Mañara.

—¿Querría usted hacer el de Loredano? —preguntó el actor.

—No; es papel muy desairado. Además, no sirvo para el teatro.

—Yo le enseñaré a usted

—Gracias. ¿Ya ha enseñado usted a Lesbia su papel?

—Lo sabe perfectamente.

—Cuánto deseo que llegue esa noche —dijo Amaranta—. Pero diga usted, Isidoro, si le ocurriera a usted un lance como el de *Otello*, si se viera engañado por la mujer que ama, ¿sentiría usted aquel terrible furor, sería capaz de matar a su Edelmira?

Esta flecha iba dirigida a Lesbia.

—¡Quiá! —exclamó Mañara—. Eso no pasa nunca sino en el teatro.

—No mataría a Edelmira; pero sí a Loredano —repuso Máiquez con firmeza, clavando su enérgica mirada en el petimetre.

Hubo un momento de silencio, durante el cual pude advertir perfectamente las señales de la más reconcentrada rabia en el rostro de Lesbia.

—Pepa, no me has obsequiado esta noche —dijo Mañara—. Verdad es que he cenado; pero son las dos, hija mía.

Serví de beber al joven, y habiéndome retirado, oí desde fuera el siguiente diálogo. Mañara, alzando una copa llena hasta los bordes, dijo:

—Señores: brindo por nuestro querido príncipe de Asturias: brindo porque la santa causa que representa tenga dentro de pocos días el éxito más completo: brindo por la caída del favorito y el destronamiento de los reyes padres.

—Muy bien —exclamó Lesbia aplaudiendo.

—Creo que estoy entre amigos —continuó el joven—. Creo que un fiel súbdito del nuevo Rey puede manifestar aquí sin recelo, alegría y esperanza.

—¡Qué horror! Está usted loco. Prudencia, joven —dijo el diplomático escandalizado—. ¿Cómo se atreve usted a revelar?...

—Cuidado —dijo Lesbia con mucha viveza—, cuidado señor Mañara, está delante una confidenta de S. M. la Reina.

—¿Quién?

—Amaranta.

—Tú también lo eres, y según dicen posees los secretos más graves.

—No tanto como tú, hija mía —dijo Lesbia sintiendo reponerse su osadía—; tú, que, según se asegura, eres hoy depositaria de todas las confianzas de nuestra amada soberana. Esto es una gran honra para ti.

—Seguramente —repuso Amaranta, dominando su cólera—. Sigo al lado de mi bienhechora. La ingratitud es vicio muy feo, y no he querido imitar el ejemplo de las que insultan a quien les ha favorecido. ¡Ah!, es muy cómodo hablar de las faltas ajenas para que no se fije la vista en las propias.

Lesbia, después de un momento de vacilación, iba a contestar. El diálogo tomaba alguna gravedad, y de seguro se habrían oído cosas bastante duras, si el diplomático, interviniendo con su tacto de costumbre, no hubiera dicho:

—Señoras, por Dios... ¿qué es esto? ¿No son ustedes íntimas amigas? ¿Una diferencia de opinión puede turbar el cielo purísimo de la amistad? Dense las manos, y bebamos todos el último vaso a la salud de Lesbia y Amaranta enlazadas en dulce y amorosa fraternidad.

—Estoy conforme; esta es mi mano —dijo Amaranta alargando la suya con gravedad.

—Ya hablaremos de esto —añadió Lesbia estrechando con desabrimiento las manos de la otra dama—. Por ahora seremos amigas.

—Bien: ya hablaremos de esto.

En aquel momento entré yo y la expresión del semblante de una y otra no me pareció indicar predisposiciones a la concordia. Con aquel desagradable incidente, que por fortuna no tomó proporciones, tuvo fin la tertulia, y la aparente reconciliación fue señal de partida. Levantáronse todos, y mientras el diplomático y Mañara se despedían de mi ama, Amaranta se llegó a mí con disimulo, acercó su boca a mi oído, y me dijo con una vocecita que parecía resonar dentro de mi cerebro:

—Tengo que hablarte.

Dejóme aturdido; pero mi sorpresa subió de punto un poco después, cuando acompañé a la comitiva por la calle, precediéndoles con un farol, según costumbre, porque en aquel tiempo el alumbrado público, si en alguna calle existía, era digno émulo de la oscuridad más profunda. Llegamos a la calle de Cañizares, a una suntuosa casa, que era la misma en cuyo sota-banco vivía Inés, aunque se subía por distinta escalera. En el patio de aquella casa, que era la del marqués diplomático, por mejor dicho, de su hermana, esperaban las literas que debían conducir a las dos damas a sus respectivas mansiones. Antes de entrar en la litera, Amaranta me llamó aparte, y díjome que al día siguiente fuese a buscarla a aquella misma casa, preguntando por una tal Dolores, que luego supe era doncella o confidenta suya, cuyo mandato me alegró mucho, porque en él vi el fundamento de mi fortuna.

Volví a casa apresuradamente, y encontré a mi ama muy agitada, paseando con precipitación en la estrecha sala, y departiendo consigo misma, como si no tuviera el juicio muy sano.

—¿Observaste —me dijo— si Isidoro y Mañara disputaban por la calle?

—No reparé, señora —le respondí—. ¿Pues qué motivo tienen esos dos caballeros para enemistarse?

—¡Ah!, no sabes cuán alegre estoy, Gabriel; estoy satisfecha —me dijo la González con extraviados ojos y tan febril inquietud, que me impuso miedo.

—¿Por qué, señora? —pregunté—. Ya es hora de descansar, y usted parece necesitar descanso.

—No, tonto, yo no duermo esta noche —dijo—. ¿No sabes que yo no puedo dormir? ¡Ah, cuánto gozo considerando su desesperación!

—No entiendo a usted

—Tú no entiendes de esto, chiquillo; vete a acostar... Pero no, no, ven acá y escucha. ¿Verdad que parece castigo de Dios? El muy simple no conoce la víbora que tiene entre sus brazos.

—Creo que se refiere usted a Isidoro.

—Justo. Ya sabes que está enamorado de Lesbia. Está loco, como nunca lo ha estado. ¡Ah! Con todo su orgullo, ¡qué vilmente se arrastra a los pies de esa mujer! Él, acostumbrado a dominar, es dominado ahora, y su impetuoso amor servirá de diversión y chacota en el teatro y fuera de él.

—Pero me parece que el señor Máiquez es correspondido.

—Lo fue; pero los favores de Lesbia pasan pronto. ¡Oh! Bien merecido le está. Lesbia es la misma inconstancia.

—No lo hubiera creído en una persona tan simpática y tan linda.

—Con esa carita angelical, con su sonrisa inalterable y su aire de ingenuidad, Lesbia es un monstruo de liviandad y coquetería.

—Tal vez ese señor Mañara...

—Eso no tiene duda. Mañara es hoy el favorecido, y si habla con Isidoro es para divertirse a su costa, jugando con el corazón de ese desgraciado. Sí, el corazón de Isidoro está hoy como un ovillo de algodón entre las patas de una gata traviesa. ¿Pero no es verdad que le está bien merecido?... ¡Oh, rabio de placer!

—Por eso la señora Amaranta no cesaba de decir aquellas cosas... — indiqué, deseando que mi ama esclareciera mis dudas sobre muchos sucesos y palabras de aquella noche.

—¡Ah! Lesbia y Amaranta, aunque vienen juntas aquí, se aborrecen, se detestan, y quisieran destruirse una a otra. Antes se llevaban muy bien; mas de algún tiempo a esta parte, yo creo que algo ocurrido en palacio es la causa de esta inquina que ha empezado hace poco y será una guerra a muerte.

—Bien se conoce que no se llevan bien.

—En palacio, según me han dicho, arden pasiones encarnizadas implacables. Amaranta es muy amiga de los Reyes padres, mientras que Lesbia parece que es de las damas que más intrigan en el bando de los amigos del príncipe de Asturias. Tan irritadas están hoy la una contra la otra, que ya no saben disimular el odio que se profesan.

—¿Y es Amaranta mujer de tan mala condición como su amiga? —pregunté, deseando inquirir noticias de la que ya consideraba como mi protectora.

—Todo lo contrario —repuso—. Amaranta es una gran señora, tan discreta como hermosa, y de conducta intachable. Gusta de proteger a los desvalidos: su sensible y tierno corazón es inagotable para los menesterosos que necesitan de su ayuda; y como es poderosísima en la corte, porque su valimiento casi excede al de los mismos Reyes, el que tenga la dicha de caer en gracia, ya se puede considerar puesto en los cuernos de la Luna.

—Ya me lo parecía a mí —dije muy contento por tan lisonjeras noticias.

—Espero que Amaranta —prosiguió mi ama con la misma calenturienta agitación—, me ayudará en mi venganza.

—¿Contra quién? —pregunté alarmado.

—Creo que se ha aplazado la función de la marquesa —continuó sin atender a mi pregunta—. Nadie quiere hacer el desairado papel de Pésaro, y esto será ocasión de un lamentable retraso. ¿Querrás desempeñarlo tú, Gabriel?

—¡Yo, señora!... no sirvo para el caso.

—Quedóse luego muy meditabunda, con el ceño fruncido y los ojos fijos en el suelo, y por fin volvió a su primer tema.

—Estoy satisfecha —dijo con esa hilaridad dolorosa, que indica las grandes crisis de la pasión—. Lesbia le es infiel, Lesbia le engaña, Lesbia le pone en ridículo, Lesbia le castiga... ¡Oh, Dios mío! Veo que hay justicia en la tierra.

Después, serenándose un poco, me mandó retirar, y cuando me hallé fuera, dejándola con su doncella, la sentí llorar con lágrimas francas y abundantes, que debían templar la irritación de su espíritu y poner calma en su excitado cerebro. A los consuelos y ruegos de su criada para que se retirase a descansar, no respondía más que esto:

—¿Para qué me acuesto, si sé que no he dormir en toda la noche?

Retiréme a mi cuarto, que era un estrecho dormitorio donde jamás entraban ni en pleno día importunas luces. Me acosté bastante afligido al considerar la triste pasión de mi ama; pero estos pensamientos se enlazaron con otros relativos a mi propio estado, los cuales, lejos de ser tristes, alborozaban mi alma; y acompañado por la imagen de Amaranta que iluminaba mi mezquino asilo como un rayo de Luna, me dormí profundamente pensando en la fábula de Diana y Endimión, que conocía por una de las estampas de la sala.

IX

Al despertar en la mañana siguiente, acudieron en tropel a mi pensamiento todas las ideas y las imágenes que me habían agitado la noche anterior. La inclinación hacia mi persona que suponía en Amaranta, me trastornaba el juicio como verá el amigo lector, si le cuento los disparates que dije y las locuras que imaginé en las reflexiones y monólogos de aquella mañana.

—No veo la hora —decía para mí— de presentarme a esa señora. No me queda duda de que le he caído en gracia, lo cual no es extraño, pues algunas personas me han dicho que no tengo mal ver. Como dice doña Juana, de hombres se hacen obispos, y quién sabe si a la vuelta de una media docena de añitos, me encuentro hecho en dos palotadas duque, conde o almirante, como otros que yo me sé y que deben lo que son a haber caído en gracia a esta o la otra persona. Hablemos claro, Gabriel. ¿No estás oyendo mentar todos los días a cierto personaje que antes era un pobre pelambrón, y ahora es todo cuanto puede ser un hombre? ¿Y todo por qué? Por la inclinación de una elevada señora. ¿Y quién dice que lo que puede pasar a un hombre no le pueda suceder a otro? Verdad es que el tal personaje es un gallardo mozo; pero yo bien sabido me tengo que no soy saco de paja, pues muchas personas me han dicho que les gusto, y que no puede negarse que tengo unos ojillos picarescos, capaces de trastornar a todo el sexo femenino. Ánimo, señor Gabrielito. Mi ama ha dicho que Amaranta es la mujer más poderosa de toda la corte, y quién sabe si será de sangre real. ¡Oh, divina Amaranta! ¿Qué haré para merecerte? Por supuesto, que si llego a verme desempeñando esos elevados cargos, juro por Dios y mi salvación, que he de ser el hombre más formal que jamás haya gobernado en el mundo: a buen seguro que nadie me acuse, como acusan al otro, de haber hecho tantas picardías. Lo que es eso... yo tendré las cosas bien arregladitas, y en mi persona no gastaré sino lo muy preciso. Lo primero que voy a disponer es que no haya pobres, que España no vuelva a unirse con Francia, y que en todas las plazuelas de España se fije el precio de los comestibles, para que los pobres compren todo muy barato. Veremos si sé yo mandar o no sé... ¡y que tengo un geniecillo! Como no hagan lo que mando, nada, nada... no me andaré con chiquitas. Al que no obedezca, cortarle la cabeza y se acabó... así andarán todos derechos como un huso. Y lo dicho dicho. Nada con los franceses. Napoleón que se entienda solo; nosotros haremos lo que nos dé la gana, y que no me busquen el genio, porque yo tengo muy malas moscas... ¡Oh!, si esto sucediera, cómo se había de alegrar la pobre Inés: entonces sí que no repetiría lo de la tortuga y del águila. Se me figura que Inés es algo corta de alcances; sin embargo, es tan buena que la amaré siempre... pero debo amar a Amaranta... pero ¿cómo puedo dejar de amar a Inés?... Pero es preciso que adore sobre todas las cosas a Amaranta... pero Inés es tan sencilla, tan buena, tan... pero Amaranta me subyuga, me fascina, me vuelve loco... pero Inés... pero Amaranta..

Esto decía yo, despeñado como corcel salvaje, por los derrumbaderos de mi fantasía; y ya habrá observado el lector que, al suponerme amado por una mujer poderosa, mis primeras ideas versaron sobre mi engrandecimiento personal, y el ansia de adquirir honores y destinos. En esto he reconocido después la sangre española. Siempre hemos sido los mismos.

Levanteme, cogí el cesto para ir a la compra, y cuando recorría los puestos de la plazuela regateando las patatas y las coles, consideré cuán inconveniente y deshonroso era que se ocupase en tan bajos menesteres un joven destinado a ser dentro de algún tiempo generalísimo de los ejércitos de mar y tierra, gran almirante, ministro, y quién sabe si rey de algún reinito chico que le caería por chiripa en los repartos europeos.

Dejando aparte por ahora lo que se refiere a mi persona, voy a dar una idea de la opinión pública en aquellos días, con motivo de los sucesos políticos. En la plazuela advertí que se hablaba del asunto, y por las calles las personas se paraban preguntándose noticias, y regalándose mutuamente las mentiras de que cada cual era forjador o inocente vehículo. Yo hablé del caso con varias personas conocidas, y voy a copiar imparcialmente el parecer de algunas, pues siendo las más de diversa condición y capacidad, el conjunto de sus observaciones puede ofrecer exactamente una muestra del pensamiento público.

Un hortera de ultramarinos, que era nuestro abastecedor y hombre muy aficionado a mover la sin hueso, me pareció más alegre que de ordinario y en extremo jovial con sus parroquianos.

—¿Qué nuevas corren por ahí? —le pregunté.

—¡Oh!, grandes nuevas. Los franceses han entrado en España. Yo estoy contentísimo.

Luego, bajando la voz, dijo con semblante risueño:

—¡Van a conquistar a Portugal! Es para volverse loco de alegría.

—Hombre, no lo entiendo.

—¡Ah! Gabrielillo: tú como eres un pobre chico, no entiendes estas cosas. Ven acá, mentecato. Si conquistan a Portugal, ¿para qué ha de ser sino para regalárselo a España?

—¿Y un reino se conquista y se regala como si fuera una libra de nísperos, señor de Cuacos?

—Pues es claro. Napoleón es un hombre que me gusta. Quiere mucho a España, y se desvive por hacernos felices.

—Vaya con el hombre. ¿Y nos quiere por nuestra linda cara o porque le conviene, para sacarnos dinero, barcos, tropas, y cuanto le da la gana? —dije yo, cada vez más resuelto a romper con Francia, cuando fuese ministro.

—Nos quiere porque sí, y sobre todo ahora va a quitar de en medio al señor Godoy, que ya nos tiene hasta el tragadero.

—¿Querrá usted decirme qué es lo que ha hecho ese caballero para que todos le quieran tan mal?

—¡Bicoca!, ahí es nada lo del ojo. ¿No sabes que es un embustero, atrevido, lascivo, tramposo y enredador? Ya sabemos todos a qué debe su fortuna, y la verdad es que la culpa no la tiene él, sino quien lo consiente. Ya sabes tú que vende los destinos, ¡y de qué manera! Los que tienen mujer guapa o hija doncella son los que consiguen de Su Alteza cuanto solicitan. Pues ahora trata de que se vayan a América los príncipes para quedarse él de rey de España... Pero no echó muy bien las cuentas, y a lo mejor se presenta Napoleón para desbaratar sus planes... Sabe Dios lo que ocurrirá dentro de algunos días: yo creo que Napoleón, como amigo y admirador que es de nuestro gran príncipe de Asturias, nos lo va a poner en el trono, sí señor... y el Rey Carlos, con la buena pieza de su mujer, se irá a donde mejor le convenga.

No hablemos más del asunto. Entré luego en la tienda de doña Ambrosia, a comprar un poco de seda que me había encargado la doncella, y vi tras el mostrador a la grave tendera, acariciando su gato, sin dejar por eso de atender a la conversación entablada entre don Anatolio, el papelista de la acera de enfrente, y el abate don Lino Paniagua, que estaba escogiendo unas cintas verdes y azules.

—No le quede a usted duda, señora doña Ambrosia —decía el papelista—; de esta vez nos veremos libres del *choricero*.

—No puede ser menos —contestó la tendera— sino que alguna buena alma ha ido a Francia y le ha contado a ese bendito Emperador todas las picardías que aquí hace Godoy, por lo cual éste ha mandado un ejército entero para quitarle de en medio.

—Pues con perdón de ustedes —dijo el abate Paniagua alzando la vista—, yo que frecuento la sociedad de etiqueta, puedo asegurar que las intenciones de Napoleón son muy distintas de lo que se cree vulgarmente. Napoleón no manda sus tropas contra Godoy, sino para Godoy; porque han de saber ustedes que en un tratado secreto (y esto lo digo con reserva) se ha convenido echar de Portugal a los Braganzas, y repartirse aquel reino entre tres personas, de las cuales una será el príncipe de la Paz.

—Eso se dijo hace tiempo —observó con desdén don Anatolio—; pero ahora no se trata de tal reparto. La verdad pura y neta es que Napoleón viene a quitar el Portugal a los ingleses, lo cual está muy retebién hecho; sí señor.

—Pues a mí me han dicho —añadió doña Ambrosia—, que lo que quiere Godoy es mandar al príncipe a América con sus hermanos, para quedarse él solito de rey de España. Eso no lo habíamos de consentir. ¿Verdá usté don Anatolio? —Miren qué ideas de hombre. Pero ¿qué se puede esperar de quien está casado con dos mujeres?

—Y creo que las dos se sientan con él a la mesa, una a la derecha y otra a la izquierda —dijo don Anatolio.

—Por Dios, hablemos bajo —indicó con timidez don Lino Paniagua—. Esas cosas no deben decirse.

—Nadie nos oye, y sobre todo... Si van a poner a la sombra a cuantos hablan de estas cosas, pronto se quedará Madrid sin gente.

—Verdad —dijo Ambrosia bajando la voz—. Mi difunto esposo, que santa gloria haya, y era el hombre de más verdad que ha comido nabos en el mundo, aseguraba... (y crean ustedes que lo sabía de buena tinta) que cuando el *choricero* quiso que el consejo de Estado habilitase a la Reina para ser regenta... pues, no sé si me explico... era porque tenían el proyecto de despachar para el otro barrio a mi señor don Carlos; de modo que...

—¡Qué abominaciones se dicen hoy! —exclamó el abate.

—Como que es la pura verdad —dijo don Anatolio.

—Yo también lo supe por persona que estaba en el ajo.

—Pero esto no se dice, señores, esto se calla —respondió Paniagua—. Yo, francamente, no gusto de oír tales cosas. Me da miedo; y si llega a oídos del señor príncipe de la Paz, figúrense ustedes qué disgusto.

—Como no nos ha dado prebendas, ni le pedimos congruas...

—En fin, despácheme usted, señora doña Ambrosia, que tengo prisa. Esas cintas verdes son de etiqueta; pero lo que es las azules, no me atrevo a presentárselas a la señora condesa de Castro-Limón.

Despacharon al abate, y luego a mí, con más presteza de la que habría querido, pues de buen grado me hubiera detenido más para oír los comentarios políticos que tanto me agradaban. Ya iba derecho a casa, cuando acerté a tropezar con el reverendo padre fray José Salmón, de la orden de la Merced, el cual era un sujeto excelente que visitaba a doña Dominguita (la abuela de mi ama), con tanta frecuencia como exigían el arte de Hipócrates y el piadoso anhelo de bien morir; pues para administrar lo primero y preparar el ánima a lo segundo era un águila el buen mercenario Salmón, a quien solo faltaba una *o* en su apellido para llamarse como el portento de la sabiduría. Detúvose en medio de la calle, e interpelándome con su acostumbrada afabilidad y cortesía, dijo:

—¿Y esa incomparable doña Dominga, cómo está? ¿Qué tal efecto te ha hecho el cocimiento de cáscaras de frambuesa, o sea, *tetragonia ficoide*, que llama Dioscórides?

—¡Magnífico efecto! —respondí, aunque estaba en completa ignorancia del asunto.

—Ya le llevaré esta tarde unas pildoritas... —prosiguió— con las cuales o yo no soy el padre Salmón de la orden de la Merced, o esa señora ha de recobrar la agilidad de sus piernas... Pero chico: qué buenas peras llevas ahí —añadió metiendo la mano en el cesto y sacando la fruta indicada—. Tú tienes buena mano derecha para comprar peras.

Y acto continuo se la guardó, después de olerla, en la manga del luengo hábito, sin pedir permiso para ello, pues aunque siguió hablando, fue para añadir lo siguiente:

—Dile que iré esta tarde por allá a contarle las grandes novedades que ocurren en España.

—Usted que sabe tanto —dije impulsado por mi curiosidad—, ¿podrá explicarme a qué vienen esos ejércitos franceses?

—Si tú tuvieras la mitad del talento que yo tengo —repuso—, te pondrías al tanto de las diversas razones que me hacen estar alegre considerando la llegada de esos señores. ¿Por ventura no sabes que Napoleón fue quien restableció el culto en Francia, después de los horrores y herejías de la revolución? ¿No sabes también que entre nosotros no falta algún endiablado personaje en cuya mente bullen atrevidos proyectos contra la Iglesia? Pues sabiendo esto, ¿a quién no se alcanza que el objeto de la entrada de esos ejércitos no es ni puede ser otro que dar merecido castigo al insolente pecador, al polígamo desvergonzado, al loco enemigo de los derechos eclesiásticos?

—Luego ese señor Godoy ¿no solo es un bribón, y un acá y un allá, sino que también es enemigo de la religión y los religiosos? —pregunté asombrado de ver cómo aumentaba el capítulo de culpas del favorito.

—Sin duda —dijo el fraile—. Y si no, ¿qué nombre tiene el proyecto de reformar las órdenes mendicantes, quitándoles la vida conventual y obligando a esos buenos religiosos a servir en los hospitales generales? También agita en su diabólica mente el proyecto de sacar de las granjas que nos pertenecen lo necesario para fundar unas a modo de escuelas de agricultura; que sabe Dios lo que serán las tales escuelitas. ¡Oh! Y si fuera cierto lo que se dice —añadió alargando la mano para hacer segunda exploración en mi cesto—; si fuera cierto lo que se dice respecto a la enajenación de parte de los bienes que ellos llaman de manos muertas... Pero no nos ocupemos de esto, que más bien causa risa que indignación, y fijemos la vista en el astro de las Galias que cual divino campeón viene a libertarnos de la tiranía de un necio valido, poniendo en el trono al augusto príncipe en cuya sabiduría y prudencia fiamos.

Al concluir esto había trasportado desde mi cesto a las mangas de su hábito otra pera y hasta media docena de ciruelas, dando después rienda suelta a los encomios de mi destreza en el comprar. Yo me apresuré a separarme de un interlocutor que me salía tan caro, y le di los buenos días, renunciando a las lecciones de su sabiduría.

No había sacado en limpio gran cosa, ni disipado mis dudas, sobre lo que hoy llamaríamos la situación política, y lo único que vi con alguna claridad fue la general animadversión de que era objeto el príncipe de la Paz, a quien se acusaba de corrompido, dilapidador, inmoral, traficante de destinos, polígamo, enemigo de la Iglesia, y, por añadidura de querer sentarse en el trono de nuestros Reyes, lo cual me parecía el colmo de la atrocidad. También vi de un modo clarísimo que todas las clases sociales amaban al príncipe de Asturias, siendo de notar, que cuantos anhelaban su próxima elevación al trono, fiaban tal empresa a la amistad de Bonaparte, cuyos ejércitos estaban entrando ya en España para dirigirse a Portugal.

Volvía a la plazuela para reponer las bajas hechas en el cesto por su paternidad, y allí encontré... ¿no adivinan ustedes a quién? El infeliz, acompañado de su hija Joaquinita, a quien natura había hecho *poetisa entre dos platos*, se ocupaba en comprar al fiado no sé que piltrafas y miserables restos, que eran su ordinario alimento. Él pedía las cosas, la jorobadilla se las regateaba, y entre los dos cargaban la ración, cuyo peso no hubiera fatigado a un niño de cinco años. La miseria había pintado sus más feos rasgos en el semblante de la hija y del padre, el cual era tan flaco y amarillo, que se dudaba cómo podía existir y moverse cuerpo tan endeble, no siendo galvanizado por el misterioso fluido del numen poético. ¿Necesito nombrarle? Era Comella.

—¡señor don Luciano, usted por aquí! —dije saludándole con mucho afecto, porque aquel hombre me inspiraba la más viva compasión.

—¡Ah, Gabriel! —contestó—, ¿y Pepita y doña Dominga? Tiempo hace que no las veo. Pero ya saben que aunque no las visito, porque el trabajo me lo impide, les estoy muy agradecido.

—Hoy espero ir por allá a llevarles a ustedes algún recadito —dije respondiendo verbalmente a las tristes suplicantes miradas de la hija del poeta, cuyos ojos me hablaban el lenguaje del hambre.

—Es preciso que vayas por casa —continuó el poeta tomándome el brazo, e indicando en su gravedad que lo que iba a confiarme era importantísimo—. Como me has dicho que presenciaste lo de Trafalgar, quiero consultarte sobre ciertos detalles... pues.

—Ya. Escribe usted la historia de aquella batalla.

—No: historia no, un dramita que va a dejar bizcos a los señores. Verás que pieza. Se titula *El tercer Gran Federico y combate del 21*.

—Buen título —respondí—; pero no entiendo qué es eso del *tercer Federico*.

—¡Qué tonto eres! El *tercer Gran Federico* es Gravina, y como ya hubo en Prusia un Gran Federico que era segundo, ¿no comprendes que es ingenioso, y llamativo y tónico poner a nuestro almirante en la lista de los Grandes Federicos que ha habido en el mundo?

—Ciertamente. Es una idea que solo a usted se le hubiera ocurrido.

—Ya Joaquina ha escrito las primeras escenas, que son preciosísimas. En primer término aparece la cubierta del *Santísima Trinidad*, a la derecha el navío de Nelson, y a lo lejos Cádiz con sus castillos y torreones. Debo advertirte que figuro a Nelson enamorado de la hija de Gravina, el cual se niega a dársela en matrimonio. La escena empieza con una sublevación de los marineros españoles que piden pan, porque en todo el barco no hay una miga. El almirante se enfurece y les dice que son unos cobardes, porque no tienen alma para resistir tres días sin comer, y les da el ejemplo de la más plausible sobriedad mandándose servir un pedacito de maroma asada. Nelson se presenta a decir que todo se acabará al fin si le dan la niña para llevársela a Inglaterra: la muchacha sale de la cámara bordando un pañuelo, y...

No dijo más, porque la violenta risa en que prorrumpí, sin poderme contener, le desconcertó un poco, aunque yo, para que no se enojara, le aseguré que me reía por cierto recuerdo despertado en mi memoria.

—La escena del hambre está escrita, y si he de decirte la verdad, no tiene pero.

—No dudo que esa escena puede ser admirable —dije con malicia—, sobre todo si ha puesto la mano en ella la señorita Joaquina.

—Ya hemos escrito a todos los teatros de Italia, que se disputarán, como siempre, el derecho de traducirla —dijo Joaquinita.

—¡Ah! Aquí no se recompensa el verdadero mérito. Bien dicen, que nadie es profeta en su patria: verdad es que la posteridad hace justicia: pero entretanto que esa justicia llega, los hombres superiores arrastramos miserable existencia, y nos morimos como cualquier pelafustán sin que nadie se acuerde de nosotros. Vamos a ver: ¿de qué me valen ahora a mí los mausoleos, las inscripciones, las estatuas con que han de honrarme en tiempos futuros, cuando la envidia calle y a nadie quede duda del mérito de mis obras? Y si no ahí tienes a Cervantes, que es otro ejemplo como este mío. ¿No vivió en la miseria? ¿No murió abandonado? ¿Acaso tocó las ventajas positivas de ser el primer escritor de su siglo? Pues a mí me pasa dos cuartos de lo mismo: por supuesto que si algo me consuela es considerar cuánto se avergonzará la España futura al saber que el autor de *Catalina en Cromstad*, de *Federico II en Glatz*, de *El negro sensible*, de *La enferma fingida por amor*, de *Cadma y Sinoris*, de *La escocesa de Lambrun* y de otras muchas obras, ha vivido algún tiempo almorzando dos cuartos de sangre frita y otras cosas que no nombro por respeto al arte de la poesía, pues no lo quiero denigrar, denigrándome a mí mismo... Pero no hablemos de estas cosas, que dan tristeza y obligan a renegar de una patria que no sabe premiar el mérito, y de unos tiempos en que los magnates protegen la envidia y persiguen la inspiración.

—Calma, calma, señor don Luciano —dije yo mostrándome interesado por el triunfo de la inspiración sobre la envidia—; tras esos tiempos vendrán otros. ¡Quién sabe lo que pasará mañana!

—Eso me han dicho, sí —repuso Comella bajando la voz y con sonrisa de satisfacción.

—¿Será cierto que Napoleón es del partido del príncipe de Asturias? ¿Caerá Godoy?

—Eso no tiene duda. ¿Pues qué quiere Napoleón más que el bien de los españoles?

—Justo; y aunque él y Godoy han sido muy amigotes, ya parece que el otro ha conocido sus malas mañas, y sabe que todos queremos al heredero, con lo cual dicho se está que nos hará el gusto. En cuanto a Godoy, yo estoy en que no existe hombre peor en toda la redondez de la tierra. Pueden perdonársele los medios de su elevación; puede perdonársele que sea polígamo, ateo, verdugo, venal, y otras faltas por el estilo; pero lo que no tiene nombre y prueba mejor que nada la corrupción de las costumbres, es que proteja a los malos poetas, dando cordelejo a los que son buenos, y además nacionales, españoles como yo, y no admitimos ese fárrago de reglas ridículas y extranjeras con que Moratín y otros poetastros de polaina embaucan a los tontos. ¿No piensas como yo?

—Lo mismito que usted —respondí—. Y ahora verá el señor don Luciano cómo los franceses, cuando hayan arreglado lo de Portugal, arreglarán a España y se acabará la protección a los malos poetas.

—Dios lo quiera así... Pero es tarde y nos vamos, que antes del almuerzo hemos de dejar concluida la escena entre Nelson y la hija de Gravina.

—¿Tanta prisa corre?

—Para fin de mes ha de estar en la Cruz. Tendrá un éxito atroz. Ya verás, Gabrielillo. Es preciso que vayas a aplaudir, porque me temo mucho que los de Estala, Melón y Moratinillo han de querer silbarla. Hay que estar con cuidado, y si ellos tienen la protección del gobierno, no hay que asustarse por eso, la posteridad juzgará. Con que adiós.

Se marcharon a prisa, y yo me quedé pensando en la serie de maldades que habría cometido el príncipe de la Paz, para tener también en contra suya a los malos poetas. Hasta mucho tiempo después no conocí que entre los infinitos actos reprensibles de aquel monstruo de la fortuna había algunos que la posteridad, por el contrario, debía recordar siempre con agradecimiento.

X

Aún me faltaba oír, antes de volver a casa, otra opinión muy distinta de las anteriores, y era la para mí respetabilísima de Pacorro Chinitas, el amolador, personaje que tenía establecida su portátil industria en la esquina de nuestra calle. Me parece que aún estoy viendo la piedra de afilar que en sus rápidas evoluciones despedía por la tangente, al contacto del acero, una corriente de veloces chispas, semejantes a la cola de un pequeño cometa; y como era mi costumbre no apartar la vista de la máquina mientras hablaba con el Júpiter de aquellos rayos, el fenómeno ha quedado vivamente impreso en mi imaginación.

Era Pacorro Chinitas un hombre que aparentaba más de edad de la que realmente tenía, merced a los disgustos domésticos, de que era autora su mujer, célebre buñolera del Rastro, a quien llamaban la *Primorosa*. No puedo menos de dar algunas noticias sobre este ejemplar matrimonio, porque los dos seres que lo formaban figuran *algo* en acontecimientos posteriores, y que he de contar, si para entonces tengo vida y el lector paciencia, como espero.

Es, pues, el caso que Pacorro Chinitas, varón manso y discreto, no podía hacer buenas migas con la *Primorosa*, cuya fama, extendida de polo a polo, es decir, desde la calle de la Pasión hasta el pórtico de San Bernardino, la acusaba de mujer pendenciera, batalladora y que partía de un bofetón un par de quijadas, sin que estas y otras hazañas la hicieran nunca caer en manos de la justicia. Chinitas se vio obligado a pedir una separación, resignándose a no tener más compañera que la rueda coronada de chispas, y en esta situación le conocí. Luego que nos hicimos amigos contome las picardías de su antigua mitad, y así como en otros temas era discretísimo, en este era muy pesado, pues no pasaba día sin que me regalara un nuevo capítulo de la larga historia de sus cuitas matrimoniales. Como yo encontrara en aquel hombre cierta madurez de juicio, cierto sentido práctico que en los demás no hallaba, resultó que me aficioné a su conversación, y cuanto él decía me parecía entonces de perlas, sin que pudiera explicarme la razón de esta preferencia por los juicios de un hombre ignorante y rudo. Después he meditado bastante sobre las cosas de aquel tiempo, y sobre la opinión general, y puedo deciros sin miedo de equivocarme, que el hombre de más talento que conocí en aquellos días fue el amolador de la calle del Baño.

Para muestra referiré mi conversación con él.

—¡Hola, Chinitas! ¿Cómo va? ¿Qué es eso que cuentan por ahí? ¿Con que tenemos a los franceses en España?

—Eso dicen —contestó—. Y la gente está contenta.

—Y parece que van a cogerse a Portugal.

—Pues ello... así dicen.

—Eso me parece muy bien. ¿Para qué sirve Portugal?

—Mira Gabrielillo —dijo incorporándose y apartando de la rueda las tijeras, con lo cual cesaron por un momento las chispas—; tú y yo somos unos brutos que no entendemos palotada de cosas mayores. Pero ven acá: yo estoy en que todos esos señores que se alegran porque han entrado los franceses, no saben lo que se pescan, y pronto vas a ver cómo les sale la criada respondona. ¿No piensas tú lo mismo?

—¿Qué he de pensar? Como Godoy es tan malo de por sí, cátate ahí que Napoleón viene a quitarlo de enmedio, y a poner en el trono al príncipe de Asturias, que dicen es un gerifalte para el gobierno.

Chinitas volvió a aplicar el acero a la piedra, dandole movimiento con el pie, y después de contestar a mis observaciones con un mohín muy expresivo, añadió:

—Yo digo y repito que todos estos señores parece que están bobos. Nosotros, los que no sabemos leer ni escribir, acertamos a veces mejor que ellos; y lo que ellos no pueden ver, porque les encandila el Sol de un poder que tienen tan cerca, lo vemos nosotros desde abajo; y si no, di tú: ¿No es preciso estar ciego para comprender que Napoleón no dice lo que tiene pensado? ¿Ese hombre, no ha revuelto todas las partes del mundo; no ha quitado de los tronos los reyes que ha querido para poner a los mocosos de sus hermanos? Dicen que viene a poner al príncipe de Asturias y a quitar al *choricero*. De eso me río yo. Sí, porque Godoy y él no están de compinche para hacer cualquier picardía... A mí con esas. Lo que menos le importa a Napoleón es que reine Fernandito o prive don Manuel; lo que él quiere es cogerse a Portugal para darle un pedazo a Godoy, y otro pedazo a la infanta que han puesto de reina allá en *Trucha* o *Truria*...

—Pues que lo cojan y lo repartan —dije yo con gran crueldad para nuestros vecinos—, ¿qué nos importa? Con tal que quiten a ese hombre tan malo...

—Si cogen a Portugal, porque es un reino chiquito, mañana cogerán a España, porque es grande. Yo me enfado cuando veo a esos bobalicones que andan por ahí, abates, petimetres, frailes, covachuelistas, y hasta usías muy estirados, que se ríen y se alegran cuando oyen decir que Napoleón se va a embolsar a Portugal, y con tal de ver por tierra al guardia, no les importa que el francés eche el ojo a un bocadito de España, que no le vendrá mal para acabar de llenar el buche.

—Pero como dicen que no hay pecado que el *choricero* no haya cometido...

—Mira, chiquillo —contestó con aplomo, probando con el dedo el filo de las tijeras—; yo me río de todas las cosas que cuentan por ahí. Es verdad que ese hombre es un ambicioso que no va más que a enriquecerse; pero si ha llegado a ser duque y general y príncipe y ministro, ¿de quién es la culpa sino de quien le ha dado todo eso sin merecerlo? Si vienen y te dicen a ti: «Gabriel, mañana vas a ser esto y lo otro, porque me da la gana, y sin que necesites para ello quemarte las cejas estudiando latín», ¿qué dirás tú? Dirás, «pues venga.»

—Eso no tiene duda.

—Y aunque ese hombre es una buena pieza y ha hecho muchas maldades, la mitad de lo que dicen es mentira. También habrás visto que hoy le escupen muchos que antes le adulaban; es que saben que va a caer, y la sombra del árbol carcomido no le gusta a la gente. ¡Ah!, me parece que aquí vamos a ver grandes cosas, sí señor, grandes cosas. Digo y repito, que de esto va a resultar lo que nadie piensa, y muchos que hoy se restriegan las manos de contento, llorarán mañana a moco y baba; y si no, acuérdate de lo que te digo.

Aquellas razones, que me parecían encerrar profunda verdad, me hicieron pensar; y como persona que ya se preciaba de saber escoger los hombres, pensé que aquel sabio amolador era digno de ocupar un puesto de consideración a mi lado, cuando yo fuera generalísimo, primer secretario de Estado, archipámpano, y tuviera todas las jerarquías que esperaba de la protección y ayuda de mi divina Amaranta.

—Pues yo lo que deseo —dije—, es que venga de una vez ese príncipe tan bueno, que todo lo ha de arreglar a pedir de boca. ¿No cree usted, lo mismo?

—Mira, chiquillo —repuso Chinitas con sibilítico tono—, yo me tengo tragado que el heredero no vale para maldita la cosa, y esto no se puede decir sino acá para entre los dos, porque si algunos nos oyeran, lloverían almendradas. Cuando vivía la señora princesa de Asturias, que en gloria esté, todos decían que Fernandito era enemigo de los franceses y de Napoleón, porque éste ayudaba a Godoy, y ahora resulta que los franceses son la mejor gente del mundo y Napoleón tan bueno como pan bendito, solo porque parece arrimarse al partido del príncipe de Asturias. Esa no es gente formal, Gabrielillo; y yo lo que veo es que el heredero tiene muchas ganas de serlo antes de que muera su padre, aunque es de creer que el canónigo de Toledo y otros personajes le tienen sorbidos los sesos, y serían capaces de obligarle a ser mal hijo, con tal que ellos pudieran después echarse al cuerpo los mejores destinos. Esa gente de arriba es muy ambiciosa, y hablando mucho del bien del reino, lo que quiere es mandar; tenlo presente. Yo, aunque no me han enseñado a leer ni a escribir tengo mi gramática parda; sé conocer a los hombres, y aunque parece que somos bobos y nos tragamos todo lo que nos dicen, ello es que a veces columbramos la verdad mejor que otros muy sabiondos, y vemos clarito lo que ha de venir. Por eso te digo que veremos cosas gordas, muy gordas; y si no, acuérdate de lo que te digo.

Así habló Chinitas. Cuando me separé de él para entrar en casa, recuerdo, que iba resumiendo las distintas conferencias de aquella mañana y lo mucho y vario que sobre un mismo asunto había oído en anteriores días. Cada cual juzgaba los sucesos según sus pasiones, y como yo no podía formarme idea exacta de la importancia de aquellos hechos, en mi juvenil ignorancia y equivocado patriotismo, creía muy justo que el conquistador del siglo se apoderara de un pequeño reino, que a mi juicio no servía más que de estorbo. En cuanto a Godoy, no había duda de que los comerciantes, los nobles, los petimetres, el pueblo, los frailes, y hasta los malos poetas anhelaban su caída, unos con razón y otros sin ella; unos por convicción de la ineptitud del valido; bastantes por envidia, y muchos porque creían a pie juntillas que habíamos de estar mejor cuando nos gobernara el heredero de la corona. Fue singular cosa que todos se equivocaran respecto a la marcha de los futuros sucesos esperando el próximo arreglo de todos los trastornos; fue singular cosa que el optimismo ciego de la mayoría no alcanzase a comprender lo que penetró con su ruda desconfianza el buen juicio del amolador. Cada vez estoy más convencido de que Pacorro Chinitas fue una de las más grandes notabilidades de su época.

XI

Ignoro si fueron las conversaciones de aquel día u otras causas, las que enfriaron el entusiasmo de que yo estaba poseído por la mañana. ¡Cuánto he desvariado! —decía para mí— y lo más seguro será que Amaranta habrá visto solamente en mí un chico dispuesto a servirla mejor que otro.

Sin embargo, mi curiosidad era tan viva que no podía ocuparme en cosa alguna, ni estar con calma en ninguna parte. Aquel día ni aun pude visitar a Inés; y cuando cumplí las obligaciones de la casa me dispuse a acudir a la cita. Vestime con el mayor esmero, dedicando el conjunto de las fuerzas de mi inteligencia a conseguir que la persona de un servidor de ustedes fuese el dechado de todas las gracias, y el resumen de cuantas perfecciones concedió la Naturaleza a la juventud. El pedazo de espejo que limpié desde por la mañana aduló mi amor propio, confirmando ante mí la enfática presunción de que no escaseaban en el semblante del criado de la González ciertos agradables rasgos, dignos de hacer fijar la atención. Fue aquélla la primera vez que me sentí presumido: después, recordándolo, he sentido ganas de abofetearme.

Yo habría deseado tener entonces el vestido más rico, más lujoso, más elegante, más luciente que pudieran hacer los sastres del planeta que habitamos; pero tuve que contentarme con el mío humildísimo, sin más adorno que el del aseo, la pulcritud y esmero de mi peinado. Mi traje era modesto; pero a pesar de ello, yo conocía que estaba bien, y que mi persona y aire predisponían en favor mío. Con esto y con pensar durante un breve rato ciertas frases delicadas y elegantes que me parecían muy propias para contestar a los obsequios de la diosa, di por terminados los preparativos, y salí de la casa, sin dar cuenta a nadie de mi expedición.

Llegué a la casa de la calle de Cañizares, residencia de la señora marquesa, de quien era hermano el diplomático, pregunté por Dolores, apareció ésta, y sin decirme nada me condujo por largos y oscuros pasadizos, hasta que al fin dio conmigo en un camarín muy lujoso, donde me ordenó que esperase. Mientras así lo hacía, creí sentir en la pieza inmediata voces de señoras que hablaban y reían, y también creí escuchar la desentonada voz del diplomático. Amaranta no me hizo aguardar mucho tiempo. Cuando sentí el ruido de la puerta, cuando vi entrar a la hermosa dama, cuando se adelantó hacia mí sonriendo con bondad, pareciome que un ente sobrenatural se me acercaba, y temblé de emoción.

—Has sido puntual —me dijo—. ¿Estás dispuesto a entrar en mi servicio?

—Señora —contesté sin poder recordar ninguna de las frases que traía preparadas—, estoy con mucho gusto a las órdenes de usía para cuanto se digne mandarme.

—O yo me engaño mucho —dijo la dama sentándose junto a mí—, o tú eres un chico bien nacido, hijo de alguna noble familia, y te hallarás hoy en posición más baja de lo que te corresponde.

—Mi padre era pescador en Cádiz —respondí sintiendo por primera vez en mi vida no ser noble.

—¡Qué lástima! —exclamó Amaranta—: sin embargo, no importa. Pepa me ha dicho que cumples lo que se te encarga con mucha puntualidad, y sobre todo con gran reserva; que eres formal a toda prueba; me ha dicho también que tienes imaginación, y que podrías ser en otra esfera un hombre de provecho.

—Mi ama —dije disimulando mi orgullo—, me hace demasiado favor.

—Bueno —continuó la diosa—. Ya comprendes que entrar en mi servicio sin más recomendación que el propio mérito es más de lo que pudieras desear. Pero me parece que tú tienes disposición para más altos empleos, y... creo que no seras desfavorecido por la fortuna. ¿Quién sabe lo que llegarás a ser?

—¡Oh, sí señora, quién sabe! —dije sin contener el entusiasmo que en mí producían aquellas palabras.

Amaranta estaba sentada frente a mí, como he dicho: su mano derecha jugaba con un grueso medallón pendiente del cuello, y cuyos diamantes, despidiendo mil luces, deslumbraban mis ojos. Tanta era mi gratitud y admiración hacia aquella mujer, que no sé cómo no caí de rodillas a sus plantas.

—Por de pronto no te exijo sino una grande fidelidad en mi servicio. Yo acostumbro recompensar bien a los que bien me sirven, y a ti más que a nadie, porque me han cautivado tu orfandad, tu abandono y la modestia y circunspección que hallo en tu persona.

—Señora —exclamé en la efusión de mi gratitud—; ¿cómo podré pagar tantos beneficios?

—Siéndome fiel y haciendo puntualmente lo que te mande.

—Seré fiel hasta la muerte, señora.

—Ya ves que exijo poco. En cambio Gabriel, yo puedo hacer por ti lo que no has soñado ni podrías soñar. Otros con menos méritos que tú, se han elevado a alturas inconcebibles. ¿No te ha ocurrido que podrías tú subir lo mismo, encontrando una mano que te impulsara?

—¡Sí, señora! Sí me ha ocurrido, y ese pensamiento me ha vuelto loco —contesté—. Viendo que usía se dignaba fijar en mí sus ojos, llegué a creer que Dios había tocado su buen corazón, y que todo lo que hasta ahora me ha faltado en el mundo, iba a recibirlo de una sola vez.

—Has pensado bien —dijo Amaranta sonriendo—. Tu adhesión a mi persona y tu obediencia a mis órdenes te harán merecedor de lo que deseas. Ahora escucha. Mañana voy al Escorial, y es preciso que vengas conmigo. Nada digas a tu ama; yo me encargo de arreglarlo todo, de manera que consienta en el cambio de servidumbre. No digas tampoco a nadie que me has hablado, ¿entiendes? Pasado mañana irás a mi casa, desde donde puedes hacer el viaje en los coches que saldrán al mediodía. Estaremos en el Escorial pocos días, porque regresaremos para ver la representación que ha de darse en esta casa, y entonces, quizás vuelvas por unos días al servicio de Pepa.

—¡Otra vez allá! —dije admirado.

—Sí: ya sabrás más adelante todo lo que tienes que hacer. Con que retírate ya: no faltes mañana.

Prometí ser puntual y me despedí de ella. Diome a besar su mano con tan dulce complacencia, que me sentí electrizado al poner mis labios en su blanca y fina piel. Ni sus modales, ni sus miradas, ni ninguno de los accidentes de su comportamiento para conmigo eran los de una ama para con su criado. Más bien parecía tratarme como de igual a igual, y en cambio yo, ciego ya para todo lo que no fuera la protección de Amaranta, me lancé en la esfera de atracción de aquel astro que inundaba mi alma de luz y calor.

Salí a la calle... ¿a quién comunicar mi alegría? Al punto me acordé de Inés, y subí la escalerilla que conducía a su sotabanco, pues no sé si he dicho que la habitación de mis amigos estaba en la misma casa. Encontré a

Inés muy triste, y habiendo preguntado la causa, supe que doña Juana, cuya naturaleza se desmejoraba con el continuo trabajar, había caído enferma.

—¡Inés, Inesilla! —exclamé al encontrarme solo en la sala con la muchacha—. Quiero hablarte. ¿Sabes que me voy?

—¿A dónde? —me preguntó con viveza.

—¡A palacio, a la corte, a correr fortuna! ¡Ah, picarona; ahora no te reirás de mí; ahora va de veras!

—¿Qué va de veras?

—Que se me ha entrado por las puertas la fortuna, chiquilla. ¿Te acuerdas de lo que hablamos el otro día? Bien te lo decía yo, y tú no me hacías caso. ¿Pero no ves, reinita, que eso se cae de su peso?

—Que así como otros han llegado a su mayor altura sin mérito propio, y solo porque a alguna gran persona se le antojó protegerles, nada tendría de extraño que a mí me aconteciera dos cuartos de lo mismo, sí, señorita.

—Eso es muy claro: avisa cuando llegues arriba. De modo que mañana te tendremos de general o ministro cuando menos.

—No te burles, ¿estamos? Tanto como mañana, no; pero ¿quién sabe?

Inés empezó a reír, dejándome bastante confuso.

—Pero ven acá, tonta —dije con una seriedad, cuyo recuerdo me hace morir de risa—; tú no estás oyendo hablar todos los días de un hombre que no era nada, y hoy lo es todo; de un hombre que entró a servir en la guardia española, y de la noche a la mañana...

—¡Hola, hola! —dijo Inés burlándose de mí con más crueldad—. Esas tenemos, señor don Gabriel. ¡Qué callado lo tenía usted! ¿Se puede saber quién es la dama que se ha enamorado de usted?

—Tanto como enamorarse, no, tonta —respondí, cortado—; pero... ya ves. Como uno no es saco de paja... qué quieres. Todo el mundo, aunque no valga nada, encuentra una persona a quien le gusta...

Inés continuó riendo; pero yo conocí que después de mis últimas palabras, la pobre necesitaba muchos esfuerzos para aparentar alegría. Como su carácter no era apto para el disimulo, luego cesó de reír y se puso muy seria.

—Bien, excelentísimo señor —dijo haciéndome una grave cortesía—; ya sabemos a qué atenernos.

—La cosa no es para enfadarse —dije yo sintiéndome repuesto de mi turbación—; lo que hay es, que si una persona me quiere proteger, no he de hacerle ascos. ¡Y si tú la conocieras, Inesilla; si tú vieras qué mujer, qué señora!... Todo lo que te diga es poco; así es que no te digo nada.

—¿Y esa señora se ha enamorado de ti?

—Dale con el enamoramiento; no es eso, mujer. Es que entro a servirla; aunque quién sabe lo que podrá pasar... Si vieras cómo me trata... Como de igual a igual, y se interesa mucho por mí... y es muy rica... y vive en un palacio muy grande cerca de aquí... y tiene muchos criados... y lleva en el cuello un medallón con un diamante como un huevo... y cuando le mira a uno, se queda uno atortolado... y es muy guapa... y en palacio puede tanto como el Rey... y se llama...

Recordé de pronto que Amaranta me había prohibido revelar su entrevista con ella, y callé.

—Bueno —dijo Inés—. Ya veo que dentro de poco le tendremos a usía hecho un archipámpano, con muchos galones y cintajos, dando que hablar a la gente, y teniendo el gusto de oírse llamar ladrón, enredador, tramposo y cuanto malo hay.

—Mira tú lo que es no entender las cosas —dije algo incomodado—. ¿De dónde sacas tú que todos los hombres célebres y poderosos, sean ladrones y pícaros? No señor, también pueden ser buenos; y lo que es yo... supón, chiquilla, que por arte del demonio llegara yo a ser... no te rías, que de menos hizo Dios a Cañete; y todos somos hijos de Adam; y tan de carne y hueso es Napoleón Bonaparte como yo. Pues suponte que llego a ser... no te rías. Si te ríes me callo.

—Si no me río —dijo Inés, conteniendo la hilaridad que de nuevo la acometía—. Lo que dices está muy en razón, chiquillo. Si no hay más que ponerse a ello. ¿Qué cuesta ser generalísimo, ministro, príncipe o duque? Nada. Ni ¿a qué viene el romperse los ojos estudiando por aprender todas las cosas que se deben saber para gobernar? Si los aguadores y los mozos de cuerda, y los horteras, y los monaguillos, son unos tontos de camisón, cuando no se van todos a palacio, sabiendo que tienen seguro el sueldo de consejeros con solo guiñarle el ojo a una dama. Y si todas las damas no son tiernas de corazón, con tocarle el codo a alguna de las cocineras de palacio, está hecho todo.

—No es eso: veo que tú no entiendes —dije no sabiendo cómo hacerme comprender de Inés—. Eso que dices de aprender y saber gobernar, y lo demás, no viene al caso. Verdad es que antes se necesitaba ser hombre de ciencia para medrar; pero hoy, chiquilla, ya ves lo que pasa. No es solo Godoy, son cientos de miles los que ocupan altos puestos sin valer maldita de Dios la cosa. Con un poco de despejo basta. Si sabré yo lo que me digo.

—Ven acá, Gabriel —me dijo Inés dejando su costura—. Las cosas del mundo pasan siempre como deben pasar. Esto lo sé yo sin que nadie me lo haya dicho. Los hombres que mandan a los demás, están en aquel puesto por su nacimiento, pues... porque así está arreglado, de modo que los reyes nacen de los reyes... Cuando algún hombre que no ha nacido en cuna real llega a gobernar el mundo, debe ser por que Dios le ha dado un talento, una cosa celestial que no tienen los demás. Y si no, ahí me tienes a Napoleón, que es Emperador de todo el mundo, y manda no sé cuántos millones de soldados; pero es porque él se lo ha ganado, y porque desde chiquito aprendía cuanto hay que saber, y los maestros se quedaban lelos, viendo que sabía más que ellos... El que sube tanto sin tener mérito es por casualidad, o por mil picardías, o porque los reyes lo quieren así; ¿y qué hacen para tenerse arriba? Engañan a la gente, oprimen al pobre, se enriquecen, venden los destinos y hacen mil trampas. Pero buen pago les dan, porque todo el mundo les aborrece y lo que se desean es verles por los suelos. ¡Ah, chiquillo! Yo no sé como no entiendes esto, esto que es tan claro como el agua...

A pesar de ser tan claro como el agua, yo no lo comprendía. Muy lejos de eso, estaba tan obcecado, tan dominado por la vanidad, que no vi sino impertinencias y majaderías en las juiciosas razones de la costurerilla. Aún fue más lejos mi soberbia, porque mi amor propio se resintió; me sentí pavo real, erguí mi cuello, levanté la cola tornasolada, y con mis feas patas de pájaro vanidoso pisoteé la discreta paloma, diciéndole estas palabras:

—Inés, hablemos claro. Veo que tú no comprendes ciertas cosas... Tú eres muy buena, y por eso te quiero y te estimo. No dudes por lo tanto que de aquí en adelante haré en bien tuyo cuanto me sea posible. Tú eres muy buena; pero es preciso confesar que tienes pocos alcances. Al fin eres mujer, y las mujeres... como no sea hacer calceta, y de poner el puchero a la lumbre, de nada entienden una higa. Este negocio que tratamos no es para tu pobre cabecita. Los hombres son los que lo entendemos bien, porque tenemos un modo de ver las cosas más por lo alto, porque en fin, tenemos más talento. No extraño lo que me has dicho porque... ¿tú qué puedes entender?... Pero eres una chica muy buena: te quiero, te quiero mucho, no te enfades. Puedes estar segura de que jamás me olvidaré de ti.

Lector: cuando leas esto te suplico que te despojes de toda benevolencia para conmigo. Sé justiciero e implacable, y ya que no me tienes, por ventaja mía, al alcance de tus honradas manos, descarga en el libro tu ira, arrójalo lejos de ti, pisotéalo, escúpelo... ¡ay!, pero no: él es inocente, déjalo, no lo maltrates, él no tiene culpa de nada; su único crimen es haber recibido en sus irresponsables hojas lo que yo he querido poner en él, lo bueno y lo malo, lo plausible y lo irrisorio, lo patético y lo tonto que al escribir esta historia he ido sacando, escarbador infatigable, de los escombros de mi vida. Si algo encuentras que me desfavorezca, tan mío es como lo que te parezca laudable. Ya habrás conocido que no quiero ser héroe de novela: si hubiera querido idealizarme, fácil me habría sido conseguirlo, cuidando de encerrar con cien llaves todas mis flaquezas y necedades, para que solo quedasen a la vista del público los hechos lisonjeros, adicionados con lindísimas invenciones, que en caso de apuro no me habrían de faltar. Pero repito que no quiero idealizarme: bien sé que a los ojos de muchos, mi personalidad estaría cien codos más alta, si yo representase en mí a un mozuelo desvergonzado, pendenciero y atrevido, que en los dieciséis años de su edad hubiese tenido tiempo y fortuna para matar en duelo a dos docenas de semejantes, y quitar la honra a igual número de doncellas, casadas o viudas, esquivando la persecución de la justicia y la venganza de celosos padres o maridos. Todo esto sería muy bonito; pero diré con el latino: *sed nunc non erat hic locus.*

Como prueba de mi modestia, no he vacilado en copiar el diálogo con Inés, que me favorece tan poco, atreviéndome a esperar que si el lector no me adorase romántico, podrá apreciarme sincero. Hagamos, pues, las paces y continuaré la narración en el mismo punto en que la dejé; y es que habiendo espetado las palabras referidas y aun algunas más, hijas de mi estólida vanidad, dejé a Inés, creyendo que debía buscar interlocutor más conforme a la alteza y sublimidad de mis pensamientos. Inés no me dijo una palabra más, y yo, atraído por los alegres sones de la flauta tocada por don Celestino, fui a buscarle a su cuarto, y con las manos juntas atrás, y el aire de persona protectora, le hablé así:

—¿Cómo van esos asuntos, señor mío?

—¡Oh, divinamente! —contestó con su optimismo de siempre—. Al fin se me hará justicia, y según me ha dicho esta mañana el oficial de la secretaría, no puede pasar de la semana que viene.

—Me parece que a usted no le vendría mal un arciprestazgo de buena renta o cosa así... Dígolo, porque aunque a usted le sorprenda, tal vez exista alguna persona que se lo pueda conseguir.

—¿Quién, hijo mío, quién, a no ser mi paisano y amigo el Serenísimo príncipe de la Paz?

—En donde menos se piensa salta una liebre... Ya veremos, ya veremos —dije yo haciendo todo lo posible para que la expresión de mi semblante fuera la más misteriosa y grave.

Quedóse aturdido con mis palabras, y volví al lado de Inés, de quien no quería despedirme dejándola enojada. Con gran sorpresa mía, la muchacha no conservaba enfado alguno, y me habló con aquella incomparable ecuanimidad que siempre fue su principal atractivo. Despedime prometiendo que la recordaría siempre, y ella se mostró tan afable, tan cariñosa como si nada hubiera pasado. Su espíritu, cuya elevación y superioridad desconocía yo entonces, confiaba firmemente sin duda en mi pronta vuelta.

A los dos días mi ama me dijo que había convenido con Amaranta en que yo pasara a servir a ésta. Arreglé mi pequeño ajuar, y fui a la casa de mi nueva dueña. Allí me pusieron una librea, y subiendo al coche de la servidumbre, el cual seguía a otro ocupado por la marquesa y su hermano el diplomático, emprendí el camino del Escorial, a donde llegamos por la noche.

XII

Como al llegar al Escorial nos encontrarnos sorprendidos por la noticia de gravísimos acontecimientos, no estará demás que mencione lo que por el camino me contó el mayordomo de la marquesa, pues a sus palabras dio profético sentido lo que ocurrió después.

—Me parece que en el Real Sitio pasa algo que va a ser sonado —me dijo—. Esta mañana se decía en Madrid... Pero lo que haya lo hemos de saber pronto, pues dentro de tres horas y media si Dios quiere daremos fondo en la Lonja.

—¿Y qué se decía en Madrid?

—Allí todos quieren al príncipe y aborrecen a los Reyes padres, y como parece que sus majestades se han propuesto mortificar al muchacho, apartándole de su lado... Eso yo lo he visto, y el príncipe tiene una cara que da compasión... Se dice que sus padres no le quieren, lo cual está muy mal hecho: a mí me consta que ni una sola vez le lleva el rey a las cacerías, ni le sienta a la mesa, ni le muestra aquel cariño que parece natural en un buen padre.

—¿Será que el príncipe anda metido en conspiraciones y enredos? —dije.

—Ello bien pudiera ser. Según oí la semana pasada en el Real Sitio, el príncipe se da unas encerronas que ya ya... no habla con nadie, está como quien ve visiones, y se pasa las noches en vela. Con esto la Corte andaba muy alarmada, parece que acordaron vigilarle hasta averiguar lo que traía entre manos.

—Pues ahora caigo en que me dijeron que el príncipe era algo literato, y se pasaba las noches traduciendo del francés o del latín, que esto no lo recuerdo bien.

—Sí, en el Escorial se cree eso; pero sabe Dios... Hay quien asegura que lo que el príncipe trae entre manos es cosa gorda; que las tropas de Napoleón que han entrado en España, lo que menos piensan es guerrear con Portugal, y parece que vienen a apoyar a los partidarios del príncipe.

—Esas son patrañas; quizás el pobre Fernandito no piensa más que en traducir sus libros...

—Parece que el que tradujo hace poco no gustó a los papás, porque hablaba de no sé qué revoluciones, y ahora está con otro: como no sea alguna endiablada tramoya para pescar el trono...

Así continuó poco más o menos nuestra conversación hasta que llegamos al Real Sitio. El diplomático y su hermana se apearon de su coche, y nosotros del nuestro. Como los dos viajeros debían aposentarse en palacio y en las habitaciones de Amaranta, que ya había llegado el día anterior, desde luego el mayordomo nos encaminó allá haciéndonos recorrer medio mundo en escaleras, galerías, patios y pasillos. Todo indicaba que ocurría algo extraordinario en la regia morada, porque se veía por los pasillos y salas de tránsito más gente de la que acostumbraba estar en pie a tal hora, que era la de las diez. Preguntó la marquesa; mas le contestaron de un modo tan vago, que nada pudo sacar en claro.

Instalados en las habitaciones de mi ama, donde me ocupé en acomodar los equipajes, según las órdenes que se me daban, al poco rato entró Amaranta tan inmutada, que fue preciso aguardar un poco para que, repuesta de su zozobra, pudiese explicar lo que pasaba.

—¡Ay! —exclamó, cediendo a las reiteradas preguntas de sus tíos—; lo que pasa es terrible. ¡Una conjuración, una revolución! ¿En Madrid no ocurría nada cuando ustedes salieron?

—Nada; todo estaba tranquilo.

—Pues aquí... Es una cosa tremenda, y quién sabe si estaremos vivos mañana.

—Pero hija, dínoslo claramente.

—Parece que se ha descubierto que querían asesinar a los Reyes; todo estaba preparado para un movimiento en palacio.

—¡Qué horror! —exclamó el diplomático—. Bien decía yo que bajo la capita de servidores del Rey se escondían aquí muchos jacobinos.

—No es nada de jacobinos —continuó mi ama—. Lo más extraño es que el alma de la conjuración es el príncipe de Asturias.

—No puede ser —dijo la marquesa, que era muy afecta a S. A.—. El príncipe es incapaz de tales infamias. Justo y cabal, lo que yo decía. Sus enemigos han ideado perderle por la calumnia, ya que no lo han conseguido por otros medios.

—Pues la revolución preparada, que por lo que dicen, iba a ser peor que la francesa —prosiguió Amaranta— se ha fraguado en el cuarto del príncipe, a quien se han encontrado unos papelitos que ya... Dícese que están complicados el canónigo don Juan de Escóiquiz, el duque del Infantado, el conde de Orgaz y Pedro Collado, el aguador de la fuente del Berro, hoy criado del príncipe.

—Creo que tú, sobrina —dijo el marqués ofendido de que mi ama contase cosas que él no sabía—, te dejas arrastrar por tu impresionable imaginación. Tal vez lo que ocurre no tenga importancia alguna, y pueda yo esclarecerlo con datos y noticias de índole muy reservada que se me han trasmitido de cierta parte que debo callar.

—Yo contaré lo que me han dicho. Desde algún tiempo llamaba la atención que el príncipe pasase las noches encerrado en su cuarto sin compañía, aunque los Reyes creían que se ocupaba en traducir un libro francés. Pero ayer se encontró S. M. en su cuarto una carta cerrada, cuyo sobre no tenía más que estas palabras: *luego, luego luego*. Abrióla el Rey, y leyó un aviso sin firma, en que le decían: «Cuidado, que se prepara una revolución en palacio. Peligra el trono y la reina María Luisa va a ser envenenada.»

—¡Jesús, María y José! —exclamó la marquesa, que como mujer nerviosa estuvo a punto de desmayarse—. Pero, ¿qué demonio del infierno se ha metido en el Escorial?

—Figúrense ustedes cómo se quedaría el pobre Rey. Al punto sospecharon del príncipe y decidieron ocuparle sus papeles. Dudaron mucho tiempo sobre el modo de hacerlo; pero al fin el Rey se decidió a reconocer él mismo en persona el cuarto de su hijo. Fue allá con pretexto de regalarle un tomo de poesías, y según dicen, Fernando se turbó de tal modo al verle entrar, que descubrió con su mirar medroso y azorado el sitio en que estaban los papeles. El Rey los cogió todos, y parece que padre e hijo se dijeron algunas cosas un poco fuertes; después de lo cual, Carlos salió indignado ordenándole que permaneciese en su cuarto sin recibir a persona alguna... Esto fue ayer; enseguida vino el ministro Caballero, y entre él y los Reyes examinaron los papeles. No sabemos lo que pasó en esta conferencia; pero debió de ser cosa fuerte, porque la reina se retiró a su cuarto llorando. Después se dijo que los papeles encontrados en poder del príncipe contenían la clave de terribles proyectos, y según afirmó Caballero después de hablar con los Reyes, el príncipe Fernando debía ser condenado a muerte.

—¡A muerte! —exclamó la marquesa—. Pero —¡esa gente está loca! ¡Condenar a muerte a todo un príncipe de Asturias!

—No hay que apurarse todavía —dijo el diplomático con su acostumbrada suficiencia—. Tal vez se nos muestren esos papeles para saber nuestro dictamen, y haremos luminoso estudio de todos ellos para resolver lo que convenga.

—Pero ¿no se sabe lo que contenían esos papeles? —preguntó la marquesa.

—Se cuentan tantas cosas en palacio, que no se sabe la verdad. La reina no nos ha dicho nada, y ha pasado toda la noche a lágrima viva, lamentándose de la ingratitud de su hijo. También dice que no permitirá que se le persiga, porque él no tiene la culpa de lo que ha hecho, sino esos dos o tres pícaros ambiciosos que le rodean.

—Dejémonos de anticipar juicios sobre estos sucesos —dijo el marqués—. Ya lo averiguaré yo todo, y sabré si es un complot de los enemigos del príncipe o simplemente una verdadera y efectiva conjuración; mas cuando yo lo sepa, guárdense ustedes de preguntarme, pues ya conocen mis ideas...

—Parece que han decidido formar causa para averiguar quiénes son los delincuentes —continuó Amaranta—, y esta noche va el príncipe a declarar a la Cámara regia.

A este punto llegaban de tan interesante conversación, cuando sentimos cierto rumor como de gente que se agolpaba en sitio cercano a la habitación en que estábamos. Como no tenía gran cosa que hacer cerca de mi ama, y además la curiosidad me llamaba fuera, salí, bajé una escalera y halléme en una anchurosa pieza tapizada, que correspondía por ambos lados a otras de igual tamaño y parecidos adornos. Recorrí dos o tres siguiendo la dirección de las personas que se encaminaban a un lugar determinado, y no vi nada digno de llamar la atención más que algunos grupos de palaciegos que cuchicheaban por lo bajo con mucho calor.

Yo me enorgullecía de encontrarme en palacio, creyendo que solo por el contacto del suelo que pisaban mis pies, tenía nuevos títulos a la consideración del género humano; y como cuantos llevamos la generosa sangre española en nuestras venas, somos propensos a la fatuidad, no pude menos de creerme un verdadero y genuino personaje, y hubiera deseado encontrar al paso a alguno de mis antiguos conocimientos de Madrid o Cádiz para mostrarle en gestos y palabras el convencimiento de mi respetabilidad. Felizmente no conocí alma de Dios entre tanta gente y me libré de ponerme en ridículo.

Encontrábame en aquella larga serie de habitaciones tapizadas que, recorriendo toda la extensión de palacio por la parte interior, sirve de lazo de unión a las moradas regias, cuyas luces se abren en la fachada oriental del inmenso edificio. Seguí la dirección de los demás sin reparar si debía aventurar mis pasos por aquellos sitios, mas como nadie me dijo nada, continué muy impávido. Las salas estaban débilmente alumbradas, y en la dulce penumbra las figuras de los tapices, parecían sombras detenidas en las paredes, o débiles reflejos luminosos enviados por escondido foco sobre el oscuro fondo de las cámaras. Paseé mi vista por aquella multitud de figuras mitológicas, con cuya desnudez provocativa se habían adornado las negras murallas construidas por Felipe, y ya consagraba mi atención a contemplarlas, cuando pasó la extraña procesión de que voy a dar cuenta.

El príncipe de Asturias, a quien se había comenzado a instruir sumaria por el delito de conspiración, volvía de la Cámara real, donde acababa de prestar declaración. No olvidaré jamás ninguna de las particularidades de aquella triste comitiva, cuyo desfile ante mis asombrados ojos, me impresionó vivísimamente aquella noche, quitándome el sueño. Iba delante un señor con un gran candelero en la mano, como alumbrando a todos, y para esto lo llevaba en alto, aunque tan poca luz servía solo para hacer brillar los bordados de su casacón de gentil-hombre. Luego seguían algunos guardias españoles, tras de ellos un joven en quien al instante reconocí no sé por qué al príncipe heredero. Era un mozo robusto y de temperamento sanguíneo, de rostro poco agradable, pues la espesura de sus negras cejas y la expresión singular de su boca hendida y de su excelente nariz le hacían bastante antipático, por lo menos a mis ojos. Iba con la vista fija en el suelo, y su semblante alterado y hosco indicaba el rencor de su alma. A su lado iba un anciano como de sesenta años, y al principio no comprendí que pudiera ser el Rey Carlos IV, pues yo me había figurado a este personaje como un hombrecito enano y enteco, siendo lo cierto que tal como le vi aquella noche era un señor de mediana estatura, grueso, de rostro pequeño y encendido, y sin rasgo alguno en su semblante que mostrase las diferencias fisonómicas establecidas por la Naturaleza entre un Rey de pura sangre y un buen almacenista de ultramarinos.

En los personajes que le acompañaban, y eran, según después supe, los ministros y el gobernador interino del Consejo, me fijé más que en la real persona, y después daré a conocer a alguno de aquellos esclarecidos varones. Cerraba, por último, la procesión el zaguanete de la guardia española, y nada más. Mientras pasó la comitiva, sepulcral silencio reinó en todo el tránsito, y tan solo se oyeron las pisadas que se perdían de cámara en cámara hasta llegar a las que formaban el cuarto de Su Alteza. Cuando entraron en éste la cháchara comenzó de nuevo entre los circunstantes, y vi a Amaranta, que habiendo salido a buscarme, hablaba con un caballero vestido de uniforme.

—Creo que al declarar —dijo el caballero—, Su Alteza ha estado un poco irreverente con el Rey.

—¿De modo que está preso? —preguntó Amaranta con gran curiosidad.

—Sí, señora. Ahora quedará detenido en su cuarto con centinelas de vista. Vea usted, ya salen. Deben haberle recogido su espada.

La comitiva volvió a pasar sin el príncipe, y precedida del gentil-hombre con el candelabro que iba abriendo camino. Cuando el Rey y sus ministros se alejaron, los palaciegos que habían salido a las galerías, fueron desapareciendo también en sus respectivas madrigueras, y por mucho tiempo no se oyó más que el violento cerrar de multitud de puertas. Se apagaron las pocas luces que alumbraban tan vastos recintos, y las hermosas figuras de los tapices se desvanecieron en la oscuridad, como fantasmas a quienes el canto del gallo llama a sus ignotas moradas.

Yo subí con mi ama a nuestro departamento, y me asomé por una de las ventanas que caían hacia el interior, para reconocer como de costumbre, el sitio en que estaba. Era oscurísima la noche y no vi más que una masa negra e informe de la cual se destacaban altos tejados, cúpulas, torres, chimeneas, paredones, aleros, arbotantes y veletas que desafiaban el firmamento como los topes de un gran navío. Tal imponente vista causaba cierto terror al espíritu, despertando meditaciones que se mezclaban a las sugeridas por lo que acababa de ver; mas no pude ocuparme mucho en trabajos del pensamiento, porque un sutilísimo ruido de faldas, y un ligero *ce ce* con que se me llamaba, me hizo volver la cabeza, y apartarme de la ventana.

La transición fue extremadamente brusca, cuando distrayéndome de la sombría perspectiva exterior, apareció ante mis ojos la figura de Amaranta y su celestial sonrisa. Reinaba profundo silencio: el marqués diplomático y su hermana se habían retirado. Amaranta había cambiado su traje de camino por una vestidura blanca y suelta que aumentaba su hermosura, si su hermosura fuera susceptible de aumento. Cuando me llamó, aún no se había apartado su doncella; pero ésta salió sin tardanza, y luego nuestra seductora dueña, cerrando por sí misma la puerta que daba a la galería, me hizo señas para que me acercase.

XIII

—No olvides lo que me has jurado —dijo sentándose—. Yo confío en tu fidelidad y en tu discreción. Ya te dije que me parecías un buen muchacho, y pronto llegará la ocasión de probármelo.

No recuerdo bien las vehementes expresiones con que juré mi fidelidad; mas debieron ser muy acaloradas y aún creo que las acompañé con dramáticos gestos, porque Amaranta sonrió mucho y me recomendó que convenía fuera menos fogoso. Después continuó así:

—¿Y no deseas volver al lado de la González?

—Ni al lado de la González, ni al lado de todos los reyes de la tierra —contesté, pues mientras viva no pienso apartarme del lado de mi ama querida, a quien adoro.

Si mal no recuerdo, me puse de rodillas ante el sillón en que Amaranta reposaba con seductora indolencia; pero ella me hizo levantar, diciéndome que debía pensar en volver a casa de mi antigua ama, aunque continuara sirviendo a la nueva con toda reserva. Esto me pareció algo misterioso e incomprensible; pero no insistí en que lo esclareciera por no parecer impertinente.

—Haciendo lo que te mando —continuó— puedes estar vivir seguro de que te irá bien en el mundo. ¡Y quién sabe, Gabriel, si llegarás a ser persona de condición y de fortuna! Otros con menos ingenio que tú se han convertido de la mañana a la noche en verdaderos personajes.

—Eso no tiene duda, señora. Pero yo he nacido en humilde cuna, yo no tengo padres, yo no he aprendido más que a leer, y eso muy mal, en libros que tengan letras como el puño, y apenas escribo más que mi firma y rúbrica en la cual hago más rasgos que todos los escribanos del gremio.

—Pues es preciso pensar en tu educación: el hombre debe ilustrarse. Yo me encargo de eso. Pero será con la condición de que ha de servirme fielmente; no me canso de repetírtelo.

—En cuanto a mi lealtad no hay más que hablar. Pero entéreme usía de cuáles son mis obligaciones en este nuevo servicio —dije anhelando que satisficiera mi curiosidad respecto a lo que tenía que hacer para hacerme acreedor a tantas bondades.

—Ya te lo iré diciendo. Es cosa difícil y delicada: pero confío en tu buen ingenio.

—Pues ya anhelo prestar a usía esos servicios tan difíciles y delicados —contesté con todo el énfasis de mi bullicioso carácter—. No seré un criado, seré un esclavo pronto a obedecer a usía, aunque pierda en ello la vida.

—No se necesita perder la vida —dijo sonriendo—. Basta con un poco de vigilancia; y sobre todo teniendo completa adhesión a mi persona, sacrificándolo todo a mi deseo y no viendo más que la obligación de satisfacer mi voluntad, te será fácil cumplir.

—Pues estoy impaciente, deshecho por empezar de una vez.

—Ya te enterarás con más calma. Esta noche tengo que escribir muchas cartas... Y ahora que recuerdo; vas a empezar a cumplir lo que espero de ti, respondiéndome a varias preguntas cuya contestación necesito para escribir. Dime, ¿Lesbia solía ir a tu casa sin ser acompañada por mí?

Me quedé perplejo al oír una pregunta que me parecía tan lejos del objeto de mi servicio, como el cielo de la tierra. Pero recogí mis recuerdos y contesté:

—Algunas veces, aunque no muchas.

—¿Y la viste alguna vez en el vestuario del Teatro del príncipe?

—Eso sí que no lo recuerdo bien, y por tanto no puedo jurar que la vi, ni tampoco que no la vi.

—No tiene nada de particular que la hayas visto, porque Lesbia no se mira mucho para ir a semejantes sitios —dijo Amaranta con mucho desdén.

Después de una pausa en que me pareció muy preocupada, continuó así:

—Ella no guarda las conveniencias, y fiada en las simpatías que encuentra en todas partes por su gracia, por su dulzura y por su belleza... aunque la verdad es que su belleza no tiene nada de particular.

—Nada absolutamente de particular —añadí yo adulando la apasionada rivalidad de mi ama.

—Pues bien —dijo—, ya me enterarás despacio de esta y otras cosas que necesito saber. Lo primero que te recomiendo es la más absoluta reserva, Gabriel. Espero que estarás contento de mí y yo de ti, ¿no es verdad?

—¿Cómo podré pagar a usía tantos beneficios? —exclamé con la mayor vehemencia—. Creo que voy a volverme loco señora, y me volveré de seguro.

Yo no puedo menos de desahogar mi corazón, mostrando los sentimientos que lo llenan desde el instante en que usía se dignó poner los ojos en mí. Y ahora cuando usía me ha dicho que va a hacer de mí un hombre de provecho, y a ponerme en disposición de ocupar puesto honroso en el mundo, estoy pensando que aunque viva mil años adorando a mi bienhechora, no le pagaré tantos favores. Yo tengo deseos muy fuertes de ser un hombre como algunos que veo por ahí. ¿No es esto posible? ¿Usía cree que podré ser, instruyéndome con su ayuda? ¡Ay! Cuando uno ha nacido pobre, sin parientes ricos; cuando se ha criado en la miseria y en la triste condición de sirviente, no puede subir a otro puesto mejor sino por la protección de alguna persona caritativa como usía. Y si yo llegara a conseguir lo que deseo, no sería el primer caso, ¿no es verdad, señora? Porque gentes hay aquí muy poderosas y muy grandes que deben su fortuna y su carrera a alguna ilustrísima mujer que les dio la mano.

—¡Ah! —dijo Amaranta con bondad—. Veo que tú eres ambicioso, Gabrielillo. Lo que has dicho últimamente es cierto; hombres conocemos a quienes ha elevado a desmedida altura la protección de una señora. ¡Quién sabe si encontrarás tú igual proporción! Es muy posible. Para que no pierdas la esperanza, ahí va un ejemplo. En tiempos muy antiguos y en tierras muy remotas había un grande imperio que era gobernado en completa paz por un soberano sin talento; pero tan bondadoso, que sus vasallos se creían felices con él y le amaban mucho. La sultana era mujer de naturaleza apasionada y viva imaginación; cualidades contrarias a las de su marido, merced a cuya diferencia aquel matrimonio no era completamente feliz. Cuando heredó a su padre, el sultán tenía cincuenta años y la sultana treinta y cuatro. Acertó entonces a entrar en la guardia genízara un joven que se hallaba casi en el mismo caso que tú, pues aunque no era de nacimiento tan humilde, ni tampoco dejaba de tener alguna instrucción, era bastante pobre y no podía esperar gran carrera de sus propios recursos. Al punto se corrió en la corte la voz de que el joven guardia había agradado a la esposa del sultán, y esta sospecha se confirmó al verle avanzar rápidamente en su carrera, hasta el punto de que a los veinticinco años de edad ya había alcanzado todos los honores que pueden ser concedidos a un simple súbdito. El sultán, lejos de poner reparos a tan rápido encumbramiento, había fijado todo su cariño en el favorecido joven, y no contento con darle las primeras dignidades le entregó las riendas del gobierno, le hizo gran visir, príncipe, y le dio por esposa a una dama de su propia familia. Con esto estaban los pueblos de aquella apartada y antigua comarca muy descontentos y aborrecían al joven y a la sultana. En su gobierno, el joven valido hizo algunas cosas buenas; mas el pueblo las olvidaba, para no ocuparse sino de las malas que fueron muchas, y tales que trajeron grandes calamidades a aquel pacífico imperio. El sultán, cada vez más ciego, no comprendía el malestar de sus pueblos, y la sultana, aunque lo comprendía no pudo en lo sucesivo remediarlo, porque las intrigas de su corte se lo impedían. Todos odiaban al favorecido joven, y entre sus enemigos más encarnizados se distinguían los demás individuos de la regia familia. Pero lo más extraño fue que el hombre a quien una mano tan débil como generosa había elevado sin merecimientos, se mostró ingrato con su protectora y lejos de amarla con constante fe, amó a otras mujeres, y hasta llegó a maltratar a la desventurada a quien todo lo debía. Las damas de la sultana referían que algunas veces la vieron derramando acerbo llanto y con señales en su cuerpo de haber recibido violentos golpes de una mano sañuda.

—¡Qué infame ingratitud! —exclamé sin poder contener mi indignación—. ¿Y Dios no castigó a ese hombre, ni devolvió a aquellos inocentes pueblos su tranquilidad, ni abrió los ojos del excelente sultán?

—Eso no lo sé —contestó Amaranta mordiendo las puntas blancas de la pluma con que se preparaba a escribir—; porque estoy leyendo la historia que te cuento en un libro muy viejo, y no he llegado todavía al desenlace.

—¡Qué hombres tan malos hay en el mundo!

—Tú no serás así —dijo Amaranta sonriendo—; y si algún día te vieras elevado a tales alturas por las mismas causas, harías todo lo posible porque se olvidara con la grandeza de tus actos, el origen de tu encumbramiento.

—Si por artes del demonio eso sucediera —respondí—, lo haré tal y como usía lo dice, o no soy quien yo, pues a mí me sobran alma y corazón para gobernar, sin dejar de ser un hombre bueno, decente y generoso.

Estas últimas palabras la hicieron reír, y ofreciéndome que al día siguiente me recomendaría a un padre jerónimo del monasterio para que me instruyese, me dijo que iba a escribir cartas muy urgentes y que la dejase sola.

La doncella volvió para conducirme al cuarto donde debía recogerme, y una vez dentro de él me acosté; mas los pensamientos evocados en mi cabeza por la pasada conferencia, me confundían de tal modo, que mi sueño fue agitado y doloroso, cual opresora pesadilla, y creí tener sobre el pecho todas las cúpulas, torres, tejados, aleros, arbotantes y hasta las piedras todas del inmenso Escorial.

XIV

Al día siguiente se reunieron a comer en casa de Amaranta, Lesbia, el diplomático y su digna hermana. He hablado poco de esta buena señora, que no figura gran cosa en los acontecimientos referidos, lo cual es sensible, porque su carácter y excelentes prendas, merecería mención muy detallada. La marquesa era una dama de avanzada edad, mujer orgullosa, de modestas costumbres, española rancia por los cuatro costados, de carácter franco y sin artificios, muy natural, muy caritativa, enemiga de trapisondas y aventuras, muy cariñosa para todo el mundo; en fin, era la honra de su clase. Su lado flaco, consistía en creer que su hermano tenía mucho talento. Aunque era modesta en su trato privado, gustaba de dar grandes fiestas, prefiriendo las representaciones dramáticas, a que tenía mucha afición. Su teatro era el primero de la corte, y para la representación de *Otello* había gastado considerables sumas. Protegía y trataba a los cómicos; pero siempre a mucha distancia.

También estaba convidado a comer aquel día con mi ama, el señor don Juan de Mañara; pero cuando fui a llevarle la invitación, contestó excusándose, por tocarle entrar de guardia a la misma hora. Y a propósito del pisaverde, no debo pasar en silencio la circunstancia de que le vi por la mañana en compañía de Lesbia, ambos en traje que parecía indicar regresaban de uno de esos crepusculares y campestres paseos, siempre anhelados por los amantes. En la tarde de aquel mismo día le vi paseando muy cabizbajo por el patio grande, y la mañana siguiente me detuvo en el mismo paraje suplicándome que llevase una carta a la señora duquesa. Neguéme a esto, y allí quedó. Indudablemente algo le pasaba al señor de Mañara.

Amaranta pareció muy contrariada de que no se sentase a la mesa el joven mencionado. Cuando volví con la respuesta estaba de visita en el cuarto de Amaranta un caballero de los que la noche anterior vi en la procesión descrita. Conferenciaron más de hora y media: cuando él se retiró le examiné bien, y por cierto que pocas veces he visto facha más desagradable. No le daría un puesto en la serie de mis recuerdos, si aquel no fuera uno de los personajes más célebres de su tiempo, razón por la cual me resuelvo no solo a mencionarle, sino a describirle, para edificación de los tiempos presentes. Era el marqués Caballero, ministro de Gracia y Justicia.

No vi a semejante hombre más que una vez, y jamás lo he olvidado. Era de edad como de cincuenta años, pequeño y rechoncho de cuerpo, turbia y traidora la mirada de uno de sus ojos, pues el otro estaba cerrado a toda luz; con el semblante amoratado y granulento como de persona a quien envilece y trastorna el vino; de andar y gestos sumamente ordinarios: en tanto grado repugnante y soez toda su persona, que era preciso suponerle dotado de extraordinarios talentos para comprender cómo se podía ser ministro con tan innoble estampa. Pero no, señores míos. El marqués Caballero era tan despreciable en lo moral como en lo físico, pudiendo decirse que jamás cuerpo alguno encarnó de un modo tan fiel los ruines sentimientos y bajas ideas de un alma. Hombre nulo, ignorante, sin más habilidad que la intriga, era el tipo del leguleyo chismoso y tramoyista que funda su ciencia en conocer no los principios, sino los escondrijos, las tortuosidades y las fórmulas escurridizas del derecho, para enredar a su antojo las cosas más sencillas.

Nadie podía explicarse su encumbramiento tanto más enigmático, cuanto que el omnipotente Godoy no pasaba por amigo suyo, mas debió aquél consistir en que, habiéndose introducido en palacio y héchose valer, merced a viles intrigas de escalera abajo, usó como instrumento de su ambición cerca del Rey, la Iglesia; y adulando la religiosidad del pobre Carlos, pintándole imaginarios peligros y haciendo depender la seguridad del trono de la adopción de una política restrictiva en negocios eclesiásticos, logró hacerse necesario en la corte. El mismo Godoy no pudo apartarle del gobierno ni poner coto a las medidas dictadas por el bestial fanatismo del ministro de Gracia y Justicia, quien después de haber perseguido a muchos ilustres hombres de su época, y encarcelado a Jovellanos, remató su gloriosa carrera contribuyendo a derribar al mismo príncipe de la Paz, en Marzo de 1808.

Damos estas ligeras noticias respecto a un hombre que gozaba entonces de justa y general antipatía, para que se vea que la elevación de tontos y ruines y ordinarios, no es, como algunos creen, desdicha peculiar de los modernos tiempos.

Después de la conferencia indicada, principió la comida, que yo serví.

—Ya sé —dijo Amaranta al sentarse y sin disimular su intención de mortificar a Lesbia—; ya sé lo que contenían esos papeles cogidos a S. A. Caballero me lo ha dicho, encargándome la reserva; pero puesto que pronto se ha de saber...

—Sí, dínoslo. No lo confiaremos más que a nuestros amigos —indicó la marquesa.

—Pues yo opino que no se diga —objetó el diplomático, que siempre se incomodaba cuando alguien revelaba secretos que él no conocía.

—Entre los papeles —dijo Amaranta—, hay una exposición al Rey que se supone hecha por don Juan Escóiquiz, aunque la letra es de Fernando. Parece que en ella se pintan las malas costumbres del príncipe de la Paz, con las frases más indecentes. Allí han salido a relucir sus dos mujeres y también lo que dicen de los destinos, pensiones y prebendas que concede a cambio de...

—¡Y tan cierto como es! —dijo la marquesa—. Yo sé de un señor a quien el príncipe de la Paz ofreció...

La buena señora cayó en la cuenta de que estaba yo delante, y se contuvo. Pero a mí siempre me han bastado pocas palabras para entender las cosas, y supe pescar al vuelo lo que querían decir.

—En esa exposición —continuó la duquesa—, ponen a la pobre Tudó de vuelta y media, y aconsejan al Rey que la encierre en un castillo. Por último, se pretende que el de la Paz sea destituido, embargados todos sus bienes, y que desde el mismo momento no se separe el príncipe heredero del lado de su padre.

—Todo eso está muy puesto en razón —dijo la marquesa, asombrada de cómo concordaban las ideas de los conjurados con sus propias ideas—; aunque me guardaré muy bien de decirlo fuera de aquí.

—Pues aquí no temo decirlo —continuó Amaranta—. Caballero no guarda muy bien el secreto, sé que lo ha dicho ya a varias personas. Otro de los papeles es graciosísimo, y parece un sainete; pues todo él está en diálogo y se creería que lo habían escrito para representarlo en el teatro. Cada uno de los personajes que hablan tiene allí nombre supuesto: así es que el príncipe se llama *don Agustín*, la reina *Doña Felipa*, el Rey *don Diego*, Godoy, *don Nuño*, y la princesa, con quien dicen han tratado de casar al heredero es una tal *Doña Petra*.

—¿Y qué objeto tiene esa comedia?

—Es un proyecto de conversación con la reina, y suponiendo las observaciones que ésta ha de hacer, se le responde a todo según un plan combinado para convencerla de las picardías del príncipe de la Paz. También aquí abundan las frases soeces, y por último, el *don Agustín* parece que se niega redondamente a casarse con *Doña Petra*, la cuñada del ministro y hermana del cardenal y de la de Chinchón.

—También eso está bien pensado —dijo la marquesa—; y si ese sainetillo se representara yo lo aplaudiría. Pues ¿por qué han de querer casar al pobre muchacho con la cuñada del otro? ¿No es mejor que le busquen mujer en cualquiera de las familias reinantes, que a buen seguro todas ellas se darían con un canto en los pechos por entroncar con nuestros reyes, casando a cualquiera de sus mozuelas con semejante príncipe?

—¿Cómo se atreven ustedes a juzgar cosas tan graves? —dijo con displicencia el diplomático—. Y en cuanto a los documentos citados, extraño que una persona tan discreta como mi sobrina les dé publicidad imprudente.

—Vamos, usted dudaba antes que existieran, y ahora, creyendo que no debe revelarse, los da como ciertos.

—Sí que los doy —repuso el diplomático—, y ya que otra persona ha descubierto hechos que yo me obstinaba en callar...

El diplomático, no pudiendo negar aquellos secretos, resolvió apropiárselos, fingiendo tener ya noticias de los papeles del proceso.

—¿De modo que ya tú lo sabías todo? —le preguntó su hermana—. Bien decía yo que tú no podías menos de estar al tanto de estas cosas. La verdad es que no se te escapa nada, y bien puedes afirmar que eres de los que ven los mosquitos en el horizonte.

—Desgraciadamente así es —contestó el diplomático con la mayor hinchazón—. Todo llega a mis oídos, a pesar de mis repetidos propósitos de no intervenir en nada y huir de los negocios. ¡Cómo ha de ser! Es preciso tener paciencia.

—Hermano, tú debes saber algo más, y te lo callas —dijo la marquesa—. Vamos a ver. ¿Napoleón tiene alguna parte en este negocio?

—¿Ya comienzan las preguntillas? —repuso el viejo con retozona sonrisa—. Déjense de preguntas, porque les juro que no me han de sacar una sílaba. Ya conocen la rigidez de mi carácter en estas materias.

A todas estas Lesbia no decía una palabra.

—Pues voy a acabar mi cuento —añadió mi ama—. Aún me falta decir cuál es el otro papel que se encontró al príncipe.

—Más valdría que lo callaras, querida sobrina —dijo el diplomático.

—No; que lo diga, que lo diga.

—Pues se ha encontrado la cifra y clave de la correspondencia que el heredero sostiene con su maestro don Juan Escóiquiz, y además... esto es lo más grave.

—Sí: lo más grave —indicó el diplomático—, y por eso debe callarse.

—Por lo mismo debe decirse.

—Pues se encontró una carta en forma de nota, sin sobrescrito, firma, ni nombre, en que manifiesta estar dispuesto a elevar al rey la exposición por medio de un religioso. Lo más notable de este papelito es que el príncipe asegura que está decidido a tomar por modelo al Santo mártir Hermenegildo; que se dispone a pelear... óiganlo ustedes bien... a pelear por la justicia. Esto es hablar clarito de una revolución. Pide después a los conjurados que le sostengan con firmeza; que preparen las proclamas, y que...

—¡Ah, las mujeres!, ¡las mujeres! ¿No aprenderán nunca a tener discreción? —interrumpió el marqués—. Me admiro de ver con cuánta frivolidad te ocupas de asuntos tan peligrosos.

—En este papel —prosiguió la condesa sin atender a las fastidiosas amonestaciones del diplomático—, se indica a los reyes y a Godoy con nombres godos. *Leovigildo* es Carlos IV, la reina es *Goswinda*, y el de la Paz, *Sisberto*. Pues bien: el príncipe, que se atribuye el papel de *San Hermenegildo*, dice a los con jurados que la tempestad debe caer sobre *Sisberto* y *Goswinda*, y que traten de embobar a *Leovigildo* con vítores y palmadas.

—¿Y eso es todo? —preguntó la marquesa. Pues no hay cosa más inocente.

—Está bien claro —indicó Amaranta con ira—, que se trata de destronar a Carlos IV.

—No lo veo yo así.

—Pues yo sí —repuso la condesa—. La tempestad debe caer sobre *Sisberto* y *Goswinda*. De modo que el heredero y sus amigos, no solo tratan de mandar a paseo al guardia, sino que también quieren hacer alguna picardía con la reina, cuando menos llevarla a la guillotina como a la pobre

María Antonieta. Todos saben cuánto ama el Rey a su esposa. Cualquier ofensa que a ésta se le haga, la considera como hecha a su propia persona.

—Pues lo que digo es que si algo les pasa, bien merecido se lo tienen —fue la contestación de la marquesa.

—Y yo sostengo —añadió mi ama alterándose más—, que el príncipe podía haber intentado cuantas conjuraciones quisiera para echar del ministerio a Godoy; pero escribir exposiciones al Rey, poniendo en duda el honor de su madre, y hablando de arrojar tempestades sobre *Sisberto* y *Goswinda*, lo cual equivale a atentar contra la vida de la Reina, me parece conducta muy indigna de un príncipe español y cristiano... Al fin es su madre: cualesquiera que hayan sido las faltas de ésta (y yo estoy segura de que no son tantas ni tan grandes como las de quien las publica), no es propio de un hijo el reconocerlas o mencionarlas, ni menos fundarse en ellas para perseguir a un enemigo.

—Hija, no estás poco melindrosa —dijo con acrimonia la tía de Amaranta—. Yo creo que el príncipe hace muy retebién, y si a alguien le pesa, más valiera no haber dado motivos con lo que todos sabemos a lo que está pasando. Y sino, hermano, tú que lo sabes todo, dinos tu opinión.

—¡Mi opinión! ¿Creéis que es fácil dar opinión sobre asunto tan espinoso? Y lo que yo pueda pensar, conforme a mi experiencia y luces, ¿puedo acaso decirlo en conferencia de mujeres, que al punto van diciendo por cámaras y ante-cámaras a todo el que las quiera oír...?

—No hay quien te saque una palabra. Si yo supiera la mitad de lo que tú sabes, hermano, gustaría de instruir ignorantes.

—Para formar exacto juicio, vengan datos —dijo el marqués—. ¿Alguna de ustedes sabe la opinión de la Reina sobre estas cosas?

—Cuando se leyó en consejo el último de los papeles que he citado —respondió la condesa—, Caballero dijo que el príncipe merecía la pena de muerte por siete capítulos. La Reina, indignada al oírle, respondió: *«¿Pero no reparas que es mi hijo? Yo destruiré las pruebas que le condenan; le han engañado, le han perdido»*, y arrebatando el papel lo escondió en su seno, y se arrojó llorando en un sillón. ¡Vean ustedes qué generosidad! Francamente, aunque nunca me ha sido simpática la causa del príncipe, desde que sé sus proyectos contra los Reyes, me parece un joven digno de lástima, si no de otro sentimiento peor.

—¡Qué tontería! —exclamó la marquesa—. Ahora vienen los lloriqueos y los dengues después de haber sido causa de tantos males. ¿Pues qué, ocurrirían estas cosas, si no se hubieran cometido ciertas faltas...?

Lesbia, que hasta entonces había permanecido en silencio, con cierta confusión y amilanamiento, no quiso callar más, y apoyó las últimas frases de la marquesa. Amaranta entonces se volvió a ella, y con acento tan amargo como desdeñoso, le dijo:

—¡Cuánto hablar de faltas ajenas! Esa persona no esperaba ser injuriada públicamente, como lo ha sido, por quien tantos favores recibió de ella, por quien se ha sentado a su mesa y se ha honrado con su amistad.

—¡Ah!, el sermoncito no está mal —dijo Lesbia con esa forzada jovialidad, que a veces es la más terrible expresión de la ira—. Ya lo esperaba: desde que me negué a ciertas condescendencias; desde que cansada de un papel admitido con ligereza e impropio de mí, lo cedí a otras, que lo desempeñan con perfección, se me censura suponiéndome divulgadora de lo que todo el mundo sabe. Ciertas personas no pueden hacerse pasar por víctimas de la calumnia aunque lloren y giman, porque sus vicios, en fuerza de ser tantos y tan grandes, han llegado a vulgarizarse.

—Es verdad —repuso Amaranta con perversa intención—. No falta quien sea prueba viva de ello. Pero hija, el vicio más feo es el de la ingratitud.

—Sí, pero ese es el vicio en que menos fácilmente pueden sentenciar los hombres.

—¡Oh! no: también sentencian, y pronto lo veremos. Precisamente la causa del príncipe es obra pura y simplemente consumada por la ingratitud. Ya verás cómo ésta se castiga.

—Supongo —dijo Lesbia con malicia—, que no querrás poner en la cárcel a todos los que estamos aquí por haber cometido el crimen de desear el triunfo del príncipe.

—Yo no pongo a nadie en la cárcel; pero quizás no esté muy segura otra persona muy amada de alguien que me escucha.

—¡Ah! —dijo imprudentemente el diplomático—, me han dicho que también Mañara está complicado en la causa.

—Creo que sí —añadió Amaranta cruelmente—; pero fía mucho en el arrimo de elevadas personas. Y como resulten complicadas las que se sospecha, es de esperar que no les valga ninguna clase de apoyo.

—Eso es —dijo la duquesa—. ¡Duro en ellos! Falta todavía conocer el giro que tomará este negocio; falta saber si algún suceso inesperado cambiará de improviso los términos convirtiendo a los acusadores en acusados.

—¡Ya... confían en Bonaparte! —afirmó Amaranta con despecho.

—¡Alto, allá! —exclamó el diplomático—; entran ustedes señoras mías, en un terreno peligroso.

—Se hará justicia —dijo mi ama—, aunque no como se desea, pues no será posible descubrirlo. Por ejemplo: hay gran empeño en averiguar quién se encargaba de transmitir a los conjurados la correspondencia del príncipe y hasta ahora no se sabe nada. Hay sospechas de que sea alguna de las muchas damas intrigantes y coquetuelas que hay en palacio... hasta se han fijado en alguna; pero aún no hay suficientes pruebas.

Lesbia no dijo una palabra; pero la pícara se sonreía como quien está libre de todo temor. Después hasta se atrevió a mortificar a su enemiga de esta manera:

—Quizás por lo mismo que es intrigante y coquetuela, tenga medios para burlar a sus perseguidores. Tal vez las circunstancias le hayan proporcionado medios de desafiar y provocar a sus enemigos... Tengo deseos de saber quién es esa buena pieza. ¿Nos lo podrías decir?

—Ahora no —repuso mi ama—; pero mañana, tal vez sí.

Lesbia rió a carcajadas. Amaranta mudó de conversación, la marquesa volvió a lamentar la suerte del príncipe, y el diplomático aseguró que por nada del mundo descorrería el velo que ocultaba los designios del capitán del siglo, con lo cual dio fin la comida, y todos, menos mi ama, se retiraron a dormir la siesta.

XV

Al siguiente día, 30 de octubre, ocurrieron grandes y conmovedoras novedades, si algo podía ya ocurrir capaz de aumentar la turbación de los ánimos. Desde por la mañana me había despedido mi ama, diciéndome que fuera a dar un paseo por la octava maravilla del mundo, y al mismo tiempo me mandó visitase en su celda al padre jerónimo que había de instruirme en las letras sagradas y profanas. Ambas cosas me contentaron mucho y más que nada, el ocio de que disfrutaba para recorrer a mi antojo el edificio y sus alrededores. El primer espectáculo que se ofreció a mi curiosidad, fue la salida del Rey a caza, lo cual no dejó de causarme extrañeza, pues me parecía que atribulado y pesaroso S. M. por lo que estaba pasando, no tendría humor para aquel alegre ejercicio. Pero después supe que nuestro buen monarca le tenía tan viva afición, que ni en los días más terribles de su existencia dejó de satisfacer aquella su pasión dominante, mejor dicho, su única pasión.

Yo le vi salir por la puerta del Norte, acompañado de dos o tres personas, entrar en su coche y partir hacia la Sierra, con tanta tranquilidad como si en palacio dejase la paz más perfecta. Sin duda debía de ser en extremo apacible su carácter, y tener la conciencia más pura y limpia que los frescos manantiales de aquellas montañas. Sin embargo, aquel buen anciano, a pesar de su alta posición y de la paz que yo suponía en su interior, más me inspiraba lástima que envidia. Aquélla se aumentó cuando vi que la gente del pueblo, reunida en torno al edificio, no mostraba a su Rey ningún afecto, y hasta me pareció oír en algunos grupos murmullos y frases mal sonantes, que hasta entonces creo no se habían aplicado a ningún soberano de esta honrada nación.

Recorriendo después las galerías bajas del palacio y las antecámaras altas, vi a otros individuos de la regia familia, y me maravilló observar en todos la misma forma de narices colgantes, que caracterizaba la casta de los Borbones. El primero que tuve ocasión de admirar fue el cardenal de la Escala, don Luis de Borbón, célebre después por haber recibido el juramento de los diputados en la isla de León, y por otros hechos menos honrosos que irán saliendo a medida que avancen estas historias. No era el señor cardenal hombre grave, cubierto de canas, prenda natural de la edad y del estudio, ni representaba su rostro aquella austeridad que parece ha de ser inherente a los que desempeñan cargos tan difíciles: antes bien era un jovenzuelo que no había llegado a los treinta años, edad en la cual Lorenzana, Albornoz, Mendoza, Silíceo y otras lumbreras de la Iglesia española no habían aún salido del seminario.

Verdad es que existía la costumbre de consagrar al cardenalato a los príncipes menores que no podían alcanzar ningún reino grande ni chico, y el señor don Luis de Borbón, primo del rey Carlos IV, fue en esto uno de los mortales más afortunados, porque con la leche en los labios empezó a disfrutar las rentas de la mitra de Sevilla, y no cumplidos aún los 23, y mal digeridas las *Sentencias* de Pedro Lombardo, tomó posesión de la silla de Toledo, cuyas fabulosas rentas habría envidiado cualquier príncipe de Alemania o de Italia.

Pero cada cosa a su tiempo y los nabos en Adviento. Lo que hemos dicho era costumbre propia de la edad, y no es justo censurar al infante porque tomase lo que le daban. Su eminencia, tal y como le vi descender del coche en el vestíbulo de palacio, me pareció un mozo coloradillo, rubicundo, de mirada inexpresiva, de nariz abultada y colgante, parecida a las demás de la familia, por ser fruto del mismo árbol, y con tan insignificante aspecto, que nadie se fijara en él si no fuera vestido con el traje cardenalicio. Don Luis de Borbón subió con gran priesa a las habitaciones regias, y ya no le vi más.

Pero mi buena estrella, que sin duda me tenía reservado el honor de conocer de una vez a toda la familia real, hizo que viera aquel mismo día al infante don Carlos, segundo hijo de nuestro Rey. Este joven, aún no aparentaba veinte años, y me pareció de más agradable presencia que su hermano el príncipe heredero. Yo le observé atentamente, porque en aquella época me parecía que los individuos de sangre real habían de tener en sus semblantes algo que indicase la superioridad; pero nada de esto había en el del infante don Carlos, que solo me llamó la atención por sus ojos vivarachos y su carita de Pascua. Este personaje varió mucho con la edad en fisonomía y carácter.

También vi aquella misma tarde en el jardín al infante don Francisco de Paula, niño de pocos años que jugaba de aquí para allí, acompañado de mi Amaranta y de otras damas; y por cierto que el Infante, saltando y brincando con su traje de mameluco completamente encarnado, me hacía reír, faltando con esto a la gravedad que era indispensable cuando se ponía el pie en parajes hollados por la regia familia.

Antes de bajar al jardín habían llamado mi atención unos recios golpes de martillo que sentí en las habitaciones inferiores: después sucedieron a los golpes unos delicados sones de zampoña, con tal arte tañida, que parecían haberse trasladado al Real sitio todos los pastores de la Arcadia. Habiendo preguntado, me contestaron que aquellos distintos ruidos salían del taller del infante don Pascual, quien acostumbraba matar los ocios de la vida regia alternando los entretenimientos del oficio de carpintero o de encuadernador con el cultivo del arte de la zampoña. Yo me admiré de que un príncipe trabajase, y me dijeron que el don Antonio Pascual, hermano menor de Carlos IV, era el más laborioso de los infantes de España, después del difunto don Gabriel, celebrado como gran humanista y muy devoto de las artes. Cuando el ilustre carpintero y zampoñista dejó el taller para dar su paseo ordinario por la huerta del Prior en compañía de los buenos padres jerónimos que iban a buscarle todas las tardes, pude contemplarle a mis anchas, y en verdad digo que jamás vi fisonomía tan bonachona. Tenía costumbre de saludar con tanta solemnidad como cortesanía a cuantas personas le salían al paso, y yo tuve la alta honra de merecerle una bondadosa mirada y un movimiento de cabeza que me llenaron de orgullo.

Todos saben que don Antonio Pascual, que después se hizo célebre por su famosa despedida del valle de Josafat, parecía la bondad en persona. Confieso que entonces aquel príncipe casi anciano, cuya fisonomía se habría confundido con la de cualquier sacristán de parroquia, era, entre todos los individuos de la regia familia, el que me parecía de mejor carácter. Más tarde conocí cuánto me había equivocado al juzgarle como el más benévolo de los hombres. María Luisa, que le tachó de cruel, en una de sus cartas profetizó lo que había de pasar a la vuelta de Valencey, cuando el infante congregaba en su cuarto lo más florido del partido realista furibundo.

Este pobre hombre, lo mismo que su sobrino el infante don Carlos, eran partidarios del príncipe Fernando, y aborrecían cordialmente al de la Paz; mas excusadas son estas advertencias, porque entonces ningún español amaba a Godoy, empezando por los individuos de la familia. Pero basta de digresiones, y sigamos contando. Quedé, si mal no recuerdo, en el anuncio de ciertas novedades que dieron inesperado giro a los sucesos; mas no dije cuáles fueran. Parece que a eso de la una el ilustre prisionero, luego que se enteró de que su padre había salido a caza, mandó a la Reina un recado suplicándola fuese a su cuarto, donde le revelaría cosas muy importantes. Negóse la madre; pero envió al marqués Caballero, quien recogió de labios del príncipe las declaraciones de que voy a hablar.

No crean ustedes que tan estupendas nuevas eran del dominio de todos los habitantes del Escorial. Yo las supe porque Amaranta las contó al diplomático y a su hermana, y como por mi poca edad y aspecto de mozuelo distraído y casquivano, creían que yo no había de prestar atención a sus palabras, no se cuidaban de guardar reserva delante de mí.

Conforme dijo Amaranta, todas las personas reales andaban azoradas y aturdidas porque, según las últimas declaraciones del príncipe, se sabía ya con certeza que los conjurados tenían de su parte a Napoleón en persona, cuyas tropas se acercaban cautelosamente a Madrid con objeto de apoyar el movimiento. También había denunciado Fernando a sus cómplices, llamándoles *pérfidos y malvados*; y según las indicaciones que hizo, los rumores tiempo há propalados sobre proyecto de atentar a la vida de la Reina, no carecían de fundamento. En cuanto al Rey, los amigos del príncipe no debían de tener muy buenas intenciones respecto a él, porque éste había nombrado generalísimo de las tropas de mar y tierra al duque del Infantado en un decreto que empezaba así: *«Habiendo Dios tenido a bien llamar para sí el alma del Rey, nuestro padre, etc.»*

No se fijaron bien en mi imaginación estos pormenores; pero habiendo leído más tarde los incidentes de aquel proceso célebre, puedo auxiliar mi memoria con tanta eficacia que resulte la narración de los hechos tan viva como hija del recuerdo. Lo que sí me acuerdo es que Amaranta, alarmada con lo de Bonaparte, tenía gran placer en hacer consideraciones sobre la bajeza del príncipe al denunciar vilmente a sus amigos. La marquesa se resistía a creerlo, y los comentarios, que no copio por no ser molesto, duraron mucho tiempo.

No había aún oscurecido cuando volvió el Rey de caza, y hora y media después un gran ruido en la parte baja del alcázar nos anunció la llegada de otro importante personaje. Corrí al patio grande y ya no pude verle, porque habiendo descendido rápidamente del coche, subió por la escalera con prisa de llegar pronto arriba. Únicamente se distinguía un bulto arrebujado en anchísima capa como persona enferma que quiere preservarse del aire; mas no me fue posible ver sus facciones.

—Es él —dijeron algunos criados que había junto a mí.

—¿Quién? —pregunté con viva curiosidad.

Entonces un pinche de la cocina, con quien había yo trabado cierta amistad por ser el funcionario encargado de darme de comer, acercó su boca a mi oído, y me dijo muy quedamente:

—El *choricero*.

Más adelante tuve ocasión de hablar con este personaje; pero su pintura pertenece a otro libro.

XVI

Seguí hablando con el pinche, por no perder tan buena coyuntura de trabar relaciones con la gente de escalera abajo, y pregunté a mi abastecedor cuál era la opinión más extendida en las reales cocinas sobre los sucesos del día. Afortunadamente se aproximaba la hora de cenar; y llevándome mi amigo al aposento destinado al efecto, me hizo ver que el cuerpo de cocineros seguía a todo el país en la senda trazada por los directores del partido fernandista.

Nada más patriótico, nada más entusiasta que la actitud de aquel puñado de valientes en cuyas cacerolas estaba por decirlo así el paladar de los reyes de España, y era árbitro hasta cierto punto de su bienestar, si no de su existencia. Aunque muchos de los hombres que allí vi eran antiguos y pacíficos servidores, que no participaban de la rebelde inquietud de la gente moza, la mayor parte habían sido deslumbrados por la perruna y grotesca elocuencia de Pedro Collado, el aguador de la fuente del Berro, ya empleado en la servidumbre de Fernando. Este hombre, que con las gracias de su burdo y ramplón ingenio se había conquistado preferente lugar en el corazón del heredero, desempeñaba al principio las funciones de espía en todas las regiones bajas de palacio; vigilaba la servidumbre, la cual a poco empezó por temerle y concluyó por someterse dócilmente a sus mandatos. De este modo llegó a ser Pedro Collado, respecto a los cocineros, pinches y lacayos un verdadero cacique, al modo de los que hoy son alma y azote de las pequeñas localidades en nuestra Península.

Cuando Pedro Collado bajaba contento, el regocijo se difundía como don celeste entre toda la servidumbre: cuando Pedro Collado bajaba taciturno y sombrío, melancólico silencio sustituía a la anterior algazara. Cuando alguno perdía la gracia del aguador, ya podía encomendarse a Dios, y los que tenían la suerte de merecer su benevolencia o de servir de objeto a sus groseras bromas, ya podían considerarse con un pie puesto en la escala de la fortuna.

Aquella noche fue para mí muy interesante porque presencié la prisión de Pedro Collado, contra quien habían resultado cargos muy graves en las primeras actuaciones de la causa. El favorito del príncipe comunicaba a los más autorizados entre sus amigos las impresiones del día, cuando un alguacil, seguido de algunos soldados de la guardia española, entró a prenderle. No hizo resistencia el aguador, antes bien con la frente erguida y provocativo ademán, siguió a sus guardianes que le condujeron a la cárcel del Sitio, porque a causa de su baja condición no podía alternar con el duque de San Carlos, ni con el del Infantado, presos en las bohardillas de la parte del edificio llamado del Noviciado.

La prisión del aguador produjo en la cocina cierto terror y sepulcral silencio. Interrumpiéronlo después las voces de mando, que cual la de los generales en la guerra, sirven para dirigir la estrategia de las cocinas reales, no menos complicada que la de los campos de batalla. Una voz decía: «Cena del señor infante don Antonio Pascual.» Y al punto la más rica menestra que ha incitado el humano apetito pasó a manos de los criados que servían en el cuarto del infante. Después se oyó la siguiente orden: «La sopa hervida y el huevo estrellado de la señora infanta doña María Josefa.» Luego «El chocolate del señor infante don Francisco de Paula», y nuevos movimientos seguían a estas palabras. Hubo un instante de sosiego, hasta que el cocinero mayor exclamó con voz solemne: «¿Está la polla asada de su eminencia el señor cardenal?» Al instante funcionaron las cacerolas, y la polla asada con otros sustanciosos acompañamientos fue transmitida al cuarto del arzobispo. Por último, un señor muy obeso y vestido de uniforme con galones, que era designado con el estrambótico nombre de *guardamangier*, se paró en la puerta y dirigiendo su mirada de águila hacia los cocineros, exclamó: «La cena de S. M. el Rey.» Era cosa de ver la multitud de platos que se destinaron a aliviar la debilidad estomacal diariamente producida en la naturaleza de Carlos IV por el ejercicio de la caza. Como yo no podía apartar mis ojos de aquella rica colección de manjares, cuyo aromático vapor convidaba a comer, mi amigo el pinche me dijo:

—Descuida, Gabrielillo, que ya probaremos algo de aquellos platos. Al Rey le gusta ver muchos platos en su mesa; pero de cada uno no come más que un poquito. Algunos vuelven como han ido. Voy a preparar el agua helada.

—¿Qué es eso de agua helada? —pregunté—. ¿Y quién se alimenta con manjar de tan poca sustancia?

—El Rey —me contestó—, una vez que llena bien el buche, pide un vaso de agua helada como la misma nieve; coge un panecillo, le quita la corteza, empapa bien la miga en el agua, y se la come después. Jamás toma más postre que ése.

Un buen rato después de haberse pedido la cena del Rey, pidieron la de la Reina, y esta diferencia de tiempo llamó tanto mi atención, que pregunté a mi amigo la razón de que no comieran juntos los Reyes y sus hijos.

—Calla, tonto —me dijo—, eso no puede ser. En las casas de todo el mundo, comen padres e hijos en una misma mesa. Pero aquí no: ¿no ves que eso sería faltar a la etiqueta? Los infantes comen cada uno en su cuarto, y S. M. el Rey solo en el suyo, servido por los guardias. La Reina es la única persona que podría comer con el Rey, pero ya sabes que acostumbra comer sola, por lo que callo.

—¿Por qué?, dímelo a mí. Es que tendrá alguna persona que la acompañe *de ocultis.*

—Quiá: no come delante de alma viviente ni que la maten.

—¿Ni tampoco delante de sus damas?

—Solo la camarera que la sirve la ve comer. Te diré por qué —añadió en voz baja—. ¿Ves aquellos dientes tan bonitos que enseña la Reina cuando se ríe? Pues son postizos, y como tiene que quitárselos para comer, no quiere que la vean.

—Eso sí que está bueno.

En efecto, lo que me dijo el pinche era cierto, y en aquellos tiempos el arte odontálgico no había adelantado lo suficiente para permitir las funciones de la masticación con las herramientas postizas.

—Ya ves tú —continuó el pinche—, si tienen razón los que critican a la Reina porque engaña al pueblo, haciendo creer lo que no es. ¿Y cómo ha de hacerse querer de sus vasallos una soberana que gasta dientes ajenos?

Como yo no creía que las funciones de los reyes fueran semejantes a las de un perro de presa, no pensé lo mismo que mi amigo, aunque me callé sobre el particular.

Luego pidieron la cena de S. A. el príncipe de la Paz, y la de los Consejeros de Estado, lo cual me decidió a subir, creyendo llegada la hora de servir también la de mi ama. Se acercaba para mí el dulce momento de verla, de hablarla, de escuchar sus mandatos, de pasar junto a ella rozando mi vestido con el suyo, de embelesarme con su sonrisa y con su mirada. Ausente de ella, mi imaginación no se apartaba de tan hermoso objeto, como mariposa que rodea sin cesar la luz que la fascina. Pero muy contra mi voluntad, aquella noche Amaranta no se dignó ponerme al corriente de lo que deseaba saber respecto a mis servicios. Estaba escrito que fuera a la noche siguiente.

Aunque aún no me había acontecido en palacio nada digno de notarse, yo estaba un si es no es descorazonado. ¿Por qué? No podía decirlo. Encerrado en mi cuarto, y tendido sobre el angosto lecho, rebelde mi naturaleza al sueño, me puse a pensar en mi situación, en el carácter de Amaranta que empezaba a parecerme muy raro, y en la clase de fortuna que a su lado me aguardaba. Acordeme de Inés, a quien por aquellos días tenía muy olvidada, y cuando su memoria, refrescando mi mente, me predispuso a un dulce sueño, sentía (no sé si fue engañoso efecto del sueño) unos golpecitos en mi pecho, producidos por vivas y dolorosas palpitaciones, como si una mano amiga, perteneciente a persona que deseaba entrar a toda costa, estuviese tocando a las puertas de mi corazón.

XVII

A la siguiente noche, Amaranta me mandó entrar en su cuarto. Estaba con la misma vestidura blanca de las noches anteriores. Hízome sentar a su lado en una banqueta más baja que su asiento, de modo que apenas faltaba un pequeño espacio para que sus rodillas fueran cojín de mi frente. Me puso la mano en el hombro, y dijo:

—Ahora sabré, Gabriel, si puedo contar contigo para lo que deseo. Veremos si tus facultades están a la altura de lo que he pensado de ti.

—¿Y usía ha podido dudarlo? —repuse conmovido.

—No puedo olvidar lo que me dijo usía la otra noche, y fue que otros, con menos méritos que yo, han llegado a subir hasta los últimos escalones de la fortuna.

—¡Ah, pobrecillo! —dijo riendo—. Veo que sueñas con subir demasiado, y esto es peligroso, porque ya sabes lo de Ícaro.

Yo contesté que nada sabía de ningún señor Ícaro; contome ella la fábula, y luego añadió:

—La historia que te conté la otra noche, no debe servirte de ejemplo, Gabriel. Después de lo que sabes, he leído un poco más y puedo seguirla.

—Quedó usía en aquello de que el joven de la guardia, a quien la sultana había hecho gran visir, daba muy mal pago a su protectora, lo cual me parece una grandísima picardía.

—Pues bien: después he leído que la sultana estaba muy arrepentida de su liviandad, y que el joven genízaro, hecho príncipe y generalísimo, era cada vez más aborrecido en todo el imperio. El sultán continuaba tan ciego como antes, y no comprendía la causa del malestar de sus vasallos. Pero ella, como mujer de agudo ingenio, conocía la tempestad que amenazaba descargar sobre la real familia. Sus damas la encontraban algunas veces llorando. Desahogando su conciencia con alguna, le hizo ver su arrepentimiento por las faltas cometidas. Mas ya parecía imposible remediarlas; el descontento de los súbditos era inmenso, y se formó un grande y poderoso bando, a cuya cabeza se hallaba el hijo mismo de los sultanes, con objeto de destronarles, proyectando quitarles la vida, si la vida era un estorbo para sus fines.

—Y el gran visir, ¿qué hacía?

—El gran visir, aunque no era hombre de pocos alcances, no sabía tampoco qué partido tomar. Todos volvían los ojos al gran Tamerlán, insigne guerrero y conquistador, que había enviado sus tropas a aquel imperio como paso para un pequeño reino que deseaba conquistar. En él creían ver un salvador el padre y el hijo y la sultana y el gran visir; mas como no es posible que el gran Tamerlán les favorezca a todos a un tiempo, es seguro que alguno ha de equivocarse.

—Y por último, ¿a quién favoreció ese señor guerrero?

—Eso está en el final de la historia que no he leído todavía —contestó Amaranta—; pero creo que no tardaré en conocer el desenlace, y entonces podré contártelo.

—Pues digo y repito, que si el gran visir hubiera gobernado bien a los pueblos, como los gobernaría quien yo me sé, nada de eso habría pasado. Haciendo justicia como Dios manda, esto es, castigando a los malos y premiando a los buenos, es imposible que el imperio hubiese venido a tales desdichas.

—Pero eso ahora no nos importa gran cosa —dijo Amaranta—, y vamos a nuestro asunto.

—Sí señora —respondí con calor—; ¿qué importan todos los imperios del mundo?

Al decir esto, creyendo que mis palabras eran frigidísima expresión de lo que yo sentía, crucé las manos en la actitud más patética que me fue posible, y dando rienda suelta a la ardorosa exaltación que inflamaba mi cabeza, la expresé en palabras como mejor pude, exclamando así:

—¡Ah, señora Condesa! Yo no solo os respeto como el más humilde de vuestros criados, sino que os adoro, os idolatro, y no os enojéis conmigo si tengo el atrevimiento de decíroslo. Arrojadme de vuestro lado, si esto os desagrada, aunque con esto conseguiríais hacer de mí un muchacho desgraciado, pero de ningún modo que dejase de amaros.

Amaranta se rió de mis aspavientos y habló así:

—Bueno, me gusta tu adhesión. Veo que podré contar contigo. En cuanto a tus cualidades intelectuales también las creo atendibles. Pepa me ha encomiado mucho tu facultad de observación. Parece que tienes una extraordinaria aptitud para retener en la memoria los objetos, las fisonomías, los diálogos y cuanto impresiona tus sentidos, pudiendo referirlo después puntualísimamente. Esto, unido a tu discreción, hace de ti un mozo de provecho. Si a tantas prendas se añade el respeto y amor a mi persona, de tal modo que lo sacrifiques todo a mí y a nadie revelas lo que hagas en mi servicio...

—¡Yo revelar, señora! Ni a mi sombra, ni a mis padres, si los tuviera; ni a Dios...

—Además —añadió clavando en mí sus ojos de un modo que me mareaba—, tú eres un chico que sabe disimular.

—Perfectísimamente.

—Y observas, te enteras de cuanto hay alrededor tuyo... todo sin excitar sospechas.

—Estoy seguro de poseer todas esas cualidades.

—Pues lo primero que has de hacer cuando volvamos a Madrid, es ponerte al servicio de tu antigua ama.

—¿Cómo? ¿De mi antigua ama?

—Tonto, eso no quiere decir que dejes de servirme a mí. Al contrario, irás todas las noches a casa, donde nos veremos. Aunque no en apariencia, en realidad estarás siempre a mi servicio, y te recompensaré liberalmente.

—De modo que si sirvo a la cómica es...

—Es para evitar sospechas.

—¡Oh! ¡Magnífico!, sí, sí, ya comprendo. Así nadie podrá decir...

—Justo. Y en casa de tu ama observarás con muchísima atención lo que allí pasa, quién entra, quién sale, quién va por las noches, en fin, todo...

—¿Y con qué objeto? —pregunté algo desconcertado, no comprendiendo por qué me quería convertir en inquisidor.

—El objeto no te importa —contestó mi dueña—. Además (esto es lo principal), en el teatro has de vigilar cuidadosamente a Isidoro Máiquez, y siempre que éste te dé alguna carta amorosa para tu ama, me la traerás a mí primero, y después de enterarme de ella, te la devolveré.

Estas palabras me dejaron perplejo, y creyendo no haber comprendido bien su misterioso sentido, roguela que me las explicara.

—Oye bien otra cosa —prosiguió—. Lesbia continúa en relaciones con Isidoro aunque ama a otro, y yo sé que cuando ella vuelva a Madrid, se darán cita en casa de la González. Tú observarás todo lo que allí pase, y si consigues con tu ingenio y travesura, que sí lo conseguirás, hacerte mensajero de sus amores, y siéndolo, me tienes al tanto de todo, me harás el mayor servicio que hoy puedo recibir, y no tendrás que arrepentirte.

—Pero... pero... no sé cómo podré yo... —dije lleno de confusiones.

—Es muy fácil, tontuelo. Tú vas al teatro todas las tardes. Procura que la duquesa te crea un chico servicial y discreto, ofrécete si es preciso a servirla, haz ver a Isidoro que no tienes precio para llevar un recado secreto, y los dos te tomarán por emisario de sus amores. En tal caso, cuando cojas una esquela amorosa del uno o del otro, me la traes y punto concluido.

—Señora —exclamé sin poder volver de mi asombro—; lo que usía exige de mí, es demasiado difícil.

—¡Oh! ¡Qué salida! Pues me gusta la disposición del chico. ¿Y aquello de te amo y te adoro...? ¿Pero te has vuelto tonto? Lo que ahora te mando no es lo único que exijo de ti. Ya sabrás lo demás. Si en esto que es tan sencillo, no me obedeces, ¿cómo quieres que haga de ti un hombre respetable y poderoso?

Aún pensaba yo que el papel que Amaranta quería hacerme representar a su lado no era tan bajo ni tan vil como de sus palabras se deducía, y aún le pedí nuevas explicaciones que me dio de buen grado, dejándome, como dice el vulgo completamente aplastado. La proposición de Amaranta me arrojó desde la cumbre de mi soberbia a la profunda sima de mi envilecimiento.

No era posible, sin embargo, protestar contra éste, y tenía necesidad de afectar servil sumisión a la voluntad de mi ama. Yo mismo me había dejado envolver en aquellas redes; era preciso salir de ellas escapándome astutamente por una malla rota y sin intentar romperla con violencia.

—¿Pero cree usía —dije tratando de poner orden en mis ideas—, que en esa ocupación no perderé la dignidad que, según dicen, debe tener todo aquel que aspira a ocupar en el mundo una posición honrosa?

—Tú no sabes lo que te dices —me contestó moviendo con donaire su hermosa cabeza—. Al contrario: lo que te propongo será la mejor escuela para que vayas aprendiendo el arte de medrar. El espionaje aguzará tu entendimiento, y bien pronto te encontrarás en disposición de medir tus armas con los más diestros cortesanos. ¿Tú has pensado que podrías ser hombre de pro sin ejercitarte en la intriguilla, en el disimulo y en el arte de conocer los corazones?

—¡Señora —repuse—, qué escuela tan espantosa!

—Es indudable que te pintas solo para observarlo, y que sabes dar cuenta de cuanto ves de un modo asombroso. Esto, y algo que he notado en ti, me ha hecho creer que eras un muchacho de facultades. ¿No dices que tienes ambición?

—Sí, señora.

—Pues para medrar en los palacios no hay otro camino que el que te propongo. Supongamos que desempeñas satisfactoriamente la comisión indicada: en este caso volverás a mi lado y serás mi paje. Casi siempre vivo en palacio; ya ves si tienes ocasión de lucirte. Un paje puede entrar en muchas partes; un paje está obligado a ser galán de las doncellas de las camaristas y damas de palacio, lo cual le pone en disposición de saber secretos de todas clases. Un paje que sepa observar, y que al mismo tiempo tenga mucha reserva y prudencia, junto con una exterioridad agradable, es una potencia de primer orden en palacio.

Tales razones me tenían confundido de tal modo, que no sabía qué contestar.

—¡Cuántos hombres insignes ves tú por ahí que empezaron su carrera de simples pajes!, paje fue el marqués Caballero, hoy ministro de Gracia y Justicia, y pajes fueron otros muchos. Yo me encargaré de sacarte una ejecutoria de nobleza, con la cual, y mi valimiento, podrás entrar después en la guardia de la real persona. Esta sería una nueva faz de tu carrera. Un paje puede escurrirse tras una cortina para oír lo que se dice en una sala, un paje puede traer y llevar recados de gran importancia, un paje puede recibir de una doncella secretos de Estado; pero un guardia puede aún mucho más, porque su posición es más interior. Si tiene las cualidades que adornaron al paje, su poder es extraordinario; puede bienquistarse con damas de la corte, que siempre son charlatanas, puede hacerse un sin número de amigos en estas regiones, diciendo aquí lo que oyó más allá, adornando las noticias a su modo y pintando los hechos como le convenga. Tiene el guardia una ventaja que no poseen los reyes mismos, y que éstos no conocen más que el palacio en que viven, razón por la cual casi nunca gobiernan bien, mientras aquél conoce el palacio y la calle, la gente de fuera y la de dentro, y esta ciencia general le permite hacerse valer en una y otra parte, y pone en sus manos un número infinito de resortes. El hombre que los sabe manejar aquí es más poderoso que todos los poderosos de la tierra, y silenciosamente, sin que lo adviertan esos mismos que por ahí se dan tanto tono llamándose ministros y consejeros, puede llevar su influjo hasta los últimos rincones del reino.

—¡Señora! —exclamé—, ¡cuán distinto es todo esto de como yo me lo había figurado!

—A ti —añadió—, te parecerá que esto no es bueno. Pero así lo hemos encontrado, y puesto que no está en nuestra mano reformarlo, siga como hasta aquí.

—¡Ah!, confieso mi necedad —exclamé—. Confieso que, alucinado por mi disparatada imaginación, tuve locos y ridículos pensamientos, aunque ahora caigo en que deben ser propios de mi poca edad e ignorancia. Es verdad que yo creía que tonto y vano y humilde como soy, podría imitar a otros muchos en su inmerecido encumbramiento. Tanto he oído hablar de la buena fortuna de algunos necios, que dije: «Pues precisamente todos los necios deben hacer fortuna.» Pero para conseguir esto, yo me representaba medios nobles y decentes, y decía: «¿Quién me quita a mí de llegar a ser lo que otros son? De ellos me diferenciaré en que si algún día tengo poder, he de emplearlo en hacer bien, premiando a los buenos y castigando a los malos, haciendo todas las cosas como Dios manda, y como me dice el corazón que deben hacerse.» Nunca pensé ser hombre de fortuna de otra manera, y si pensé en la necesidad de hacer algo malo, creí sería de eso que no deshonra, tal y como desafiarse, amar a una dama en secreto sin decírselo a nadie, reventar siete caballos por ir de aquí a Aranjuez para traer una flor, matar a los enemigos del Rey, y otras cosas por el mismo estilo.

—¡Ah!, esos tiempos pasaron —dijo Amaranta riendo de mi simplicidad—. Veo que tienes sentimientos elevados; pero ya no se trata de eso. Tus escrúpulos se irán disipando, cuando a las dos semanas de estar en mi servicio conozcas las ventajas de vivir aquí. Además, esto te proporcionará en adelante la satisfacción de hacer el bien a muchos que lo soliciten.

—¿Cómo?

—¡Oh!, muy fácilmente. Mi doncella ha conseguido en esta semana dos canonjías, un beneficio simple y una plaza de la contaduría de espolios y vacantes.

—Pues qué —pregunté con el mayor asombro—, ¿las criadas nombran los canónigos y los empleados?

—No, tontuelo; los nombra el ministro, pero ¿cómo puede desatender el ministro una recomendación mía, ni cómo he de desatender yo a una muchacha que sabe peinarme tan bien?

—Un amigo mío, muy respetable, está solicitando desde hace catorce años un miserable destino, y aún no lo ha podido conseguir.

—Dime su nombre y te probaré que, aun sin quererlo, ya comienzas a ser un hombre de influencia.

Díjele el nombre del padre Celestino del Malvar, con la plaza que pretendía, y ella apuntó ambas cosas en un papel.

—Mira —dijo después señalándome sus cartas—; son tantos los negocios que traigo entre manos, que no sé cómo podré despacharlos. La gente de fuera ve a los ministros muy atareados, y dándose aire de personas que hacen alguna cosa. Cualquiera creería que esos personajes cargados de galones y de vanidad sirven para algo más que para cobrar sus enormes sueldos; pero no hay nada de esto. No son más que ciegos instrumentos y maniquís que se mueven a impulsos de una fuerza que el público no ve.

—Pero el príncipe de la Paz, ¿no es más poderoso que los mismos reyes?

—Sí; mas no tanto como parece. Danle fuerza las raíces que tiene acá dentro, y como éstas son profundas, como se agarran a una fértil tierra, como no cesamos de regarlas, de aquí que este árbol frondoso extienda sus ramas fuera de aquí con gran lozanía. Godoy no debe nada de lo que tiene a su propio mérito; débelo a quien se lo ha querido dar, y ya comprendes que sería fácil quitárselo de improviso. No te dejes nunca deslumbrar por la grandeza de esos figurones a quienes el vulgo admira y envidia; su poderío está sostenido por hebras de seda, que las tijeras de una mujer pueden cortar. Cuando hombres como Jovellanos han querido entrar aquí, sus pies se han enredado en los mil hilos que tenemos colgados de una parte a otra, y han venido al suelo.

—Señora —dije dominado por amarga pesadumbre—, yo dudo mucho que tenga ingenio para desempeñar lo que usía me encarga.

—Yo sé que lo tendrás. Ejercítate primero en la embajada que te he dado cerca de la González; proporcióname lo que necesito, y luego podrás hacer nuevas proezas. Tú harás de modo que se aficione de ti alguna persona de palacio: fingirás luego que estás cansado de mi servicio, yo haré el papel de que te despido, y tú entrarás al servicio de esa otra persona, con la que alguna vez hablarás mal de mí para que no sospeche la trama; entretanto, diligente observador de cuanto pase en el cuarto de tu nueva y aparente ama, lo contarás todo a la antigua y a la verdadera que seré siempre yo, tu bienhechora y tu Providencia.

Ya me fue imposible oír con calma una tan descarada y cínica exposición de las intrigas en que era la condesa consumada maestra, y yo catecúmeno aún sin bautismo. Una elocuente voz interior protestaba contra el vil oficio que se me proponía, y la vergüenza, agolpando la sangre en mi rostro, me daba una confusión, un embarazo, que entorpecía mi lengua para la negativa. Levanteme, y con voz trémula, di a la condesa mis excusas, diciendo otra vez que no me creía capaz de desempeñar tan difíciles cometidos. Ella volvió a reír, y me dijo:

—Esta noche, aunque es hora muy avanzada, quizás celebren una conferencia en este mi cuarto dos personajes, ha tiempo reñidos, y a quienes yo trato de reconciliar. Hablarán solos, y en tal caso, espero que tú, escondido tras el tapiz que conduce a mi alcoba, lo oirás todo, para contármelo después.

—Señora —dije—, me ha entrado de repente un vivísimo dolor de cabeza; y si usía me permitiera retirarme, se lo agradecería en el alma.

—No —repuso mirando un reló—, porque tengo que salir ahora mismo, y es preciso que estés en vela, y aguardes aquí. Volveré pronto.

Esto diciendo llamó a la doncella, pidió su cabriolé, especie de manto que entonces se usaba; la doncella trajo dos, y envolviéndose cada una en el suyo, salieron con presteza, dejándome solo.

XVIII

La situación de mi espíritu era indefinible. Un frío glacial invadió mi pecho, como si una hoja de finísimo acero lo atravesara. La brusca y rápida mudanza verificada en mis sensaciones respecto de Amaranta era tal, que todo mi ser se estremeció, sintiendo vacilar sus ignorados polos, como un planeta cuya ley de movimiento se trastorna de improviso. Amaranta era no una mujer traviesa e intrigante, sino la intriga misma, era el demonio de los palacios, ese temible espíritu por quien la sencilla y honrada historia parece a veces maestra de enredos y doctora de chismes; ese temible espíritu que ha confundido a las generaciones, enemistado a los pueblos, envileciendo lo mismo los gobiernos despóticos que los libres; era la personificación de aquella máquina interior, para el vulgo desconocida, que se extendía desde la puerta de palacio, hasta la cámara del Rey, y de cuyos resortes, por tantas manos tocados, pendían honras, haciendas, vidas, la sangre generosa de los ejércitos y la dignidad de las naciones; era la granjería, la realidad, el cohecho, la injusticia, la simonía, la arbitrariedad, el libertinaje del mando, todo esto era Amaranta; y sin embargo ¡cuán hermosa!, hermosa como el pecado, como las bellezas sobrehumanas con que Satán tentaba la castidad de los padres del yermo, hermosa como todas las tentaciones que trastornan el juicio al débil varón, y como los ideales que compone en su iluminado teatro la embaucadora fantasía cuando intenta engañarnos alevosamente, cual a chiquitines que creen ciertas y reales las figuras de magia.

Una luz brillante me había deslumbrado; quise acercarme a ella y me quemé. La sensación que yo experimentaba, era, si se me permite expresarlo así, la de una quemadura en el alma.

Cuando se fue disipando el aturdimiento en que me dejó mi ama, sentí una viva indignación. Su hermosura misma, que ya me parecía terrible, me compelía a apartarme de ella. —«Ni un día más estaré aquí; me ahoga esta atmósfera y me da espanto esta gente» —exclamé dando paseos por la habitación, y declamando con calor, como si alguien me oyera.

En el mismo momento sentí tras la puerta ruido de faldas, y el cuchicheo de algunas mujeres. Creí que mi ama estaría de vuelta. La puerta se abrió y entró una mujer, una sola: no era Amaranta.

Aquella dama, pues lo era, y de las más esclarecidas, a juzgar por su porte distinguidísimo, se acercó a mí, y preguntó con extrañeza:

—¿Y Amaranta?

—No está —respondí bruscamente.

—¿No vendrá pronto? —dijo con zozobra, como si el no encontrar a mi ama fuese para ella una gran contrariedad.

—Eso es lo que no puedo decir a usted. Aunque sí... ahora caigo en que dijo volvería pronto —contesté de muy mal talante.

La dama se sentó sin decir más. Yo me senté también y apoyé la cabeza entre las manos. No extrañe el lector mi descortesía, porque el estado de mi ánimo era tal, que había tomado repentino aborrecimiento a toda la gente de palacio, y ya no me consideraba criado de Amaranta.

La dama, después de esperar un rato, me interrogó imperiosamente:

—¿Sabes dónde está Amaranta?

—He dicho que no —respondí con la mayor displicencia—. ¿Soy yo de los que averiguan lo que no les importa?

—Ve a buscarla —dijo la dama no tan asombrada de mi conducta como debiera estarlo.

—Yo no tengo que ir a buscar a nadie. No tengo que hacer más que irme a mi casa.

Yo estaba indignado, furioso, ebrio de ira. Así se explican mis bruscas contestaciones.

—¿No eres criado de Amaranta?

—Sí y no... pues...

—Ella no acostumbra a salir a estas horas. Averigua dónde está y dile al instante que venga—, dijo la dama con mucha inquietud.

—Ya he dicho que no quiero, que no iré, porque no soy criado de la condesa —respondí—. Me voy a mi casa, a mi casita, a Madrid. ¿Quiere usted hablar a mi ama?, pues búsquela por palacio. ¿Han creído que soy algún monigote?

La dama dio tregua a su zozobra para pensar en mi descortesía. Pareció muy asombrada de oír tal lenguaje, y se levantó para tirar de la campanilla. En aquel momento me fijé por primera vez atentamente en ella, y pude observar que era poco más o menos, de esta manera.:

Edad que pudiera fijarse en el primer período de la vejez, aunque tan bien disimulada por los artificios del tocador, que se confundía con la juventud, con aquella juventud que se desvanece en las últimas etapas de los cuarenta y ocho años. Estatura mediana y cuerpo esbelto y airoso, realzado por esa suavidad y ligereza de andar que, si alguna vez se observan en las chozas, son por lo regular cualidades propias de los palacios. Su rostro bastante arrebolado no era muy interesante, pues aunque tenía los ojos hermosos y negros, con extraordinaria viveza y animación, la boca la afeaba bastante, por ser de estas que con la edad se hienden, acercando la nariz a la barba. Los finísimos, blancos y correctos dientes no conseguían embellecer una boca que fue airosa si no bella, veinte años antes. Las manos y brazos, por lo que de éstos descubría, advertí que eran a su edad las mejores joyas de su persona y las únicas prendas que del naufragio de una regular hermosura habían salido incólumes. Nada notable observe en su traje, que no era rico, aunque sí elegante y propio del lugar y la hora.

Abalanzose como he dicho a tirar de la campanilla, cuando de improviso, y antes de que aquélla sonase, se abrió de nuevo la puerta y entró mi ama. Recibiola la visitante con mucha alegría, y no se acordaron más de mí, sino para mandarme salir. Retireme, pasando a la pieza inmediata, por donde debía dirigirme a mi cuarto, cuando el contacto del tapiz, deslizándose sobre mi espalda al atravesar la puerta, despertó en mí la olvidada idea de las escuchas y el espionaje que Amaranta me había encargado. Detúveme, y el tapiz me cubrió perfectamente: desde allí se oía todo con completa claridad.

Hice intención de alejarme para no incurrir en las mismas faltas que tan feas me parecían; pero la curiosidad pudo más que todo y no me moví. Tan cierto es que la malignidad de nuestra naturaleza puede a veces más que todo. Al mismo tiempo el rencorcillo, el despecho, el descorazonamiento que yo sentía, me impulsaban a ejercer sobre mi ama la misma pérfida vigilancia que ella me encomendaba sobre los demás.

—¿No me mandas aplicar el oído? —dije para mí, recreándome en mi venganza—. Pues ya lo aplico.

La dama desconocida había proferido muchas exclamaciones de descon-suelo, y hasta me pareció que lloraba. Después, alzando la voz, dijo con ansiedad:

—Pero es preciso que en la causa no aparezca Lesbia.

—Será muy difícil eliminarla, porque está averiguado que ella era quien trasmitía la correspondencia —contestó mi ama.

—Pues no hay otro remedio —continuó la dama—. Es preciso que Lesbia no figure para nada, ni preste declaraciones. No me atrevo a decírselo a Caballero; pero tú con habilidad puedes hacerlo.

—Lesbia —dijo Amaranta—, es nuestro más terrible enemigo. La causa del príncipe ha sido en su vil carácter un pretexto más bien que una causa para hostilizarnos. ¡Qué de infamias cuenta, qué de absurdos propala! Su lengua de víbora no perdona a quien ha sido su bienhechora y también se ensaña conmigo, de quien ha contado horrores.

—Contará lo de marras —repuso la dama de la boca hendida—. Tú cometiste la gran falta de confiarle aquel secreto de hace quince años, que nadie sabía.

—Es verdad —dijo mi ama meditabunda.

—Pero no hay que asustarse, hija —añadió la otra—. La enormidad y el número de las faltas supuestas que nos atribuyen nos sirve de consuelo y de expiación por las que realmente hayamos cometido, las cuales son tan pocas, comparadas con lo que se dice, que casi no debe pensarse en ellas. Es preciso que Lesbia no aparezca para nada en la causa. Adviérteselo a Caballero; mañana podrían prenderla, y si declara, puede vengarse mostrando pruebas terribles contra mí. Esto me tiene desesperada: conozco su descaro, su atrevimiento, y la creo capaz de las mayores infamias.

—Ella es dueña, sin duda, de secretos peligrosos, y quizás conserve cartas o algún objeto.

—Sí —respondió con agitación la desconocida—. Pero tú lo sabes todo: ¿a qué me lo preguntas?

—Entonces con harto dolor de mi corazón, le diré a Caballero que la excluya de la causa. La pícara se jactaba ayer aquí mismo de que no pondrían la mano sobre ella.

—Ya se nos presentará otra ocasión... Dejarla por ahora. ¡Ah!, bien castigada está mi impremeditación. ¿Cómo fui capaz de fiarme de ella? ¿Cómo no descubrí bajo la apariencia de su amena jovialidad y ligereza, la perfidia y doblez de su corazón? Fui tan necia que su gracia me cautivó; la complacencia con que me servía en todo acabó de seducirme, y me entregué a ella en cuerpo y alma a ella. Recuerdo cuando las tres salíamos juntas de palacio en aquella breve temporada que pasamos en Madrid hace cinco años. Pues después he sabido que una de aquellas noches, avisó a cierta persona el punto a donde íbamos, para que me viera, y me vio... Nosotros no advertimos nada; no conocimos que Lesbia nos vendía, y hasta mucho después no descubrí su falsedad por una singular coincidencia.

—Ese estúpido y presuntuoso Mañara —dijo mi ama—, le ha trastornado el juicio.

—¡Ah!, ¿no sabes que en el cuerpo de guardia se ha jactado ese miserable de que ha sido amado por mí, añadiendo que me despreció? ¿Has visto? ¡Si yo jamás he pensado en semejante hombre, ni creo haber siquiera reparado en él! ¡Ay, Amaranta! Tú eres joven aún; tú estás en el apogeo de la hermosura; sírvate de lección. Cada falta que se comete, se paga después con la vergüenza de las cien mil que no hemos cometido y que nos imputan. Y ni aun en la conciencia tenemos fuerzas para protestar contra tantas calumnias, porque una sola verdad entre mil calumnias, nos confunde, mayormente si nos vemos acusadas por nuestros propios hijos.

Al decir esto me pareció que lloraba. Después de breve pausa Amaranta continuó así la conversación:

—Ese necio de Mañara, que no sabe hablar más que de toros, de caballos y de su nobleza, ha tenido el honor de cautivar a Lesbia; tal para cual... Él es quien la ha inducido a andar en tratos con los del príncipe, y entre los dos se han encargado de la trasmisión de la correspondencia.

—¿Pero no me dijiste —preguntó vivamente la desconocida—, que Lesbia estaba en relaciones con Isidoro?

—Sí —contestó mi ama—; pero este amor, que ha durado poco tiempo, ha sido un interregno durante el cual Mañara no bajó del trono. Lesbia amó a Isidoro por vanidad, por coquetería, y continúa en relaciones con él. Isidoro está locamente enamorado, y ella se complace en avivar su amor, divirtiéndose con los martirios del pobre cómico.

—¿Y no has pensado que se podría sacar partido de esos dobles amores?

—¡Ya lo creo! Lesbia e Isidoro se ven en casa de la González y en el teatro.

—Puedes hacer que Mañara los descubra y...

—No, mi plan es mejor aún. ¿Qué importa Mañara? Yo quiero apoderarme de alguna carta o prenda, que Lesbia entregue a cualquiera de sus dos amantes, para presentarla a su marido, a ese señor que a pesar de su misantropía, si llegara a saber con certeza las gracias de su mujer, vendría a poner orden en la casa.

—Indudablemente —dijo la desconocida animándose por grados—. ¿Y qué piensas hacer?

—Según lo que den de sí las circunstancias. Pronto volveremos a Madrid, porque en casa de la marquesa se prepara una representación de *Otello*, en que Lesbia hará el papel de Edelmira, Isidoro el suyo y los demás corren a cargo de jóvenes aficionados.

—¿Y cuándo es la representación?

—Se ha aplazado porque falta un papel, que ninguno quiere desempeñar, por ser muy desairado; mas creo que pronto se encontrará actor a propósito, y la función no puede retardarse. El duque ha prometido dejar sus estados para asistir a ella. La reunión de todas estas personas ha de facilitar mucho una combinación ingeniosa, que nos permita castigar a Lesbia como se merece.

—¡Oh!, sí; hazlo por Dios. Su ingratitud es tal, que no merece perdón. ¿Sabes que es ella quien me ha acusado de haber querido asesinar a Jovellanos?

—Sí, lo sabía.

—¡Ves qué infamia! —añadió la desconocida, indicando en el tono de su voz la ira que la dominaba—. Verdad es que aborrezco a ese pedante, que en su fatuidad se permite dar lecciones a quien no las necesita ni se las ha pedido; pero me parece que su encierro en el castillo de Bellver es suficiente castigo, y jamás han pasado por mi mente proyectos criminales, cuya sola idea me horroriza.

—Lesbia se ha dado tan buena maña para propalar lo del envenenamiento, que todo el mundo lo cree —dijo Amaranta—. ¡Ah, señora, es preciso castigar duramente a esa mujer!

—Sí, pero no incluyéndola en la causa: eso redundaría en perjuicio mío. Manuel me lo ha advertido esta tarde con mucho empeño, y es preciso hacer lo que él dice. Por su parte, Manuel le causa todo el daño que puede.

Desde que supo las infamias que contaba de mí, dejó cesantes a todos los que habían recibido destino por recomendación suya. Esta prueba de afecto me ha enternecido.

—No sería malo que Mañara sintiera encima la mano de hierro del generalísimo.

—¡Oh, sí! Manuel me ha prometido buscar algún medio para que se le forme causa y sea expulsado del cuerpo, como se hizo con aquellos dos que nos conocieron cuando fuimos disfrazadas a la verbena de Santiago. ¡Oh! Manuel no se descuida: después que nos reconciliamos por mediación tuya, su complacencia y finura conmigo no tienen límites. No, no existe otro que como él comprenda mi carácter, y posea el arte de las buenas formas aun para negar lo que se le pide. Ahora precisamente estoy en lucha con él para que me conceda una mitra...

—¿Para mi recomendado el capellán de las monjas de Pinto?

—No: es para un tío de Gregorilla, la hermana de leche del chiquitín[1]. Ya ves: se le ha puesto en la cabeza que su tío ha de ser obispo, y verdaderamente no hay motivo alguno para que no lo sea.

—¿Y el príncipe se opone?

—Sí; dice que el tío de Gregorilla ha sido contrabandista hasta que se ordenó hace dos años, y que es un ignorante. Tiene razón, y el candidato no es por su sabiduría ninguna lumbrera de la cristiandad; pero hija, cuando vemos a otros... y si no ahí tienes a mi primo el cardenalito de la Escala[2], que no sabe más latín que nosotras, y si le examinaran, creo que ni aun para monaguillo le darían el *exequatur*.

—Pero ese nombramiento lo ha de hacer Caballero —dijo Amaranta—. ¿Se opone también?

—Caballero no —contestó riendo la desconocida; ese ya sabes que no hace sino lo que queremos, y capaz sería de convertir en regentes de las Audiencias a los puntilleros de la plaza de toros, si se lo mandáramos. Es un buen sujeto, que cumple con su deber con la docilidad del verdadero ministro. El pobrecito se interesa mucho por el bien de la nación.

—Pues él puede dar la mitra por sí y ante sí al tío de Gregorilla.

---

1   D. Francisco de Paula. (N. del A.)
2   El cardenal infante D. Luis de Borbón, arzobispo de Toledo. (N. del A.)

—No; Manuel se opone, ¡y de qué manera! Pero yo he discurrido un medio de obligarle a ceder. ¿Sabes cuál? Pues me he valido del tratado secreto celebrado con Francia, que se ratificará en Fontainebleau dentro de unos días. Por él se da a Manuel la soberanía de los Algarbes; pero nosotros no estamos aún decididos a consentir en el repartimiento de Portugal, y le he dicho: «Si no haces obispo al tío de Gregorilla, no ratificaremos el tratado, y no serás rey de los Algarbes.» Él se ríe mucho con estas cosas mías; pero al fin... ya verás cómo consigo lo que deseo.

—Y mucho más cuando estos nombramientos contribuyen a fortificar nuestro partido. ¿Pero él no conoce que el del príncipe es cada vez más fuerte?

—¡Ah! Manuel está muy disgustado —dijo la desconocida con tristeza—; y lo que es peor, muy acobardado. Afirma que esto no puede concluir en bien y tiene presentimientos horribles. Estos sucesos le han puesto muy triste, y dice: «Yo he cometido muchas faltas, y el día de la expiación se acerca.» ¡Pero qué bueno es! ¿Creerás que disculpa a mi hijo, diciendo que le han engañado y envilecido los amigos ambiciosos que le rodean? ¡Ah!, mi corazón de madre se desgarra con esto; pero no puedo atenuar la falta del príncipe. Mi hijo es un infame.

—¿Y él espera conjurar fácilmente tantos peligros? —preguntó mi ama.

—No lo sé —repuso la desconocida tristemente—. Manuel, como te he dicho, está muy descorazonado. Aunque cree castigar pronto y ejemplarmente a los conjurados, como hay algo que está por encima de todo esto, y que...

—Bonaparte sin duda.

—No: Bonaparte creo que estará de nuestro lado, a pesar de que el príncipe lo presenta como amigo suyo. Manuel me ha tranquilizado en este punto. Si Bonaparte se enojase con nosotros, le daríamos veinte o treinta mil hombres, para que los sacase de España, como sacó los de la Romana. Eso es muy fácil y a nadie perjudica. Lo que nos entristece es otra cosa, es lo que pasa en España. Según me ha dicho Manuel, todos aman al príncipe y le creen un dechado de perfecciones, mientras que a nosotros, al pobre Carlos y a mí nos aborrecen. Parece mentira: ¿qué hemos hecho para que así nos odien? Francamente, te digo que esto me tiene afectada, y estoy resuelta a no ir a Madrid en mucho tiempo. Te juro que aborrezco a Madrid.

—Yo no participo de ese temor —dijo Amaranta—, y espero que castigados los conspiradores, la mala yerba no volverá a retoñar.

—Manuel trabajará sin descanso: así me lo ha dicho. Pero es preciso que se evite todo lo que pueda escandalizar, y sobre todo lo que resulte desfavorable. Por eso esta noche en cuanto llegó Manuel, vino a suplicarme que por conducto tuyo, hiciese arrancar de la causa todo lo relativo a Lesbia, que es poseedora de documentos terribles, y se vengaría cruelmente en sus declaraciones. Ya sabes que tiene mucha imaginación, y sabe inventar enredos con gran arte. Desde que Manuel me habló hasta que te he visto, no he sosegado un momento. Pero ni él ni yo, podemos hablar de esto con Caballero: háblale tú y arréglalo con tu buen juicio y habilidad. ¡Ah!, se me olvidaba. Caballero desea el Toisón de Oro: ofréceselo sin cuidado; que aunque no es hombre para cargar tal insignia, no habrá reparo en dársela, si se hace acreedor a ella con su lealtad. ¿Harás lo que te digo?

—Sí, señora. No habrá nada que temer.

—Entonces me retiro tranquila. Confío en ti ahora como siempre —dijo la desconocida levantándose.

—Lesbia no será llamada a declarar; pero no nos faltará ocasión de tratarla como merece.

—Pues adiós, querida Amaranta —añadió la dama besando a mi ama—. Gracias a ti, esta noche dormir tranquila, y entre tantas penas, no es poco consuelo contar con una fiel amiga que hace todo lo posible por disminuirlas.

—Adiós.

—Es muy tarde... ¡Dios mío, qué tarde!

Diciendo esto se encaminaron juntas a la puerta, y abierta ésta aparecieron otras dos damas, con las cuales se retiró la desconocida, después de besar por segunda vez a mi ama. Cuando ésta se quedó sola se dirigió a la habitación en que yo estaba. Mi primera intención fue retirarme del escondite y huir; pero reflexionándolo brevemente, creí que debía esperarla. Cuando ella entró y me vio, su sorpresa fue extraordinaria.

—¡Cómo, Gabriel, tú aquí! —exclamó.

—Sí, señora —respondí serenamente—. He empezado a desempeñar las funciones que usía me ha encargado.

—¡Cómo! —dijo con ira—; ¿has tenido el atrevimiento de...?, ¿has oído?

—Señora —respondí—, usía tenía razón: poseo un oído finísimo. ¿No me mandaba usía que observara y atendiera...?

—Sí —dijo más colérica—. Pero no a esto... ¿entiendes bien? Veo que eres demasiado listo, y el exceso de celo puede costarte caro.

—Señora —repuse con mucha ingenuidad—, quería empezar a instruirme cuanto antes.

—Bien —repuso procurando tranquilizarse—. Retírate. Pero te advierto que si sé recompensar a los que me sirven bien, tengo medios para castigar a los desleales y traidores. No te digo más. Si eres imprudente, te acordarás de mí toda tu vida. Vete.

XIX

Al día siguiente se levantó un servidor de ustedes de malísimo humor, y su primera idea fue salir del Escorial lo más pronto que le fuera posible. Para pensar en los medios de ejecutar tan buen propósito fuese a pasear a los claustros del monasterio, y allí discurriendo sobre su situación, se acaloró la cabeza del pobre muchacho revolviendo en ella mil pensamientos que cree poder comunicar al discreto lector.

Los que hayan leído en el primer libro de mi vida el capítulo en que di cuenta de mi inútil presencia en el combate de Trafalgar, recordarán que en tan alta ocasión, y cuando la grandeza y majestad de lo que pasaba ante mis ojos parecían sutilizar las facultades de mi alma, puede concebir de un modo clarísimo la idea de la patria. Pues bien: en la ocasión que ahora refiero, y cuando la desastrosa catástrofe de tan ridículas ilusiones había conmovido hasta lo más profundo mi naturaleza toda, el espíritu del pobre Gabriel hizo después de tanto abatimiento una nueva adquisición, una nueva conquista de inmenso valor, la idea del honor.

¡Qué luz! Recordé lo que me había dicho Amaranta, y comparando sus conceptos con los míos, sus ideas con lo que yo pensaba, mezcla de ingenuo engreimiento y de honrada fatuidad, no pude menos de enorgullecerme de mí mismo. Y al pensar esto no pude menos de decir: —Yo soy hombre de honor, yo soy hombre que siento en mí una repugnancia invencible de toda acción fea y villana que me deshonre a mis propios ojos; y además la idea de que pueda ser objeto del menosprecio de los demás me enardece la sangre y me pone furioso. Cierto que quiero llegar a ser persona de provecho; pero de modo que mis acciones me enaltezcan ante los demás y al mismo tiempo ante mí, porque de nada vale que mil tontos me aplaudan, si yo mismo me desprecio. Grande y consolador debe de ser, si vivo mucho tiempo, estar siempre contento de lo que haga, y poder decir por las noches mientras me tapo bien con mis sabanitas para matar el frío: «*No he hecho nada que ofenda a Dios ni a los hombres. Estoy satisfecho de ti, Gabriel.*»

Debo advertir que en mis monólogos siempre hablaba conmigo como si yo fuera otro.

Lo particular es que mientras pensaba estas cosas, la figura de mi Inés no se apartaba un momento de mi imaginación y su recuerdo daba vueltas en torno a mi espíritu, como esas mariposas o pajaritas que se nos aparecen a veces en días tristes trayendo según el vulgo cree, alguna buena noticia.

Tal era la situación de mi espíritu, cuando acertó a pasar cerca de mí el caballero don Juan de Mañara, vestido de uniforme. Detúvose y me llamó con empeño, demostrando que mi presencia era para él nada menos que un buen hallazgo. No era aquélla la primera vez que solicitaba de mí un pequeño favor.

—Gabriel —me dijo en tono bastante confidencial sacando de su bolsillo una moneda de oro—, esto es para ti, si me haces el favor que voy a pedirte.

—Señor —contesté—, con tal que sea cosa que no perjudique a mi honor...

—Pero, pedazo de zarramplín, ¿acaso tú tienes honor?

—Pues sí que lo tengo, señor oficial —contesté muy enfadado—; y deseo encontrar ocasión de darle a usted mil pruebas de ello.

—Ahora te la proporciono, porque nada más honroso que servir a un caballero y a una señora.

—Dígame usted lo que tengo que hacer —dije deseando ardientemente que la posesión del doblón que brillaba ante mis ojos fuera compatible con la dignidad de un hombre como yo.

—Nada más que lo siguiente —respondió el hermoso galán sacando una carta del bolsillo—: llevar este billete a la señorita Lesbia.

—No tengo inconveniente —dije, reflexionando que en mi calidad de criado no podía deshonrarme llevando una carta amorosa—. Déme usted la esquelita.

—Pero ten en cuenta —añadió entregándomela—, que si no desempeñas bien la comisión, o este papel va a otras manos, tendrás memoria de mí mientras vivas, si es que te queda vida después que todos tus huesos pasen por mis manos.

Al decir esto el guardia demostraba, apretándome fuertemente el brazo, firme intención de hacer lo que decía. Yo le prometí cumplir su encargo como me lo mandaba, y tratando de esto llegamos al gran patio de palacio, donde me sorprendió ver bastante gente reunida descollando entre todos algunas aves de mal agüero, tales como ministriles y demás gente de la curia. Yo advertí que al verles mi acompañante se inmutó mucho, quedándose pálido, y hasta me parece que le oí pronunciar algún juramento contra los pajarracos negros que tan de improviso se habían presentado a nuestra vista. Pero yo no necesitaba reflexionar mucho para comprender que aquella siniestra turba nada tenía que ver conmigo, así es que dejando al militar en la puerta del cuerpo de guardia, una vez trasladadas carta y moneda a mi bolsillo, subí en cuatro zancajos la escalera chica, corriendo derecho a la cámara de la señora Lesbia.

No tardé en hacerme presentar a su señoría. Estaba de pie en medio de la sala, y con entonación dramática leía en un cuadernillo aquellos versos célebres:

> ... todo me mata,
> todo va reuniéndose en mi daño!
> —Y todo te confunde, desdichada.

Estaba estudiando su papel. Cuando me vio entrar cesó su lectura, y tuve el gusto de entregarle en persona el billete, pensando para mí: —¿Quién dirá que con esa cara tan linda eres una de las mejores piezas que han hecho enredos en el mundo?

Mientras leía, observé el ligero rubor y la sonrisa que hermoseaban su agraciado rostro. Después que hubo concluido, me dijo un poco alarmada:

—¿Pero tú no sirves a Amaranta?

—No señora —respondí—. Desde anoche he dejado su servicio, y ahora mismo me voy para Madrid.

—¡Ah!, entonces bien —dijo tranquilizándose.

Yo en tanto no cesaba de pensar en el placer que habría experimentado Amaranta si yo hubiera cometido la infamia de llevarle aquella carta. ¡Qué pronto se me había presentado la ocasión de portarme como un servidor honrado, aunque humilde! Lesbia, encontrando ocasión de zaherir a su amiga, me dijo:

—Amaranta es muy rigurosa y cruel con sus criados.

—¡Oh, no señora! —exclamé yo, gozoso de encontrar otra coyuntura de portarme caballerosamente, rechazando la ofensa hecha a quien me daba el pan—. La señora condesa me trata muy bien; pero yo no quiero servir más en palacio.

143

—¿De modo que has dejado a Amaranta?

—Completamente. Me marcharé a Madrid antes de medio día.

—¿Y no querrías entrar en mi servidumbre?

—Estoy decidido a aprender un oficio.

—De modo que hoy estás libre, no dependes de nadie, ni siquiera volverás a ver a tu antigua ama.

—Ya me he despedido de su señoría y no pienso volver allá.

No era verdad lo primero, pero sí lo segundo.

Después, como yo hiciera una profunda reverencia para despedirme, me contuvo diciendo:

—Aguarda: tengo que contestar a la carta que has traído, y puesto que estás hoy sin ocupación, y no tienes quien te detenga, llevarás la respuesta.

Esto me infundió la grata esperanza de que mi capital se engrosara con otro doblón, y aguardé mirando las pinturas del techo y los dibujos de los tapices. Cuando Lesbia hubo concluido su epístola, la selló cuidadosamente y la puso en mis manos, ordenándome que la llevase sin perder un instante. Así lo hice; pero ¿cuál no sería mi sorpresa cuando al llegar al cuerpo de guardia me encontré con la inesperada novedad de que sacaban preso a mi señor el guardia, llevándole bonitamente entre dos soldados de los suyos! Yo temblé como un azogado, creyendo que también iban a echarme mano, pues sabía que no bastaba ser insignificante para librarse de los ministriles, quienes deseando mostrar su celo en la causa del Escorial, comprendían en los voluminosos autos el mayor número posible de personas.

Cometí la indiscreción de entrar en el cuerpo de guardia para curiosear, lo cual hizo que un hombre allí presente, temerosa estantigua con nariz de gancho, espejuelos verdes y larguísimos dientes del mismo color, dirigiese hacia mi rostro aquellas partes del suyo, observándome con tenaz atención y diciendo con la voz más desagradable y bronca que en mi vida oí:

—Este es el muchacho a quien el preso entregó una carta poco antes de caer en poder de la justicia.

Un sudor frío corrió por mi cuerpo al oír tales palabras, y volví la espalda con disimulo para marcharme a toda prisa; pero ¡ay!, no había andado dos pasos, cuando sentí que se clavaban en mi hombro unas como garras de gavilán, pues no otro nombre merecían las afiladas y durísimas uñas del hombre de los espejuelos verdes en cuyo poder había caído. La impresión que experimenté fue tan terrorífica, que nunca pienso olvidarla, pues al encarar con su finísima estampa, los vidrios redondos de sus gafas que recomendaban la pupila cuajada, penetrante y estupefacta del gato, me turbaron hasta lo sumo, y al mismo tiempo sus dientes verdes, afilados sin duda por la voracidad, parecían ansiosos de roerme.

—No vaya usted tan deprisa, caballerito —dijo—, que tal vez haga aquí más falta que en otra parte.

—¿En qué puedo servir a usía? —pregunté melifluamente, comprendiendo que nada me valdría mostrarme altanero con semejante lobo.

—Eso lo veremos —contestó con un gruñido que me obligó a encomendarme a Dios.

Mientras aquel cernícalo, con la formidable zarpa clavada en mi cuello, me llevaba a una pieza inmediata, yo evoqué mis facultades intelectuales para ver si con el esfuerzo combinado de todas ellas encontraba medio de salir de tan apurado trance. En un instante de reflexión, hice el siguiente rapidísimo cálculo: —«Gabriel: este instante es supremo. Nada conseguirás defendiéndote con la fuerza. Si intentas escaparte, estás perdido. De modo que si por medio de algún rasgo de astucia no te libras de las uñas de este pícaro, que te enterrará vivo bajo una losa de papel sellado, ya puedes hacer acto de contrición. Al mismo tiempo llevas sobre ti la honra de una dama que sabe Dios lo que habrá escrito en esta endiablada carta. Con que ánimo, muchacho, serenidad y a ver por dónde se sale.»

Afortunadamente, Dios iluminó mi entendimiento en el instante en que el curial se sentó en un desnudo banquillo, poniéndome delante para que respondiera a sus preguntas. Recordé haber visto al feroz leguleyo en el cuarto de Amaranta, a quien gustaba de ofrecer servilmente sus respetos, y esto con la idea de que mi antigua ama era desafecta a las personas a quienes se formaba la causa, me dio la norma del plan que debía seguir para librarme de aquel vestiglo.

—Conque tú andas llevando y trayendo cartitas, picaronazo —dijo en la plenitud de su curial sevicia, gozándose de antemano con la contemplación imaginaria de las resmas de papel sellado en que había de emparedarme—.

Ahora veremos para quiénes son esas cartas, y si te ocupas en comunicar a los conjurados con los presos, para que burlen la acción de la justicia.

—Señor licenciado —contesté yo recobrando un poco la serenidad—, usted no me conoce, y sin duda me confunde con esos picarones que se ocupan en traer y llevar papelitos a los que están presos en el Noviciado.

—¿Cómo? —exclamó con júbilo—. ¿Estás seguro de que eso pasa?

—Sí, señor—, respondí envalentonándome cada vez más—. Vaya usía ahora mismo con disimulo al patio de los convalecientes, y verá que desde el piso tercero del monasterio echan cartas a la bohardilla valiéndose de unas larguísimas cañas.

—¿Qué me dices?

—Lo que usía oye: y si quiere verlo con sus propios ojos vaya ahora mismo; que esta es la hora que escogen los malvados para su intento, por ser la de la siesta. Ya me podría usía recompensar por la noticia, pues le doy este aviso, para que pueda prestar un gran servicio a nuestro querido Rey.

—Pero tú recibiste una carta del joven alférez, y si no me la das ante todo, ya te ajustaré las cuentas.

—¿Pero el señor licenciado no sabe —contesté—, que soy paje de la excelentísima señora condesa Amaranta, a quien sirvo hace algún tiempo? ¡Y que no me tiene poco cariño mi ama en gracia de Dios! Mil veces ha dicho que ya puede tentarse la ropa el que me tocase tan siquiera al pelo de la misma.

El leguleyo parecía recordar, y como era cierto que me había visto repetidas veces en compañía de mi ama, advertí que su endemoniado rostro se apaciguaba poco a poco.

—Bien sabe el señor licenciado —continué—, que la señora condesa me protege, y habiendo conocido que yo sirvo para algo más que para ese bajo oficio, se propone instruirme y hacer de mí un hombre de provecho. Ya he empezado a estudiar con el padre Antolínez, y después entraré en la casa de pajes, porque ahora hemos descubierto que yo, aunque pobre, soy noble y desciendo en línea recta de unos al modo de duques o marqueses de las islas Chafarinas.

El leguleyo parecía muy preocupado con estas razones que yo pronuncié con mucho desparpajo.

—Y ahora —proseguí—, iba al cuarto de mi ama, que me está esperando, y en cuanto sepa que el señor licenciado me ha detenido se pondrá furiosa: porque ha de saber el señor licenciado que mi ama me manda recorrer estos patios y galerías para oír lo que dicen los partidarios de los presos, y ella lo va apuntando en un libro que tiene, no menos grande que ese banco. Ella va a descubrir muchas cosas malas de esa gente y está muy contenta con mi ayuda, pues dice que sin mí no sabría la mitad de lo que sabe. Por ejemplo, lo de las cañas apuesto a que nadie lo sabe más que yo, y agradézcame el señor licenciado que se lo haya dicho antes que a ninguno.

—Cierto es —dijo el ministril—, que la señora condesa te protege, pues ahora caigo en la cuenta de que algunas veces se lo he oído decir; pero no me explico que tu ama se cartee con el alférez.

—También a mí me llamó la atención —repuse—, porque mi ama decía que ese señor era de los que primero debían ser puestos a la sombra; pero vea el señor licenciado. La carta que recibí era para mi ama; y le decía que viéndose próximo a caer en poder de la justicia, solicitaba la protección de la señora condesa para librarse de aquélla.

—¡Ah, señor Mañara, tunante, trapisondista! —exclamó el representante de la justicia humana—. Quería escaparse de nuestras uñas, poniéndose al amparo de una persona que está demostrando el mayor celo en favor de la causa del Rey.

—Pero no le valieron sus malas mañas, señor licenciadito de mi alma —añadí entusiasmándome—, porque mi ama rompió la carta con desdén, y me mandó contestarle de palabra que nada podía hacer por él.

—¿Y a eso venías?

—Precisamente. Ya sabía yo que no lograba nada el señor alférez. Y me alegro, me alegro. Porque yo digo: esos picarones, ¿no querían quitarle al Rey su corona, y a la Reina la vida? Pues que las paguen todas juntas, que bien merecido tienen el cadalso; y como se descuiden, el señor príncipe de la Paz no se andará por las ramas.

—Bien —dijo algo más benévolo para conmigo, pero sin que se extinguiera su recelo—. Iremos juntos a ver a tu ama, y ella confirmará lo que has dicho.

—Ahora se fue al cuarto del príncipe de la Paz, a quien piensa recomendarme para que entre en la casa de Pajes. Y como el señor licenciado se descuide, no podrá ver a los que echan la caña por los balcones del piso tercero del monasterio. Vaya usía a enterarse de esto, y luego puede pasar al cuarto de mi ama, donde le espero. Ella estará prevenida y recibirá a usía con mucho agasajo, porque le aprecia y estima mucho.

—¿Sí? ¿Le has oído hablar de mí alguna vez? —preguntó vivamente.

—¿Alguna vez? Diga el señor licenciado mil veces. La otra noche estuvo hablando de usía más de dos horas con el príncipe de la Paz, y con el marqués Caballero.

—¿De veras? —preguntó plegando su arrugada boca con una sonrisa indefinible y dejando ver en todo su vasto desarrollo el mapa de su verde dentadura—. ¿Y qué decía?

—Que al señor licenciado se deben todas las averiguaciones que se han hecho en la causa, y otras cosas que no digo por no ofender la modestia de usía.

—Dilas picarón, y no seas corto de genio.

—Pues hizo grandes elogios de usía, ponderando su talento, su mucho saber y su disposición para sacar leyes aunque fuera de un canto rodado. Después añadió que si no le hacían al señor licenciado consejero de Indias o de la sala de alcaldes de Casa y Corte, no tendrían perdón de Dios.

—¿Eso dijo? Veo que eres un chico formal y discreto. Di a la señora condesa que dentro de un momento pasaré a visitarla, para consultar con ella gravísimas cuestiones. Ella sabrá cuánto la aprecio y estimo. Con respecto a ti, al principio pensé que la carta entregada por el alférez era para la duquesa Lesbia.

—¡Quiá! No voy yo al cuarto de esa señora, porque mi ama y ella están reñidas.

—Y como hoy —continuó—, se procederá también a prender a esa señora, que resulta complicada en el proceso lo mismo que su esposo el señor duque...

—¡También prenden a la señora Lesbia! —exclamé asombrado.

—También; ya habrán subido mis compañeros a notificárselo. Con que, joven, sube al cuarto de tu ama, adviértele mi próxima visita.

No esperé más para separarme de hombre tan fiero, y bendiciendo fervorosamente a Dios, salí del cuerpo de guardia, muy satisfecho de la estratagema empleada. Mi primera intención fue correr al cuarto de Lesbia, no solo para devolverle la carta, sino para prevenirla acerca del gran riesgo que su libertad corría; mas cuando subí, noté que la justicia había invadido su vivienda. Era preciso huir de palacio, donde corría gran peligro de caer en poder del atroz licenciado, en cuanto éste, conferenciando con mi ama, descubriese mis estupendas mentiras. Pies, ¿para qué os quiero?, dije, y al punto subí precipitadamente a mi camaranchón, cogí y empaqueté de cualquier modo mi ropa, y sin despedirme de nadie salí del palacio y del monasterio, resuelto a no detenerme hasta Madrid.

A pesar de mi zozobra, no quise partir sin provisiones, y habiéndome surtido en la plaza del pueblo de lo más necesario, eché a andar, volviendo a cada rato la vista, porque me parecía que el licenciado caminaba detrás de mí. Hasta que no desapareció de mi vista la cúpula y las torres del terrible monasterio no recobré la tranquilidad, y después de dos horas de precipitada marcha, me aparté del camino y restauré mis fuerzas con pan, queso y uvas, seguro ya de que por el momento las durísimas uñas del representante de la justicia no se clavarían en mis hombros.

En aquel rato de descanso y esparcimiento, me reí a mis anchas, recordando las mentiras que había empleado para salvarme; pero no me remordía la conciencia por haberlas desembuchado con tanta largueza, puesto que aquellos embustes, con los cuales no perjudicaba a la honra de nadie, eran la única arma que me defendía contra una persecución tan bárbara como injusta. Los trances difíciles aguzan al ingenio, y en cuanto a mí, puedo decir que antes de encontrarme en el que he referido, jamás hubiera sido capaz de inventar tales desatinos. Bien dicen, que las circunstancias hacen al hombre tonto o discreto, aguzando el más rústico entendimiento, u oscureciendo el que se precia de más claro.

Más allá de Torrelodones encontré unos arrieros, que por poco dinero me dejaron montar en sus caballerías, y de este modo llegué a Madrid cómodamente, ya muy avanzada la noche.

XX

Como era tarde, creí que no debía ir a casa de Inés hasta la mañana siguiente, y entré en la de la González, que aún estaba levantada y como sin intención de recogerse todavía. Quedóse muy asombrada al verme entrar, y faltole tiempo para preguntarme lo que me había pasado, y si había ocurrido alguna novedad a la señorita Amaranta. También quiso saber lo de la famosa conjuración, asunto que, según dijo, ocupaba la atención de Madrid entero, y satisfecha su curiosidad en este y otros puntos, me aseguró haber recibido una carta de Lesbia, en que le anunciaba su viaje a la corte dentro de algunos días para acabar de perfeccionarse en el papel de Edelmira.

Aunque el cansancio me rendía, y más deseaba acostarme que hablar, le conté lo de la carta y también el triste caso de la prisión de la duquesa. Pepita, muy alterada con estas noticias, me rogó que le entregase la carta, a lo cual me negué, jurando que la guardaría hasta que pudiese dársela en propia mano a la misma persona de quien la recibí. Ella pareció conformarse con mi negativa, y no hablamos más del asunto. Después le dije que resuelto a aprender un oficio había abandonado a Amaranta para regresar a la corte y me fui a acostar, deseando que llegase pronto la mañana por ver a Inés. Excuso decir que dormí como un talego; levanteme al día siguiente muy a prisa, y mi primera impresión fue una gran pesadumbre. Les contaré a ustedes: al vestirme, busqué entre mis ropas la carta de Lesbia, y la carta no parecía. No quedó en mis bolsillos ni en mi breve equipaje escondrijo que no fuese revuelto; pero no encontré nada. Muy afanado estaba, temiendo que la carta hubiese caído en manos indiscretas, cuando le conté a mi ama lo que me pasaba, preguntándole si había encontrado por el suelo la malhadada epístola. Entonces la pícara, lanzando una carcajada de alegría, me contestó con la mayor desvergüenza:

—No la he encontrado, Gabrielillo, sino que anoche, luego que te dormiste, entré en tu cuarto de puntillas y saqué la carta del bolsillo de tu chaqueta. Aquí la tengo, la he leído, y no la soltaré por nada.

Aquello me indignó sobremanera. Pedile la carta, diciéndole que mi honor me exigía devolverla a su dueña sin que nadie la leyera; mas ella me repuso que yo no tenía honor que conservar, y que en cuanto a la carta no la devolvería, aunque le diesen tantos azotes como letras estaban escritas en ella. Acto continuo me la leyó, y decía así si mal no recuerdo:

«Amado Juan: te perdono la ofensa y los desaires que me has hecho; pero si quieres que crea en tu arrepentimiento, pruébamelo viniendo a cenar conmigo esta noche en mi cuarto, donde acabaré de disipar tus infundados celos, haciéndote comprender que no he amado nunca, ni puedo amar a Isidoro, ese salvaje, presumido comiquillo, a quien solo he hablado alguna vez con objeto de divertirme con su necia pasión. No faltes si no quieres enfadar a tu —Lesbia.— P. D. No temas que te prendan. Primero prenderán al Rey.»

Leída la carta, la González se la guardó en el pecho, diciendo entre risas y chistes, que ni por diez mil duros la devolvería. Todas mis súplicas fueron inútiles, y al fin, cansado de desgañitarme, salí de la casa, muy apesadumbrado con aquel incidente; mas esperando desvanecer mi mal humor con la vista de la infeliz Inés. Dirigime allá muy conmovido, y al entrar por la calle, mirando a los balcones de su casa, decía: «¡Cuán lejos estará de que yo acabo de doblar la esquina y estoy en la calle! Estará sentada detrás de la cortinilla, y aunque no tendría más que asomarse un poco para verme, no me verá hasta que no entre en la casa.»

Llegué, por fin, y desde que me abrió la puerta comprendí que algo grave allí pasaba, porque Inés no corrió a mi encuentro, a pesar de las fuertes voces que di al poner el pie dentro de la casa. Quien primero me recibió fue el padre Celestino, con rostro tan extremadamente compungido, que atribuirse no podía su escualidez a la sola causa del hambre.

—Hijo mío, en mal hora vienes —me dijo—. Aquí tenemos una gran desgracia. Mi hermana, la pobre Juana se nos muere sin remedio.

—¿Pero Inés?

—Buena: pero figúrate cómo estará la pobrecita con el ajetreo de estos días. No se separa del lado de su madre, y si esto siguiera mucho tiempo creo que también se llevaría Dios al pobre angelito de mi sobrina.

—Bien le decíamos a la señora doña Juana que no trabajase tanto.

—Y ¿qué quieres, hijo mío? —respondió—. Ella mantenía la casa; porque ya ves, todavía no me han dado el curato, ni la capellanía, ni la coadjutoría, ni la ración, ni la beca, ni la congrua que me han prometido, aunque tengo la seguridad de que a más tardar la semana que entra se cumplirán mis deseos. Además mi poema latino no hay librero que lo quiera imprimir aunque le dieran dinero encima, y aquí tienes la situación. No sé qué va a ser de nosotros si mi hermana se muere.

Al decir esto, las quijadas del pobre viejo se descoyuntaron en un bostezo descomunal que me probó la magnitud de su hambre. Semejante espectáculo me oprimía el corazón; pero afortunadamente yo tenía algún dinero de mis ahorros y además el doblón de Mañara, lo cual me permitía hacer una hombrada. Echándome la mano al bolsillo, dije:

—Señor cura, en celebración de la congrua que ha de recibir su paternidad la semana que entra, le convido a chuletas.

—No tengo gana —respondió haciendo alarde de aquella gentil delicadeza que le caracterizaba—, y además no quiero que gastes tus ahorros; pero si quieres tú comerlas, que las traigan y aquí te las aderezaremos.

Al instante mandé a una vecina por la carne, y mientras venía, no pudiendo contener mi impaciencia, me interné en busca de Inés. Hallela en la habitación principal, no lejos de la cama de su madre, que dormía profundamente.

—Inesilla, Inesilla de mi corazón —dije corriendo a ella y dándole media docena de abrazos.

Por única respuesta Inés me señaló a la enferma, indicándome que no hiciera ruido.

—Tu madre se pondrá buena —le contesté en voz baja—. ¡Ay, Inesita, cuánto deseaba verte! Vengo a confesarte que soy un bruto, y que tú tienes más talento que el mismo Salomón.

Inés me miró sonriendo con serena tranquilidad, como si de antemano hubiera sabido que yo vendría a hacer tales confesiones. Mi discreta y pobre amiga estaba muy pálida por los insomnios y el trabajo; pero ¡cuánto más hermosa me pareció que la terrible Amaranta! Todo había cambiado, y el equilibrio de mis facultades estaba restablecido.

—Mira, Inesilla —dije besándole las manos—, acertaste en todas tus profecías. Estoy arrepentido de mi gran necedad, y he tenido la suerte de encontrar pronto el desengaño. Bien dicen que los jóvenes nos dejamos alucinar por sueños y fantasmas. Pero, ¡ay!, no todos tienen un buen ángel como tú que les enseñe lo que han de hacer.

—¿De modo que ya no le tendremos a usía de capitán general ni de virrey? —me dijo burlándose de mis locuras.

—No, niñita; no estoy ya por los palacios ni por los uniformes. Si vieras tú qué feas son ciertas cosas cuando se las ve de cerca. El que quiere medrar en los palacios, tiene que cometer mil bajezas, contrarias al honor, porque yo tengo también mi honor, sí señora... Nada, nada: dejémonos de virreinatos y de bambollas. He sido un alma de cántaro; pero bien dice el señor cura, tu tío, que la experiencia es una llama que no alumbra sino quemando. Yo me he quemado vivo; pero ¡ay!, hija, ¡si vieras cuánto he aprendido! Ya te contaré.

—¿Y ya no vuelves allá?

—No, señora; aquí me quedo, porque tengo un proyecto...

—¿Otro proyecto?

—Sí, pero este te ha de gustar, picarona. Voy a aprender un oficio. A ver cuál te parece mejor. ¿Platero, ebanista, comerciante? Lo que tú quieras. Todo menos el de criado.

—Eso no está mal discurrido.

—Pero detrás de este proyecto, está otro mejor —dije gozando de un modo indecible con aquel diálogo—. Sí, hijita, tengo el proyecto de casarme con usted.

La enferma hizo un movimiento, y entonces Inés, atendiendo a su madre, no pudo dar contestación a mis vehementes palabras.

—Yo tengo dieciséis años —continué—, tú quince; de modo que no hay más que hablar. Aprenderé un oficio, en el cual pienso ganar pronto muchísimo dinero, que tú irás guardando para nuestra boda. Verás, verás qué bien vamos a estar. ¿Quieres, sí o no?

—Gabriel —repuso en voz muy baja—, ahora somos muy pobres. Si me quedo huérfana, lo seremos mucho más. A mi tío no le darán nunca lo que está esperando hace catorce años. ¿Qué va a ser de nosotros? Tú no ganarás nada hasta que no pase algún tiempo: no pienses, pues, en locuras.

—Pero, tonta, dentro de cuatro años habré yo ganado más de lo que peso. Entonces, para entonces... Mientras tanto, ya nos arreglaremos. Para algo te ha dado Dios ese talento de doctora de la Iglesia que tienes. Ahora conozco que sin ti no valgo nada, ni sirvo para nada.

Eso después que te reías de mí, cuando te decía: «Gabriel, vas por mal camino.»

—Tenías razón, cordera. ¡Si vieras qué raro es el hombre por dentro, y cómo se equivoca, y cómo ignora hasta lo mismo que le pasa! Cuando salí de aquí creí que no te quería, y como aquella señora me tenía deslumbrado, apenas me acordaba de ti. Pero no: te quería y te quiero más que a mi vida, solo que a veces parece que se le ponen a uno telarañas en los ojos que tenemos por dentro, y no vemos lo mismo que nos pasa en... pues... por dentro. Y al mismo tiempo, querida, tu carita se me venia a la memoria, cuando, decidido a no ceder a los caprichos de aquella dama endemoniada, pensaba que el hombre debe buscarse una fortuna por medios honrosos.

La enferma llamó a su hija, y nuestro dulce coloquio quedó interrumpido. Pero tras el placer que había experimentado conferenciando con Inés, Dios me deparó el no menos grato de ver comer las chuletas al padre Celestino, quien a pesar de la gran necesidad que padecía, no las cató sin hacer mil remilgos, para poner a salvo su dignidad y pundonor.

—He almorzado hace un rato, Gabriel —dijo; pero si te empeñas...

Mientras comía recayó la conversación sobre los asuntos del Escorial, y él que no ocultaba su afición a Godoy, se expresó así:

—Harán bien en extirpar de raíz la conjuración. Pues no es nada la que tenían armada contra nuestros queridos Reyes y ese dignísimo príncipe de la Paz, mi paisano y amigo protector de los menesterosos.

—Pues la opinión general aquí, como en el real Sitio —le contesté—, es favorable al príncipe Fernando, y todos acusan a Godoy de haber fraguado esto para desacreditarle.

—¡Pícaros, embusteros, rufianes! —exclamó furioso el clérigo—. ¿Qué saben ellos de eso? Si conocieran, como yo conozco, las intrigas del partido fernandista... Descuiden, que ya le contaré todo al señor príncipe de la Paz cuando vaya a darle las gracias por mi curato, lo cual, según me ha dicho el oficial de la secretaría, no puede pasar de la semana que entra. ¡Ah! Si tú conocieras al canónigo don Juan de Escóiquiz como le conozco yo... Aquí le tienen por un corderito pascual, y es el bribón mayor que ha vestido sotana en el mundo. ¿Quién sino él se ha opuesto a que me den el curato? Y todo porque en las oposiciones que hicimos en Zaragoza hace treinta y dos años, sobre el tema *Utrum helemosinam*... no recuerdo lo demás... le dejé bastante corrido. Desde entonces me ha tomado grande ojeriza. Cuando estemos más despacio, Gabrielillo, te contaré las mil infames tretas que ha empleado el arcediano de Alcaraz, para conquistar la voluntad de su discípulo. ¡Ah!, yo sé cosas muy gordas. Él es el alma de este negocio; él ha urdido tan indigna trama; él ha estado en tratos con el embajador de Francia, monsieur Beauharnais, para entregar a Napoleón la mitad de España, con tal que ponga en el trono al príncipe heredero, sí señor.

—Pues oiga usted a todo el mundo —respondí—, y verá cómo al señor Escóiquiz le ponen por esas nubes, mientras dicen mil picardías del primer ministro.

—Envidia, chico, envidia. Es que todos le piden colocaciones, destinos y prebendas y como no los puede dar sino a las personas decentes como yo, de aquí que la mayoría se queja, murmura y ya ves. ¿Y podrán negar que se le deben multitud de cosas buenas, como la protección a la enseñanza, la creación del seminario de caballeros pajes, el fomento de la botánica, las escuelas de agricultura, los jardines de aclimatación, la prohibición de enterrar en los templos, y otras muchas reformas útiles, que aunque criticadas por los ignorantes, ello es que son laudables y así ha de reconocerlo la posteridad? Cuando estemos despacio te contaré otras cosas que te harán variar de opinión, y si no, al tiempo. Yo bien sé que me arrastrarán los madrileños si salgo por ahí diciendo estas cosas; pero amigo... *super omnia veritas*.

—Pues hablando de otra cosa —le dije—, aquí donde usted me ve, puede que le haya conseguido un servidor el destinillo que pretendía.

—¿Tú? ¿Qué puedes tú? Godoy quiere servirme, sí, él lo hará sin necesidad de recomendaciones. Y a fe, hijo mío, que si no me colocan pronto, y se muere Juana, lo vamos a pasar mal; pero muy mal.

—Pero doña Juana tiene parientes ricos.

—Sí, Manso Requejo y su hermana Restituta, comerciantes de telas en la calle de la Sal. Ya sabes que son avaros de aquellos de hártate comilón con pasa y media. Jamás han hecho nada por sus parientes. La pobre Inés no tiene que agradecerles ni un pañuelo.

—¡Qué miserables!

—Además, cuando yo me establecí en Madrid, hace catorce años, conocí a ese Requejo. Juana estaba ya viuda, Inés era tamañita así, y tan lindilla y tan amable como ahora. Pues bien: el primo de Juana, a quien yo insté en cierta ocasión para que favoreciera a esa familia, me dijo: «No puedo hacer nada por ellas, porque Juana ha renegado de sus parientes; en cuanto a Inesilla estoy casi seguro de que no es de mi sangre. Me han dicho que es una inclusera, a quien Juana ha recogido haciéndola pasar por hija suya.» Pretexto, nada más que pretexto, para disculpar su avaricia. No me fue posible convencer a aquel bárbaro, y desde entonces no le he vuelto a ver.

—¿De modo que no hay que contar con esa gente?

—Como si no existieran.

Estas palabras me llevaron a reflexionar sobre la suerte de aquella infeliz familia. Hubiera deseado tener los tesoros de Creso para ponérselos a Inés en el cestillo de la costura. Como nunca, sentí entonces imperiosa y viva la primera necesidad del hombre honrado, que está resuelto a no vender su conciencia. No tenía dinero... ¿Cómo adquirirlo?

Fui otra vez al lado de Inés, a quien no podía menos de mostrar a cada instante mi afecto vehemente; y después que conferenciamos otro poco, salí de casa, pensando en el ardid que emplearía para que el padre Celestino recibiese, sin menoscabo de su dignidad, el doblón que me dio Mañara, y diciendo entre mí a cada paso: —¡Maldito dinero! ¿Dónde estás?

XXI

Al entrar en casa de la González, ésta acudió presurosa a mi encuentro, y me causó sorpresa el verla muy alegre, con esa alegría inquieta y febril de los niños, que ríen, cantan, golpean y destrozan cuanto encuentran al paso. Mi ama me habló lo que después diré, y a cada frase se interrumpía para cantar alguna tonada o estribillo de los infinitos que enriquecían su repertorio de sainetes.

—¿Qué pasa para tanta alegría, señora?

—He tenido carta de la señora marquesa —me contestó—, la cual viene mañana a preparar la función. Yo estoy encargada de dirigir la escena.

> Sal quiere el huevo,
> y el demonio del gato
> vertió el salero.

—Buen provecho —dije. ¿Y qué cuenta de la señora Lesbia?

—Que la pusieron en libertad a la media hora conociendo que nada resultaba contra ella. También dejaron libre a don Juan. Pronto les tendremos aquí, y la función no se retrasará. ¡Qué placer! Yo dirijo la escena.

> Madre, y qué gusto
> es ver a dos gitanos
> trocar de burros.

—Pues sea enhorabuena.

—Pero hay un inconveniente, Gabriel —prosiguió—. Ya sabes que ninguno de esos señores quiere hacer el papel de Pésaro por ser muy desairado. Perico Rincón, mi compañero, dijo que lo haría, si le daban mil reales; pero cátate que ha caído con una pulmonía, y si la función es para el 6, no sé cómo nos compondremos. ¿Quieres tú hacer el papel de Pésaro?

—¡Yo!, yo representar —exclamé con espanto—. No quiero ser cómico.

—Pero representas de aficionado, tontuelo; y el honor de salir a las tablas en un teatro como el de la marquesa, es tal, que muchos currutacos se desvivirían por obtenerlo. ¡Y yo dirijo la escena!

En mi casa me dicen
que soy usía, que soy usía,
porque amo a un escribiente
de lotería.

—Con que chico, vas a aprender ese papel; que aunque es superior a tu edad, con unas barbas postizas, arregladas por mí, y teniendo tú cuidado de ahuecar la voz, quedarás que ni pintado. Además, no olvides que la señora marquesa ha ofrecido dos mil reales a todas las partes de por medio que trabajan en esta representación. Juanica, que hace de Hermanacia, no cobra más de mil.

La noche de San Pedro
te puse un ramo,
y amaneció florido
como mil mayos.

¿Con que aceptas, chiquillo, sí o no?

No pude menos de discurrir que sería muy tonto si renunciaba a poseer aquellos dineros, que me venían como anillo al dedo para ofrecer a Inés un auxilio en su tribulación. Sin embargo, me repugnaba el oficio de cómico, y más aún la idea de verme nuevamente entre personas a quienes había cobrado cierta repugnancia. Con todo, después de pesar los inconvenientes y las ventajas, me decidí al fin, y hasta (debo confesarlo) el pícaro demonio de la vanidad intentó de nuevo asaltar mi alma, poniendo ante los ojos de mi imaginación la honra, el lustre, el tono que me daría alternando con tanta gente aristocrática en aquellas magníficas salas cuyas alfombras no era dado pisar a todos los mortales. Pero lo que principalmente me indujo a aceptar fue el premio ofrecido, que era para mí una cantidad fabulosa, un sueño de oro.

—La Providencia divina me envía esos dos mil reales que son diez duros y otros diez, y otros diez, y otros diez, etc... ¡quiá!, si no se pueden contar. Buen tonto seré si no los cojo.

Dejé a mi ama que al retirarme yo cantaba

> Alons, madamusella
> asamble reunion,
> á tour de la butella
> feran le rigodon;

y volví a casa de Inés a quien participé la riqueza que me aguardaba, prometiendo regalársela. Pasé allí largas horas entristecido por el espectáculo que ofrecía la pobre enferma doña Juana, cada vez más empeorada. Al salir a la calle, y cuando pasaba junto al gran portal, vi que de un enorme carro sacaban telones pintados y otros aparatos de teatro, los cuales trastos venían, según me dijo el portero, de casa de don Francisco Goya.

—Dentro de tres o cuatro días —añadió—, es la función. Ya es seguro que vendrá la señora duquesa a hacer el papel de Edelmira.

Oído esto me retiré pensando en que tal vez alcanzaría un triunfo escénico si tenía serenidad suficiente para no asustarme ante público tan distinguido.

Los ensayos de mi papel empezaron con gran actividad, y el mismo Isidoro me dio varias lecciones, haciéndome declamar trozo a trozo los principales y más difíciles pasajes. Entonces pude comprender mejor que nunca el violento y arrebatado carácter del célebre actor, pues cuando yo no aprendía un verso tan pronto y tan bien como él deseaba, se enfurecía llamándome torpe, necio, estúpido, sin omitir otros calificativos algo más duros y malsonantes. Ensayando, tuve muy presente la máxima que corría muy válida entre los cómicos del príncipe, y era que, representando con Máiquez, convenía trabajar bien, aunque no demasiado bien, pues en este caso el gran maestro se enojaba tanto como en el caso contrario.

A los dos o tres días de trabajo ya sabía regularmente mi parte, siendo mi principal empeño declamar bien el parlamento de salida, cuando el dux de Venecia me dice:

> Insigne amigo del valiente Otelo.

Hubo un ensayo general, al que asistieron todos, menos Lesbia, y me parece que no lo hice mal. Por mí la representación no debía retrasarse, y el día 5 ya recitaba del principio al fin mi papel sin que se me escapara un verso. Según me dijo mi ama, la señora duquesa había venido del Escorial el 4 por la noche.

—De modo que nada falta ya.

—Nada —me contestó con la bulliciosa jovialidad que la afectaba por aquellos días—. ¡Y yo dirijo la escena!

Donde yo campo
nenguno campa.
A bailar el bolero
y asar castañas,
apuesto a todo el orbe
con la más guapa.
Dale que dale,
suenen las castañetas,
rabie quien rabie.

Llegó por fin el día señalado, y desde por la mañana muy temprano, me puse en ejercicio, corriendo de aquí para allí en busca de mil cosas que mi antigua ama necesitaba. Los afeites de la calle del Desengaño, los trajes pintados en la de la Reina, las telas y cintas cotonías, muselinetas, pañuelos salpicados de doña Ambrosia de los Linos, todo se puso en movimiento para dar cumplida satisfacción a los caprichos de Pepita. Debo advertir que aunque ésta no trabajaba más que como directora de escena en la tragedia *Otello*, cantaba en el intermedio una graciosa tonadilla; y como fin de fiesta el sainete titulado *La venganza del Zurdillo*, del buen Cruz, corría también por cuenta suya. Mientras desempeñaba yo por Madrid tantas y tan diferentes comisiones, iba recitando de memoria los versos de la parte de Pésaro; y cuando se me trascordaba algún pasaje, sacaba el papel del bolsillo, y metido en un portal, leía en voz alta, llamando la atención de los transeúntes.

Durante mi largo paseo por la villa, noté grande agitación. La gente se detenía formando grupos, donde se hablaba con calor; y en alguno de éstos no faltaba quien leyese un papel, que al punto conocí era la *Gaceta de Madrid.* En la tienda de doña Ambrosia encontré ¡oh rara e inexplicable casualidad!, a don Lino Paniagua y a don Anatolio, el papelista de en frente, cuyos personajes no ocultaban su inquietud por los acontecimientos del día.

—Ya me esperaba yo tan inaudita perfidia —dijo este último—. ¡Cómo se ve en este decreto la mano alevosa del infame *choricero*!

—Pero léanos usted de una vez el decreto —dijo doña Ambrosia—, aunque sin oírlo ya sé que el señor Godoy nos habrá hecho una nueva trastada.

—No es más —continuó el papelista—, sino que han ido a la prisión del príncipe, y poniéndole una pistola al pecho, le han obligado a escribir estas herejías, sí, señores, porque es imposible que un joven tan caballeroso, tan honrado y de tan buen entendimiento como es el hijo de nuestros Reyes, se rebaje y se humille hasta el extremo de pedir perdón como un chico de la escuela, y de acusar tan villanamente a los que le han ayudado.

—Pero lea usted, señor don Anatolio.

Entonces don Anatolio limpió el gaznate, y con tono de pedagogo leyó el famoso decreto de 5 de Noviembre, que empieza así: «*La voz de la naturaleza desarma el brazo de la venganza, y cuando la inadvertencia reclama la piedad, no puede negarse a ello un padre amoroso...*» Lo notable de este decreto, en que se anunciaba a la nación el arrepentimiento del príncipe conspirador, eran las dos cartas que él había dirigido a la Reina y al Rey, y que casi puedo transcribir aquí sin echar mano a la historia, donde están para *in aeternum* consignadas, porque las recuerdo muy bien; tan originales y gráficos eran el lenguaje y tono en que estaban escritas. Decía así la primera:

«Papá mío: he delinquido, he faltado a V. M. como Rey y como padre; pero me arrepiento y ofrezco a V. M. la obediencia más humilde. Nada debía hacer sin noticia de V. M., pero fui sorprendido. He delatado a los culpables, y pido a V. M. me perdone por haberle mentido la otra noche, permitiendo besar sus reales pies a su reconocido hijo —*Fernando.*»

La segunda era como sigue:

«Mamá mía: estoy arrepentido del grandísimo delito que he cometido contra mis padres y Reyes, y así con la mayor humildad le pido a V. M. se digne interceder con papá, que me permita ir a besar sus reales pies a su reconocido hijo —*Fernando*.»

En estas cartas aparecía el pobre príncipe como el más despreciable de los seres, pues demostrando no tener ni asomo de dignidad en la desgracia, confesaba que *había mentido*, y después de *delatar a los culpables*, pedía perdón a sus papás, como un niño de seis años que ha roto una escudilla. Pero entonces los honrados y crédulos burgueses de Madrid no comprendían que ocurriera nada malo sin que fuera causado por el atrevido príncipe de la Paz, y hasta las malas cosechas, los pedriscos, los naufragios, la fiebre amarilla y cuantas calamidades podía enviar el cielo sobre la Península, se atribuían al favorito. Así es que nadie veía en las citadas cartas una manifestación espontánea del príncipe, sino antes bien una denigrante confesión arrancada por sus carceleros, para ponerle en ridículo a los ojos del país entero. Si ésta fue la intención de la corte, produjo efecto muy contrario al que se proponían, pues conocido el decreto, el público se puso de parte del prisionero, y abrumó al valido con su ardiente maledicencia, suponiéndole autor, no solo del decreto, sino de las cartas.

—¿Necesita esto comentarios? —dijo don Anatolio, dejando la *Gaceta* sobre el mostrador.

—Pues yo —dijo doña Ambrosia—, quisiera estar oyendo por el agujero de una llave lo que dice Napoleón de todas estas cosas.

—Eso —indicó con malicioso gesto don Anatolio—, no necesitamos oírlo, pues bien claro es que ya tiene decidido quitar del trono a los Reyes padres, para ponernos en él a nuestro príncipe querido. Sí... que no sabrá hacerlo en menos que canta un gallo el buen señor.

—¡Qué escándalo! —exclamó con timidez don Lino Paniagua—. Y eso se dice en voz alta, donde pudieran oírlo personas allegadas al gobierno.

—¡Bah, bah! —respondió el papelista—. Amigo don Lino, esto se va por la posta. Dentro de un mes no queda aquí ni rastro de *choricero*, ni Reyes padres, ni escándalos, ni picardías, ni otras cosas que callo por respeto a la nación.

—Ojalá tenga usted boca de ángel, señor don Anatolio —añadió la tendera—, y quiera Dios tocarle pronto en el corazón al señor de Bonaparte, para que venga a arreglar las cosas de España.

El abate don Lino no quiso oír más y se marchó; despacháronme a mí, y allí quedaron ambos comerciantes arreglando los asuntos de España.

No quise entrar en casa sin hablar un poco con Pacorro Chinitas que estaba en su sitio de costumbre, afilando cuchillos y tijeras.

—¡Ola, Chinitas! —le dije—. ¡Cuánto tiempo que no nos vemos! Anda la gente muy alarmada por ahí.

—Sí; la *Gaceta* trae hoy no sé qué papel. En la tienda del buñolero le oí leer y decían todos que era preciso colgar al *choricero* por los pies.

—¿De modo que creen ha sido escrito por él?

—¿Y a mí qué más me da? —respondió incorporándose—. Lo que digo es que todos son buenas piezas, y si no vengan acá. Dicen que el ministro sacó de su cabeza esas cartas y obligó al príncipe a firmarlas. ¿Pues para qué las firmó? ¿Es acaso algún niño que todavía está en planas de primera? ¿No tiene veintitrés años? Pues con veintitrés años a la espalda se puede saber lo que se firma y lo que no se firma.

Las razones de Chinitas me parecían de un buen sentido incontestable.

—Aunque no sabes leer ni escribir —le dije—, me parece, Chinitas, que tú tienes más talento que un papa.

—Pues los tenderos, los frailes, los currutacos, los usías, los abates, y los covachuelistas y toda esa gente que anda por ahí, están muy entusiasmados creyendo que Napoleón va a venir a poner al príncipe en el trono. Dios nos la depare buena.

—Y tú, ¿qué crees insigne amolador?

—Creo que somos unos archipámpanos si nos fiamos de Napoleón. Este hombre que ha conquistado la Europa como quien no dice nada, ¿no tendrá ganitas de echarle la zarpa a la mejor tierra del mundo, que es España, cuando vea que los Reyes y los príncipes que la gobiernan andan a la greña como mozas del partido? Él dirá, y con razón: «Pues a esa gente me la como yo con tres regimientos.» Ya ha metido en España más de veinte mil hombres. Ya verás, ya verás, Gabrielillo, lo que te digo. Aquí vamos a ver cosas gordas y es preciso que estemos preparados, porque de nuestros reyes nada se debe esperar y todo lo hemos de hacer nosotros.

Mucho meollo encerraban, como conocí más tarde, estas palabras, las últimas que en aquella ocasión oí a Pacorro Chinitas. Él solo había previsto los acontecimientos con ojo seguro, y en cambio el héroe del siglo, que conocía a España por sus Reyes, por sus ministros y por sus usías, quería saberlo todo y no sabía nada. Su equivocación acerca del país que iba a conquistar se explica fácilmente: supo sin duda lo que decían doña Ambrosia, don Anatolio, el hortera, el padre Salmón y otros personajes; pero, ¡ay!, no oyó hablar al amolador.

XXII

Llegó la noche y la función de la marquesa era preparada con mucha actividad. Cuando dejé las ropas de mi ama en el cuarto que se le había destinado para vestirse, por la escalera pequeña subí al sotabanco, y encontré a Inés muy apesadumbrada, porque los dolores de la enferma se habían recrudecido y mostraba la buena mujer mucha inquietud. Yo estuve allí para consolar a mi amiga y a su buen tío todo el tiempo de que pude disponer; pero al fin me fue forzoso abandonarlos, y bajé a casa de la marquesa muy afligido.

Describiré aquella hermosa mansión para que ustedes puedan formarse idea de su esplendor en tan célebre noche. Don Francisco Goya había sido encargado del ornato de la casa, y casi es excusado elogiar lo que corría por cuenta de tan sabio maestro. Desde el recibimiento hasta la sala había adornado las paredes con guirnaldas de flores y festones de ramaje, hechas aquéllas con papel y éstos con hojas de encina, ambas obras tan perfectas que nada más bello podía apetecer la vista. Las lámparas y candelillas habían sido puestas con mucho arte, también en forma de guirnaldas y festones de diversos colores, su vivo resplandor daba fantástico aspecto a la casa toda.

El primer salón, de cuyas paredes las modas nuevas no habían desterrado aún aquellos hermosos tapices, que pasaban de generación a generación, entre los tesoros vinculados, no perdía con tan espléndidas luminarias su grave aspecto; antes bien, las luces, dando reflejos extraños a las armaduras de cuerpo entero que ocupaban los ángulos, visera calada y lanza en mano, como centinelas de acero, parecían imprimir el movimiento y el calor de la vida a los imaginarios cuerpos que se suponían dentro de ellas. Alegres cuadros de toros disipaban la tristeza producida en el ánimo por otros, en cuyos oscuros lienzos habían sido retratados dos siglos antes por Pantoja de la Cruz o por Sánchez Coello, hasta una docena de personajes ceñudos y sombríos, conquistadores de medio mundo.

Con estas joyas del arte nacional contrastaban notoriamente los muebles recién introducidos por el gusto neoclásico de la Revolución francesa, y no puedo detenerme a describiros las formas griegas, los grupos mitológicos, las figuras de Hora o de Nereida o de Hermes que sobre los relojes, al pie de los candelabros y en las asas de los vasos de flores, lucían sus académicas actitudes. Todos aquellos dioses menores, que, embadurnados en oro, renovaban dentro de los palacios los esplendores del viejo Olimpo, no se avenían muy bien con la desenvoltura de los toreros y las majas que el pincel y el telar habían representado con profusión en tapices y cuadros; pero la mayor parte de las personas no paraban mientes en esta inarmonía.

El salón donde estaba el teatro era el más alegre. Goya había pintado habilísimamente el telón y el marco que componían el frontispicio. El Apolo que tocaba no sé si lira o guitarra en el centro del lienzo, era un majo muy garboso, y a su lado nueve manolas lindísimas demostraban en sus atributos y posiciones que el gran artista se había acordado de las musas. Aquel grupo era encantador, pero al mismo tiempo la más aguda y chistosa sátira que echó al mundo con sus mágicos colores don Francisco Goya; porque hasta el buen Pegaso estaba representado por un poderoso alazán cordobés que, cubierto de arreos comunes, brincaba en segundo término. En el marco menudeaban los amorcillos, copiados con mucho donaire de los pilluelos del Rastro. No era aquélla la primera vez que el autor de los *Caprichos* se burlaba del Parnaso.

Pero dejemos los salones y penetremos entre bastidores, donde el movimiento y la confusión eran tales, que no nos podíamos revolver. Se habían dispuesto varios cuartos para que los actores se vistieran: a Máiquez se señaló uno, otro a mi ama, y en el tercero nos vestíamos, sin distinción de sexos, todos los demás representantes venidos del teatro. Lesbia tenía por tocador el mismo de la señora marquesa, y los dos galanes aficionados se vestían en las habitaciones del amo de la casa. Creo que yo fui el primero que se arregló, trocándome de festivo Gabrielillo en el sombrío Pésaro, que es el Yago de la inmortal tragedia. El traje que me pusieron creo que no pertenecía a época alguna de la historia, y era como todos los que usaron los malos cómicos en las pasadas edades. Hubiera servido para hacer de paje; pero con las barbas que me aplicaron a las quijadas, me transformé de tal modo, que los sastres allí presentes me dieron por el más tétrico y espantable traidor que había salido de sus manos.

Mientras se vestían los demás, di un paseo por el escenario, entreteniéndome en mirar al través de los agujeros del telón la vistosa concurrencia que ya invadía la sala. A quien primero vi fue al joven Mañara, sentado en primera fila junto al telón. Luego advertí que hombres y mujeres dirigieron la vista a la puerta principal, apartándose para dar paso a alguna persona que en aquel momento entraba, y cuya presencia produjo en el alegre concurso general silencio, seguido después de un murmullo de admiración. Una mujer arrogante y hermosísima entró en la sala y avanzaba hacia el centro recibiendo los saludos de amigos y amigas. Vestía de blanco, con uno de aquellos trajes ligeros y ceñidos, que llamaban *volubilis*, llevando sobre el pecho una banda de rosas que la moda designaba con el nombre de *croissures á la victime*. Su peinado, de estilo griego, era el que en la tecnología del arte capilar se llamaba entonces *toilette Iphigenie*. A su hermosura, a la belleza de su vestido, daba mayor realce la artística profusión de diamantes que encendían mil luces microscópicas en su cabeza y en su seno. ¿Necesitaré decir que era Amaranta?

Viéndola no tardaron en encenderse dentro de mí, en los oscuros centros de la imaginación aquellos fuegos vaporosos y tenues, que se me representan como si una llama alcohólica bailase caracoleando dentro de mi cerebro. Mientras la contemplaba, no traje a la memoria el envilecimiento en que habría caído siguiendo en su servicio. Su hermosura era tan hechicera, tan abrumadora, su actitud tan orgullosamente noble, el imperio de sus miradas tan irresistible y despótico, que valía la pena de doblar por un momento la terrible hoja que yo había leído en el libro de su carácter misterioso. Con tal fijeza la miraba, que parecía clavado tras el telón: mis ojos trataban de buscar el rayo de los suyos, seguían los movimientos de su cabeza, y observándole las facciones y el casi imperceptible modular de sus labios, querían adivinar cuáles eran sus palabras, cuáles sus pensamientos en aquel instante. Dentro de poco se alzaría el telón; en mí se fijarían las miradas de toda aquella brillante muchedumbre y especialmente de Amaranta; atenderían a mis estudiadas palabras, y el desarrollo de la acción en que yo tomaba parte, despertaría sin duda la sensibilidad, el interés, el entusiasmo de tan escogido auditorio. Estos razonamientos fueron el aguijón que acabó de despabilar la adormecida vanidad dentro de mí, y lleno de los más necios humos, pensé que hacerse aplaudir de tantas señoras y caballeros era una gloria cuyos rayos debían proyectar clarísima luz sobre la vida entera.

La orquesta, comenzando de improviso la sonata que había de preceder a la representación, hizo llegar al último grado la excitación de mi cerebro. La sangre circulaba velozmente por mis venas, dándome una actividad devoradora; y me ocurrió que tener una casa como aquélla, convidar a tantos y tan nobles amigos, recibir, obsequiar a tal conjunto de bellas damas, debía ser la mayor satisfacción concedida al mortal sobre la tierra. Pero la tragedia iba a empezar; el apuntador estaba en la concha, Isidoro había salido de su cuarto, y la misma Lesbia, menos asustada de lo que yo suponía, se preparaba a salir a la escena. Esto me distrajo, y ya no sentí sino miedo. Pasaron algunos minutos y se alzó el telón.

La tragedia *Otello o el Moro de Venecia*, era una detestable traducción que don Teodoro La Calle había hecho del *Otello de Ducis*, arreglo muy desgraciado del drama de Shakespeare. A pesar de la inmensa escala descendente que aquella gran obra había recorrido desde la eminente cumbre del poeta inglés, hasta la bajísima sima del traductor español, conservaba siempre los elementos dramáticos de su origen y la impresión que ejercía sobre el público era asombrosa. Supongo que todos ustedes conocerán la tragedia primitiva, y así me costará poco darles a conocer las variantes. Los personajes estaban reducidos a siete. Otelo era el mismo. Los caracteres de Casio y Roderigo habían sido fundidos en una figura de segundo término, llamada Loredano, que se presentaba como hijo del Dux. El senador Brabantio era Odalberto y tenía más intervención en la fábula. Desdémona no había cambiado más que de nombre, pues se llamaba Edelmira; Emilia se trocaba en Hermancia, y Yago, el traidor y falso amigo del moro, tenía por nombre Pésaro. La acción estaba muy simplificada, y los recursos escénicos del pañuelo habían desaparecido, sustituyéndolos con una diadema y una carta, que debían pasar de las manos de Edelmira a las de Loredano para que adquiridas luego por Pésaro y presentadas a Otelo, confirmaran la calumnia de aquél. Pero aparte de estas modificaciones y del estilo y de la expresión y energía de los afectos que desde la obra inglesa a la española ponían tanta distancia como del cielo a la tierra, el drama en su estructura íntima era el mismo, y sus escenas se repartían igualmente en cinco actos. Para abreviar intermedios, Máiquez dispuso que en aquella representación se reuniesen los actos segundo y tercero y el cuarto con el quinto, de modo que la obra quedó en tres jornadas.

En la segunda escena, después que el Dux recitó algunos versos, me correspondía salir a mí, haciendo en un parlamento no muy largo la relación de los triunfos militares de Otelo. Con voz muy temblorosa dije los primeros versos:

> ¡Que no hayan sido vuestros mismos ojos
> fieles testigos de su ardor bizarro!

Pero me fui reponiendo poco a poco, y la verdad es que no lo hice tan mal, aunque no corresponda a mi pluma el describirlo. Después entraban en escena Otelo y más tarde Edelmira. Nada puedo deciros de la perfección con que Isidoro dijo ante el senado, el modo y manera con que encendió la llama amorosa en el corazón de Edelmira; y en cuanto a ésta, debo desde luego señalarla como consumada actriz, porque en la misma escena ante el senado, declamó con una sensibilidad que habría envidiado Rita Luna.

En el primer entreacto debían recitar versos Moratín, Arriaza y Vargas Ponce. El escenario se había llenado de personajes que deseaban felicitar a la triunfante Edelmira. Allí vi al diplomático, que no había desistido al parecer de hacer la corte a mi ama, pues corrió presuroso tras ella, diciéndole:

—Puede usted estar segura, adorada Pepita, que *nuestra pasión* quedará en secreto, pues ya se conoce mi reserva en estas delicadísimas materias.

Junto con él había subido al escenario don Leandro Moratín, el cual era entonces un hombre como de cuarenta y cinco años, pálido y serio, de mediana estatura, dulce y apagada voz, con cierta expresión biliosa en su semblante como hombre a quien entristece la hipocondría e inquieta el recelo. En sus conversaciones era siempre mucho menos festivo que en sus escritos; pero tenía semejanza con éstos por la serenidad inalterable en las sátiras más crueles, por el comedimiento, el aticismo, cierta urbanidad solapada e irónica, y la estudiada llaneza de sus conceptos. Nadie le puede quitar la gloria de haber restaurado la comedia española, y *El sí de las niñas*, en cuyo estreno tuve, como he dicho, parte tan principal, me ha parecido siempre una de las obras más acabadas del ingenio. Como hombre, tiene en su abono la fidelidad que guardó al príncipe de la Paz, cuando era moda hacer leña de este gran árbol caído. Verdad es que el poeta vivió y medró bastante a la sombra de aquél cuando estaba en pie, y podía cubrir a muchos con sus frondosas ramas. Si mi opinión pudiera servir de algo, no vacilaría en poner a don Leandro entre los primeros prosistas castellanos; pero su poesía me ha parecido siempre, exceptuando algunas composiciones ligeras, un artificioso tejido, o mejor, un clavazón de durísimos versos, a quienes no pueden dar flexibilidad y brillo todos los martillos de la retórica. Moratín además, en materia de principios literarios, tenía toda la ciencia de su época, que no era mucha; pero aun así, más le hubiera valido emplearla en componer mayor número de obras, que no en señalar con tanta insistencia las faltas de los demás. Murió en 1828, y en sus cartas y papeles no hay indicio de que conociera a Byron, a Goethe ni a Schiller, de modo que bajó al sepulcro creyendo que Goldoni era el primer poeta de su tiempo.

Pido mil perdones por esta digresión, y sigo contando. En el escenario leía Moratín el romance *Cosas pretenden de mí*, que hizo reír a los concurrentes, porque en él pintaba con mucha gracia la perplejidad en que le ponían su médico, sus amigos y sus detractores. El romance era a cada momento interrumpido por afectuosas palmadas, especialmente al llegar al pasaje en que está la conversación de los pedantes; ¿pero quién negará que en aquella composición Moratín no hace otra cosa que una apoteosis de su persona?

Dejemos al grande ingenio asfixiándose en el humo de los plácemes más lisonjeros, y sigamos la intriga del drama que iba a representarse entre bastidores, no menos patético que el comenzado sobre las tablas y ante el público.

XXIII

Al concluir el primer acto, y cuando aún no habían comenzado los poetas a recitar sus versos, sorprendí a Isidoro en conversación muy viva con Lesbia. Aunque hablaban en voz baja, me pareció oír en boca del actor recriminaciones y preguntas del tono más enérgico, y creí advertir en el rostro de la dama cierta confusión o aturdimiento. Cuando se separaron, mi desgracia quiso que Lesbia encarase conmigo, interpelándome de este modo:

—¡Ah, Gabriel! Buena ocasión de hablarte a solas. Ya podrás figurarte para qué. He estado llena de inquietud desde que supe que había sido presa la persona...

—¡Ah!, usía se refiere a la carta —dije atusándome los bigotes postizos, para disimular mi turbación.

—Supongo que no iría a manos extrañas. Supongo que la guardarías, y que la habrás traído esta noche para devolvérmela.

—No señora, no la he traído; pero la buscaré... es decir...

—¡Cómo! —exclamó con mucha inquietud—, ¿la has perdido?

—No señora... quiero decir. La tengo allí... solo que yo... —fue la única respuesta que se me vino a las mientes.

—Confío en tu discreción y en tu honradez —dijo con mucha seriedad—, y espero la carta.

Sin añadir una palabra más se retiró, dejándome muy entristecido por el grave compromiso en que me encontraba. Hice propósito de pedir nuevamente a mi ama que me devolviese la carta, y con esta idea, la llamé aparte como si fuese a confiarle un secreto, y le supliqué del modo más enfático que me diese aquel malhadado objeto, cuya devolución era para mí un caso de honra. Ella se mostró sorprendida, y luego se echó a reír, diciendo:

—Ya no me acordaba de tu carta. No sé dónde está.

Comenzó el segundo acto, que no me ocupaba más que durante una escena, y concluida ésta, me retiré al interior del teatro resuelto a poner en práctica un atrevido pensamiento. Consistía éste en hacer una requisa en el cuarto de mi ama, mientras ésta se hallase fuera. Cuando la González me quitó la carta, recién venido del Escorial, advertí que la guardó en el bolsillo de su traje. Aquel traje era el mismo que había traído a casa de la marquesa; mas habiéndose mudado para la representación de la tonadilla, se lo quitó, y estaba colgado con otras muchas prendas, tales como mantón, chal, enaguas, etc., en una percha puesta al efecto sobre la pared del fondo. Era preciso registrar aquellas ropas. Mi ama, que dirigía la escena, y era la que indicaba las salidas, disponiéndolo todo, no vendría. Yo había quedado libre por todo el acto segundo. Tenía tiempo y coyuntura a propósito para lograr mi objeto, y semejante acción no me parecía muy vituperable, porque mi fin era recobrar por sorpresa, lo que por sorpresa se me había quitado.

Hícelo así, y con tanta cautela como rapidez registré los bolsillos del traje, de los cuales saqué mil baratijas, aunque no lo que tan afanosamente buscaba. Ya había perdido la esperanza de conseguir mi objeto, y casi estaba dispuesto a creer que la carta no volvía a mis manos por hallarse demasiado guardada o quizás rota y perdida, cuando sentí acelerados pasos que se acercaban al cuarto. Temiendo que ella me sorprendiera en tan fea ocupación y no siéndome posible escapar, me oculté bajo la percha y tras los vestidos, cuyas faldas me ofrecían el más seguro escondite. Casi en el mismo instante entraron Lesbia e Isidoro. Aquélla cerró la puerta y ambos se sentaron.

Desde mi escondrijo les veía perfectamente. Máiquez en su traje de Otelo parecía una figura antigua, que animada por misterioso agente, se había desprendido del cuadro en que la grabara con los más calientes colores el pincel veneciano. La tinta oscura con que tenía pintado el rostro fingiendo la tez africana, aumentaba la expresión de sus grandes ojos, la intensidad de su mirada, la blancura de sus dientes y la elocuencia de sus facciones. Un airoso turbante blanco y rojo, sobre cuya tela se cruzaban filas de engastados diamantes, le cubría la cabeza; collares de ámbar y de gruesas perlas daban vueltas a su negro cuello, y desde los hombros hasta el tobillo le cubría un luengo traje talar de tisú de oro, ceñido a la cintura y abierto por los costados para dejar ver las calzas de púrpura estrechamente ajustadas. Alfanje y daga, ambos con riquísima empuñadura, cuajada de pedrerías pendían del tahalí, y en los brazos desnudos, que imitaban el matiz artificial de la cara con una finísima calza de punto color de mulato, y terminada en guante para disfrazar también la mano, lucían dos gruesas esclavas de bronce en figura de sierpe enroscada. Dábale la luz de frente, haciendo resplandecer las facetas de las mil piedras falsas, y el tornasol de tisú verdadero con que se cubría, y añadidas a estos efectos la animación de su fisonomía, la nobleza de sus movimientos, presentaba el más hermoso aspecto de figura humana que es posible imaginar.

Lesbia vestía de tisú de plata, con tanta elegancia como sencillez, y sus cabellos de oro, peinados a la antigua, obedeciendo más bien a la moda coetánea que a la propiedad escénica, se entrelazaban con cintas y rosarios de menudas perlas, no ciertamente falsas como las de Isidoro, sino del más puro y fino oriente. El moro, apretando con sus negras manos las de Lesbia blanquísimas y finas, le dijo:

—Aquí nos podemos hablar un instante.

—Sí, Pepa nos ha dicho que podríamos vernos en su cuarto —repuso ella—; pero esta cita no ha de ser larga, porque la marquesa me espera. Ya sabes que está ahí mi marido.

—¿A qué esa prisa? ¿Por qué no me escribiste desde el Escorial?

—No pude escribir —repuso ella con impaciencia—; pero cuando hablemos despacio, te explicaré...

—Ahora, ahora mismo has de contestar a lo que te pregunto.

—No seas tonto. Me prometiste no ser impertinente, curioso, ni pesado —dijo con coquetería.

—Eso es lo mismo que prometer no amar, y yo te amo, Lesbia, te amo demasiado por mi desgracia.

—¿Estás celoso, Otelo? —preguntó la dama, y luego, tomando el tono trágico, dijo entre burlas y veras:

> ¡Otelo mío! ¡Sí, para ti solo
> mi corazón reserva su cariño!

—Déjate de bromas. Estoy celoso, sí, no puedo ocultártelo —exclamó el moro con viva ansiedad.

—¿De quién?

—¿Y me lo preguntas? Piensas que no he visto a ese necio de Mañara puesto en primera fila, y mirándote como un idiota.

—¿Y no te fundas más que en eso? ¿No tienes otros motivos de sospecha?

—Pues si tuviera otros, desgraciada, ¿estarías con tanta calma delante de mí?

—Poquito a poco, señor Otelo. ¿Sabes que te tengo miedo?

—En el Escorial ese joven se ha jactado públicamente de que le amas —afirmó Isidoro, fijando tan terriblemente sus ojos en el rostro de Lesbia, que parecía querer penetrar hasta el fondo del alma.

—Si te pones así, me marcho más pronto —dijo Lesbia algo desconcertada.

—He recibido varios anónimos. En uno se me decía que ese joven te escribió una carta el día de su prisión, y que tú le contestaste con otra. Además yo sé que ese hombre te obsequia mucho, yo sé que te visitaba en Madrid. ¿Querrás darme explicación sobre esto?

—¡Ah!, tengo una grande y terrible enemiga, a quien supongo autora de los anónimos que has recibido.

—¿Quién es?

—Ya te he hablado de esto en otra ocasión. Es Amaranta; y también te he dicho que tras de la enemistad de la condesa, se esconde el odio de otra persona más alta. Todas las damas que en otro tiempo le servimos con fidelidad, estamos cansadas de presenciar las liviandades que han manchado el trono, y no queremos asociarnos a los escándalos que envilecen esta pobre nación. No te he contado el motivo de nuestra querella; pero ahora mismo la vas a saber, y no te enfades si oyes el nombre de ese mismo Mañara, a quien tanto temes. Parece que Mañara rechazó, cual otro José, los halagos de la elevada persona, cuya pasión se trocó con esto, en odio vivísimo y deseo de venganza. Al mismo tiempo ese joven dio en hacerme la corte, y la mujer ofendida descargó sobre mí su rencor, cuando yo ni siquiera había advertido que Mañara me amaba. Jamás me fijé en semejante hombre. Se emprendió contra mí una guerra terrible y solapada: quitaron sus destinos a cuantos habían sido colocados por mi mediación, y todo su afán se dirigía a buscar los medios de deshonrarme. Viéndome perseguida sin motivo, me hice partidaria del príncipe de Asturias, ofrecí mi auxilio a los conspiradores, y tengo la satisfacción de haber servido eficazmente tan noble causa. A ti puedo revelártelo sin miedo: yo he sido depositaria durante algún tiempo, de la correspondencia establecida entre el canónigo Escóiquiz y el embajador de Francia: en mi casa se reunieron éstos varias veces con otros personajes: yo sola tenía noticia de las primeras conferencias celebradas en el Retiro; yo poseía el secreto de todos los planes descubiertos por una simpleza del príncipe; yo conocía el proyecto de casarle a éste con una princesa imperial; sabía que el duque del Infantado no esperaba más que la orden firmada por Fernando para lanzar a la calle tropa y pueblo... en fin, lo sabía todo.

—Todo cuanto me dices parece inverosímil —dijo Isidoro—. Si es cierto, ¿cómo no te han perseguido abiertamente, cómo te pusieron en libertad a la media hora de estar presa?

—Ya sabía yo que no sería molestada. Poseo un escudo terrible que me defiende contra las asechanzas de la camarilla. Creo haberte contado que cuando intervine en la primera reconciliación de Godoy, cuando intenté por superior encargo, de atraerle de nuevo a palacio, fui depositaria de secretos, cuya publicación haría estremecer de espanto a ciertas personas. Poseo papeles que rebajan y envilecen del modo más repugnante a quien los escribió, y conozco el secreto de la inversión de fondos de obras pías que se emplearon en lo que no tiene nada de piadoso. Esto pasó en una época en que hacíamos excursiones clandestinas fuera de palacio, cuando Amaranta hizo que Goya la retratase desnuda. Hacía un año que estaba viuda: fue cuando por una coincidencia providencial descubrí el gran secreto de su juventud, que me reveló una mujer desconocida que vive orillas del Manzanares, junto a la casa del pintor. Ya te lo he dicho y pienso hacer de manera que nadie lo ignore. De un desgraciado y oculto amor que padeció Amaranta antes de su matrimonio con el conde, nació una criatura que no sé si vive todavía.

—Nunca me hablaste de eso.

—Los padres de Amaranta supieron disimular su deshonra: el joven amante, que pertenecía a una noble familia de Castilla y había venido a Madrid buscando fortuna, huyó a Francia y fue muerto en las guerras de la República.

—Me has referido una curiosa novela —dijo Isidoro—; ¡pero con cuánto arte has desviado la conversación del asunto principal! Al fin confiesas que Mañara te ha hecho la corte.

—Sí, pero jamás he pensado en corresponderle; ni le trato, ni le veo, ni le hablo. Tus celos harán que por primera vez me fije en semejante hombre.

—No, no me convences, no: yo tengo indicios, tengo noticias de que tú amas a ese hombre. ¡Oh!, si mis sospechas se confirmaran... ¿Crees que no he advertido el embobamiento con que atiende a tu declamación?

—Procuraré entonces hacerlo mal para no conmover al público.

—No, no intentes disculparte ni disimular. ¿Por qué aseguras que no te fijas en él, si yo mismo, durante la escena del senado, te he sorprendido mirándole, y aún me parece que le hiciste alguna seña?

—¿Yo?, ¡estás loco! ¡Ah!, no sabes. Mi marido, que dejó sus cacerías para asistir a esta representación, está ahí esta noche, y la pérfida Amaranta, sentada a su lado, le habla con mucho interés. Si me ves que miro al público es porque me inspiran mucha inquietud los coloquios del duque con Amaranta. Temo que ésta le haya dirigido también algún anónimo. Su frialdad y ademán sombrío me indican que sospecha.

—¿Lo ves...? Y con motivo fundado.

—Sí; porque sospecha de ti.

—No... no —exclamó Isidoro—. No trastornes la cuestión. Tú amas a Mañara; con todos tus artificios no puedes arrancar esta sospecha de mi ardiente cerebro. ¡Y ese necio está ahí, gozándose en los aplausos que te prodigan, que adulan su amor propio porque se siente amado de la gloriosa artista! ¡No, no quiero que representes más! ¡Cuando contemplo desde arriba el entusiasmo de tus admiradores, cuando les veo con los ojos fijos en ti, participando de la pasión que indican tus palabras, siento impulsos de saltar del escenario para cerrarles a golpes los ojos con que te miran!

—Me haces estremecer —dijo Lesbia—. No eres Isidoro, eres Otelo en persona. Sosiégate por Dios. Harto sabes lo mucho que te amo. ¿A qué me mortificas con celos ilusorios?

—Disípalos tú.

—¿Cómo, si ninguna razón te convence? Tu violento carácter ha de traerme algún compromiso. Modérate, por Dios, y no seas loco.

—Lo haré si me amas. Tú no sabes quién soy. Isidoro, no consientas rivales ni en la escena, ni fuera de ella. De Isidoro no se ha burlado hasta ahora ninguna mujer, ni menos ningún hombre. Entiéndelo bien.

—Sí, señor mío, estoy en ello —contestó Lesbia en tono jovial y levantándose para retirarse—. Pero aunque esta conversación me agrada mucho, tengo que irme. ¿Sabes que te tengo miedo?

—Quizás con razón. ¿Pero te vas tan pronto? —dijo el moro intentando detenerla aún.

—Sí, me voy —repuso Lesbia—. Ya ha concluido la tonadilla, y pronto empezará el tercer acto.

Y ligera como una corza se marchó. En aquel instante se oyeron los aplausos con que era saludada mi ama al acabar la tonadilla, y poco después entró en su cuarto radiante de júbilo, con el rostro encendido por la emoción, y tan sofocada que al punto dio con su cuerpo en un sofá.

XXIV

—¡Oh, Isidoro! ¿Por qué no has querido oírme? —exclamó con entrecortadas palabras—. Aseguran que lo he hecho muy bien. ¡Cuánto me han aplaudido!

—¿Quieres dejarte de simplezas? —dijo Isidoro de muy mal talante.

—Y a propósito: dicen que Lesbia hace la Edelmira mejor que yo. ¡Lo que puede la hermosura! Con su buen palmito trae sin seso a todos los hombres que hay en la sala. Sobre todo, ahí está uno que no le quita la vista de encima, y parece...

—¡Quieres callar! —exclamó bruscamente el moro.

Después, como hombre que toma repentina resolución, se disipó el fruncimiento temeroso de sus negras cejas, y sentándose junto a la González, le habló en estos términos:

—Pepa, espero de ti un favor.

—Mándame lo que quieras.

—Siempre te has mostrado muy agradecida por todo lo que he hecho en beneficio tuyo. Varias veces has dicho: «¿Qué he de hacer, Isidoro, para corresponder a lo que te debo?» Pues bien, chiquilla, ahora puedes prestarme un gran servicio, con lo cual quedará pagado largamente el hombre que te sacó de la miseria, el que te enseñó el arte escénico, dándote posición, gloria y fortuna.

—Mi agradecimiento durará mientras viva, Isidoro —respondió la cómica con serenidad—. ¿Qué necesitas ahora de mí?

—Si la contrariedad que experimento afectara solo a mi corazón, la resolvería fácilmente, porque sé padecer. Pero tal vez afecte a mi amor propio, tal vez ponga en trance muy terrible mi dignidad, y me resigno a sufrir los desengaños más crueles; pero de ningún modo consiento en hacer ante mis amigos y el mundo un papel desairado y ridículo.

—Ya sé lo que quieres decir. Lesbia me ha dicho que estás celoso; ¡si vieras cómo se ríe de ti, llamándote *el pobre Otelo*!

—No debemos fiarnos de la afición que alguna vez nos muestran esas personas tan superiores a nosotros por su clase. Un abismo nos separa de ellas, y si alguna vez las deslumbramos con nuestro talento y nuestro arte, la ilusión les dura poco tiempo, y concluyen despreciándonos, avergonzadas de habernos amado. Todos los que hemos brillado en la escena conocemos tan triste verdad. ¿No la conoces tú también?

—Sí —dijo mi ama—; y yo creí que tú estuvieras en esa parte más aleccionado que todos los demás.

—Esas personas —prosiguió Isidoro—, nos contemplan desde sus aposentos; su imaginación se trastorna viéndonos remedar los grandes caracteres, las nobles y elevadas pasiones, el amor, el heroísmo, la abnegación, y se enamoran de lo que ven, de un ser ideal en quien se asocia y confunde con nuestra persona, la del héroe que representamos. Con la imaginación excitada, nos buscan entre bastidores y fuera del teatro; pero en cuanto nos tratan un poco y advierten que somos lo mismo, si no peores que los demás, y que todas las sublimidades del arte escénico desaparecen con el vestido y las piedras falsas que arrojamos al concluir el drama, se disipa de un soplo su entusiasmo y no ven en nosotros más que a una turba de tramposos y embusteros farsantes que apenas valen el partido con que se les paga. Hasta ahora, Pepilla, no me habían afectado gran cosa los bruscos desenlaces de las aventuras con que algunas ilustres personas han honrado nuestra profesión; pero esta en que ahora me hallo me afecta profundamente, porque... te lo diré con toda franqueza.

—¿Amas verdaderamente a Lesbia?

—Sí, por mi desgracia; esta pasión no es de aquellas pasajeras y superficiales, que pasan satisfaciendo el afán de un día. Esa mujer ha tenido el arte de ahondar en mi corazón de tal modo, que hoy empiezo a reconocer en mí el embrutecimiento que acompaña a los amores exaltados. Sin duda su coquetería, su frivolidad, los mil artificios de su voluble carácter han realizado en mí este trastorno, y para acabarme de confundir, los celos, la desconfianza y el temor de ser ridículamente suplantado por otro, agitan mi alma de tal modo, que no respondo de lo que podrá pasar.

—¡Hola, hola!, señor Otelo, ¿esas tenemos? —dijo mi ama festivamente—. ¿A quién va usted a matar?

—No te rías, loca —continuó el moro— ¿Has visto en el salón a ese miserable Mañara?

—Sí; ocupa un sillón de primera fila, y no quita los ojos de la señora Edelmira. Verdaderamente, chico, y sin que esto sea confirmar tus sospechas, a todos los que están en el teatro ha llamado la atención el exagerado entusiasmo de ese joven, y más de cuatro han sorprendido las señas que hace a Lesbia durante la comedia. Y además..., yo no lo he visto, pero me han dicho que...

—¿Qué te han dicho?

—Que la duquesa le mira mucho también, y que parece representar solo para él, pues todas las frases notables del drama las dice volviéndose hacia el tal joven, como si quisiera arrojarse en sus brazos.

—¡Oh! Es cierto. ¡Ves! —exclamó Isidoro bramando de furor—. ¡Y se reirán todos de mí!, y ese vil currutaco... ¡Ah! Pepa... quiero descubrir fijamente lo que hay en esto... quiero acabar de una vez estas terribles dudas... Quiero desenmascarar a esa infame, y si me engaña, si ha sido capaz de preferir al amor de un hombre como yo, los necios galanteos de ese vil y despreciable mozuelo... ¡ah! Pepa, Pepa, mi venganza será terrible. Tú me ayudarás en ella; ¿no es verdad que me ayudarás? Tú me lo debes todo, yo te saqué de la miseria; tú no puedes negar a Isidoro la ayuda de tu ingenio para este fin, y proporcionándome placer tan inefable, quedarás descargada de la inmensa deuda de gratitud que tienes conmigo.

Al decir esto, Isidoro se había levantado y daba vueltas en la pequeña habitación como un león enjaulado, pronunciando con trémulo labio palabras rencorosas. Lo raro fue que mi ama, ya porque tal fuera el estado de su espíritu, ya porque creyera oportuno fingir en aquellos momentos, lejos de amedrentarse al ver la ira de su amigo y maestro, contestó con risas a sus ardientes palabras.

—Te ríes —dijo Máiquez deteniéndose ante ella—. Haces bien: ha llegado el momento de que hasta los mete-sillas del teatro se rían de Isidoro. Tú no comprendes esto, chiquilla —añadió sentándose de nuevo—. Tú no tienes vehemencia ni fogosidad en tus sentimientos. En esto te admiro, y quisiera imitarte, porque yo sé muy bien que en las inclinaciones que hasta ahora se te han conocido, has jugado con el amor, tomándolo como un pasatiempo divertido, que entretiene a uno mismo y hace rabiar a los demás; pero hasta ahora, y Dios te libre de ello, no conoces el amor que ocasiona las mortificaciones propias, mientras los demás se ríen a costa nuestra.

—¡Qué orgulloso eres! —contestó seriamente la González—. Hasta en esto quieres saber más que todos.

—Pues si amas de veras, guárdate de enamorarte de esos usías presumidos y orgullosos, que vendrán a ti para satisfacer su vanidad. Ellos no te amarán con noble y desinteresado amor.

—No creo que jamás pueda amar sino al que siendo igual a mí, no se avergüence de tenerme por compañera.

—¡Oh, qué buen sentido, Pepilla! ¿Dónde has aprendido eso? Pero te aconsejo también que no ames a ningún hombre de teatro, si no quieres tener rabiosos celos de todo el público femenino. ¿Sabes tú lo que es eso?

—Harto lo sé.

—De modo que tu amor aún está dentro del teatro. Eso sí que es una desgracia. Tu suerte consistirá en que el galán será de esos que, por falta de genio, no excitan nunca la arrebatada admiración de las bellas de la platea. Serás feliz, Pepilla; si quieres casarte, cuenta con mi protección.

—Estoy muy lejos de aspirar a eso.

—¿Ese bruto será capaz de no amarte? ¿Acaso vale más que tú?

—Muchísimo más —dijo la González aparentando con grandes esfuerzos la serenidad que no tenía.

—Apuesto a que es algún tenor de la compañía de Manolo García. Déjalo por mi cuenta. Si es cierto lo que supongo, si ese loco no te corresponde y prefiere a tu sencillo cariño el falso amor de alguna damisela de estas que arrastran su púrpura por entre los bastidores del teatro, ya sabrás lo que son celos, ¿eh?

—Demasiado lo sé y demasiado padezco, Isidoro —dijo mi ama en tono de cariñosa confianza—; pero yo tengo una ventaja sobre ti, que no poseyendo aún la certeza de tu desgracia, ignoras qué partido tomar; yo conozco ya, sin género de duda que no soy amada, y las circunstancias se han ordenado de tal modo, que me presentan ocasión de tomar venganza.

—¡Oh! Pepa; estás desconocida. No te creí capaz... —indicó Isidoro con energía—. Tú tomarás venganza. Descuida, te ayudaré, si tú me ayudas a mí en la averiguación y en el castigo de las infamias de Lesbia. Pero dime, chiquilla, dime quién es ese hombre. Sé franca conmigo; yo soy tu mejor amigo.

—Te lo diré más tarde, Isidoro. Por ahora me he propuesto guardar secreto.

—Tú vales mucho, Pepilla —añadió el cómico con acento reflexivo—. No esperaba encontrar en ti un eco tan fiel de lo que en mí está pasando. ¡Y ese miserable te desprecia por otra, ignorando las bondades de tu fiel corazón! Dime quién es. ¿Será el mismo Manuel García? Por supuesto, chiquilla, ya sabrás cuánto padece la dignidad, el amor propio, al ver que otra persona posee el afecto que nos pertenece. Te mortificará horriblemente la idea de la triste figura que harás ante el mundo, el pensamiento de los comentarios que hará sobre tu ridícula posición el envidioso vulgo, y al considerar que tú, la persona acostumbrada a rendir a tus pies los corazones, se ve menospreciada por uno solo, rabiará tu orgullo herido, y llorarás en silencio, viéndote más baja de lo que creías.

—En esto —contestó mi ama con patética voz—, no nos parecemos. Tú estás frenético de celos; pero antes que al desaire de que ha sido objeto tu corazón, atiendes a lo que sufre tu dignidad, la dignidad del gran Isidoro, que siempre desprecia sin ser nunca despreciado; te enfureces al considerar que se ríen de ti los envidiosos, y esas terribles voces de venganza no las pronuncia tu amor, sino tu orgullo. Yo no soy así: amo el secreto; y si triunfara, gustaría de tener oculta mi felicidad: nada me importaría que el hombre a quien amo, aparentara galantear a todas las mujeres de la tierra, con tal que en realidad a ninguna amase más que a mí.

—Eres singular, Pepilla, y me estás descubriendo tesoros de bondad que no sospechaba existiesen en tu corazón.

—Yo —continuó mi ama más conmovida—, no vivo más que para él, y los demás me importan poco. Contigo debo ser franca y decírtelo todo, menos su nombre, que nadie debe saber. Yo no sé cómo ni cuándo empezó mi funesto amor, y me parece que nací con esta viva inclinación, más dominadora cuanto más intento sofocarla. Por él sacrificaría gustosa mi vida. Tú quizás no comprensas esto; ni menos que yo sacrifique mi reputación de artista, el aprecio y la admiración de la multitud. ¿Qué importa todo eso? Se ama a la persona por la persona y no por la vanidad de poseerla.

—El que te ha inspirado tan noble cariño, sin corresponder a él —dijo Isidoro con brío—, es un miserable que merece arrastrar su existencia despreciado de todo el mundo. ¿No puedo saber tampoco quién es la mujer preferida?

—Tampoco debes saberlo —replicó mi ama, y después, no pudiendo contener el llanto, exclamó así: —Yo no soy cruel; yo no deseaba una venganza que puede ser muy terrible; pero se me ha venido a las manos y he de llevarla adelante.

—Haces bien —dijo Isidoro recreándose con pensamientos de exterminio—. Véngate: yo también me vengaré. Nos ayudaremos el uno al otro. ¿Puedo servirte de algo?

—De mucho —dijo mi ama secando sus lágrimas—. Espero que tu ayuda será de la mayor eficacia.

—¿Y yo puedo contar contigo?

—¿Y me lo preguntas?

—Oye bien: Lesbia confía en tu amistad. ¿No ha celebrado en tu casa entrevista alguna con ese joven?

—Hasta ahora no.

—Pues la celebrará. Si ella no te lo propone, propónselo tú con buenos modos.

—¿Cuál es tu objeto?

—Sorprenderla en algún sitio con ese Mañara. Ella busca siempre las casas de las amigas que no son de su clase, para evitar de este modo la vigilancia de su familia y de su esposo.

—Entiendo.

—Confío en que no te dejarás sobornar por ella, y en que ante todas las consideraciones, será para ti la primera el servicio que me prestes, a mí, tu protector, tu amigo. Espero que te será muy fácil lo que propongo. Si van a tu casa, les entretienes allí, y me avisas. Yo haré de manera que ese joven se acuerde de mí para toda la vida.

—Ya tiemblas de gozo, al pensar en tu venganza —dijo mi ama—. Lo mismo me pasa a mí; pero con más motivo, porque la mía está más cercana.

—¿Puedo confiar en ti? ¿Me pondrás al corriente de todo cuanto veas?

—Puedes estar tranquilo, Isidoro. Tú no me conoces bien: en esta ocasión sabrás lo que soy.

—Y tú ¿qué crees? —preguntó el moro con interés—. ¿Crees que tengo razón? ¿Lesbia amará a ese hombre?

—Sí creo que te engaña del modo más miserable; creo que todos los que asisten a la representación se ríen de ti esta noche y el afortunado amante no cabe en sí de satisfacción y orgullo.

—¡Rayos y centellas! —dijo Máiquez con más furia—. Le escupiré la cara desde el escenario. ¡Oh! Pepilla: yo admiro y envidio tu tranquilidad. No desees nunca parecerte a mí; ojalá no sepas nunca lo que son estas culebras de fuego que se enroscan dentro de mi pecho y desparraman por mis arterias su veneno. ¡Oh, qué gran talento tuvo ese poeta inglés que inventó el *Otelo*! ¡Qué bien pintó la rabia del celoso, la horrible fruición con que se recrea, pensando que ha de poner el cuerpo inanimado y sangriento de su rival ante los ojos que le cautivaron! ¡Qué razón tuvo al suponer el corazón de la mujer antro de maldades y perfidias; qué bien se comprende la espantosa determinación del moro, y el terrible placer de su alma al considerarse sepultando el cuchillo en los miembros palpitantes de quien le ofendió, y arrastrar después su infame cadáver!

—¿Qué cadáver, Isidoro? ¿El de él o el de ella? —preguntó mi ama con frialdad.

—El de los dos —contestó Otelo cerrando los puños—. ¿Con que dices que se ríen de mí? ¡Y lo saben todos, y me observan, y estoy sirviendo de espectáculo a ese miserable zascandil! De modo que Isidoro es el hazme reír de las gentes, y tendrá que ocultarse y huir para evitar las burlas de los envidiosos, y ya ninguna mujer se dignará mirarle a la cara. Pero tú, si sabías esto que pasa, ¿por qué no me lo dijiste? ¡Eres tonta sin duda! ¡Oh!, no tengo amigos verdaderos... nadie se interesa por mi honor ni por mi decoro. ¡Estoy solo!... pero solo ¡vive Dios!, sabré volver al lugar que me corresponde.

Diciendo esto, se levantó con resuelto ademán. En aquel momento sonaron algunos golpes en la puerta: era la señal que llamaba a todos los actores para empezar el tercer acto. Máiquez iba a salir; pero al dar los primeros pasos un objeto cayó de su cintura al suelo. Era la daga con puño de metal y hoja de madera plateada: Pepa, durante la conversación había estado jugando con la larga cadena que la sostenía y ésta se rompió.

—Se ha saltado un eslabón —dijo mi ama recogiendo el arma—: yo te la compondré enseguida atándola fuertemente.

Isidoro salió, y mi ama, acercándose a una mesa arrimada a la pared de en frente, se entretuvo durante un rato y con mucha prisa en una operación

184

que no pude ver; pero presumí fuera la compostura de la cadena rota. Al fin salió, y quedándome solo, pude dejar mi sofocante escondite para correr a la escena.

XXV

Dio principio el último acto, donde ocurren las principales escenas del drama. En él Pésaro despierta poco a poco los celos en el alma del crédulo moro hasta que, engañándole con cruel y mañosa calumnia, precipita el trágico desenlace. La importancia de mi papel, me obligaba, pues, a fijar en él toda mi atención, apartándola de las impresiones recientemente recibidas. Durante mi primera escena con *Otelo*, advertí que Máiquez, inquieto y receloso, dirigía sus miradas al joven Mañara, sentado muy cerca del escenario: a causa de la ansiedad de su alma, el gran histrión desatendía impensadamente la representación. A veces algunas de mis frases se quedaban sin réplica; también suprimía él bastantes versos, y hasta llegó a trabarse su expedita lengua en uno de los pasajes donde acostumbraba hacerse aplaudir más. El auditorio estaba descontento, pues aunque conocía las genialidades de Isidoro, no creía natural que se permitiera tales descuidos en una representación de confianza y amistad verificada ante lo más selecto de sus admiradores. El silencio reinaba en la sala, y solo un sordo murmullo de sorpresa o enfado acogía los versos, mal sentidos y fríamente dichos por el príncipe de nuestros actores.

Mas se esperaba verle repuesto en la segunda escena entre Otelo y Pésaro. Este, urdiendo muy bien la trama que ideó contra Edelmira su diabólica astucia, adquiere al fin las pruebas materiales que Otelo exige para creer en la infidelidad de la veneciana. Aquellas pruebas son una diadema entregada por Edelmira a Loredano, y cierta carta que su padre le obligó a firmar, amenazándola con matarse si no lo hacía. Ni la entrega de la diadema ni la carta firmada por fuerza, eran pruebas que ante la fría razón comprometerían el honor de la esposa de Otelo: pero éste, en su ciego arrebato y salvaje impetuosidad, no necesitaba más para caer en la trampa.

Antes de comenzar esta escena, y hallándome entre bastidores, oí a los concurrentes quejarse de la torpeza de Isidoro, y alguno achacó este defecto no al gran actor, sino a mí, por haberle irritado con mi detestable declamación. Esto me ofendió, y creyéndome autor del deslucimiento de la pieza, resolví hacer todos los esfuerzos de que era capaz para arrancar algún aplauso.

Mi ama, como he dicho, dirigía la escena; indicaba las entradas y salidas; cuidando de entregar a cada actor los objetos de que debía hacer uso durante la representación. Diome la diadema y la carta y salí en busca de Otelo que estaba solo en las tablas concluyendo su monólogo. Entonces empecé aquella grandiosa escena, que es patética, sublime y arrebatadora aun después de haber sido tamizada por el romo ingenio de don Teodoro la Calle.

—¿Sabes tú padecer? —le dije—, y al punto Isidoro mirándome sombríamente, repuso:

—Me han enseñado.

—Y sin agitación —dije yo— ¿el triste aviso de un infortunio grande escuchar puedes?

—Hombre soy.

—Respondió con calma.

Continuó el diálogo, y parecía que Isidoro recobraba todo su genio, pues los versos, inspirados por el recelo y la ansiedad, le salían del fondo del alma. Cuando dijo:

—¡Infeliz!, ¡la prueba necesito! ¡Con que dámela luego!

Me apretó tan fuertemente la muñeca y sus rabiosos ojos me miraron con tanta furia, que perdí la serenidad, y por un instante los versos que seguían a aquella demanda, huyeron de mi memoria. Pero no tardé en reponerme: le di la diadema, y poco después la carta.

Mas en el momento en que vi en sus manos el fatal papel, un súbito estremecimiento sacudió todo mi ser, y me quedé mudo de espanto. En el color y en los dobleces del papel, en la forma de la letra, que distinguí claramente cuando él fijó en ella la vista, reconocí la carta que Lesbia me había dado en el Escorial para Mañara, y que después mi ama sustrajo de mis ropas al llegar a Madrid.

Otelo debía leer en voz alta la carta, que según el drama decía: «Padre mío: conozco la sin razón con que os he ultrajado. Vos solo tenéis derecho de disponer de vuestra hija-*Edelmira*.» Pero el pliego que la pícara Pepa había hecho llegar a sus manos, decía: «Amado Juan: Te perdono la ofensa y los desaires que me has hecho; pero si quieres que crea en tu arrepentimiento; pruébamelo viniendo a cenar conmigo esta noche en mi cuarto, donde acabaré de disipar tus infundados celos, haciéndote comprender que no he amado nunca, ni puedo amar a Isidoro, ese salvaje y presumido comiquillo, a quien solo he hablado alguna vez deseando divertirme con su necia pasión. No faltes, si no quieres enfadar a tu —*Lesbia.*

»P.D. No temas que te prendan. Primero prenderán al Rey.»

Ocurrió una cosa singular. Isidoro leyó el papel en silencio; sus labios secos y lívidos temblaron, y como si aún creyera que era ilusión lo que veía, lo leyó y releyó de nuevo mientras el público, ignorando la causa de aquel silencio, mostró su asombro en un sordo murmullo. Isidoro al fin alzó la vista, se pasó las manos por la frente; parecía despertar de un sueño; balbuceó algunas voces terribles, cerró los ojos, como tratando de serenarse y reanudar su papel; dio algunos pasos hacia el público y retrocedió luego. Los rumores aumentaron; el apuntador le llamó repitiendo con fuerza los versos, hasta que al fin Isidoro se estremeció todo, su semblante se encendió vivamente, cerró los puños, agitó los brazos, golpeó el suelo, y declamó los terribles versos siguientes:

> Mira: ves el papel, ves la diadema;
> pues yo quiero empaparlos, sumergirlos,
> en la sangre infeliz y detestable,
> en esa sangre impura que abomino.
> ¿Concibes mi placer, cuando yo vea
> sobre el cadáver, pálido, marchito,
> de ese rival traidor, de ese tirano,
> el cuerpo de su amante reunido?

Jamás estos versos se habían declamado en la escena española con tan fogosa elocuencia, con tan aterradora expresión. El artificio del drama había desaparecido, y el hombre mismo, el bárbaro y apasionado Otelo espantaba al auditorio con las voces de su inflamada ira. Un aplauso atronador y unánime estremeció la sala, porque nunca los concurrentes habían visto perfección semejante. Después las facciones del moro se alteraron; su rostro palideció: oprimiose el pecho con ambas manos, y su voz, trocando el áspero tono en otro desgarrador y patético, dijo:

> Las recias tempestades

el viento anuncia con terrible ruido;
el rayo con relámpagos avisa
su golpe destructor, y los rugidos
del león su presencia nos advierten;
mas la mujer con ánimo tranquilo
y aparentes halagos nos destroza
el corazón cual pérfido asesino.

Nueva explosión de entusiastas aplausos. Las mujeres lloraban, algunos hombres no podían conservar su entereza y lloraban también. La concurrencia estaba estremecida, atónita, electrizada, y cada cual, suspensa y postergada su propia naturaleza, vivía momentáneamente con la naturaleza y las pasiones de Otelo.

La representación seguía: fuese Otelo, cambió la escena, apareció la cámara de Edelmira. Entretanto, todos me preguntaban la causa de la turbación y desasosiego de Isidoro; mas yo no sabía qué responder.

Entre bastidores le buscamos con inquietud, pero no le podíamos ver por ninguna parte, ni nadie se daba razón de dónde pudiera encontrarse. Edelmira dijo los versos de su monólogo con extraordinaria sensibilidad: no cesaba de mirar a Mañara, y la vanidosa coquetería de sus ojos, parecía decir: «¡qué bien represento!», mientras el afortunado amante, embebecido en contemplarla, parecía contestarle: «¡qué guapa estás!»

Y así era. Lesbia estaba encantadora, con los cabellos sueltos sobre la espalda, y el ligero vestido blanco que le ceñía el cuerpo indolente. Entró luego Hermancia, la fiel amiga, y Edelmira le contó sus tristes presentimientos. ¡Qué tono tan melancólico y dulce tenía su voz al expresar el temor de la muerte funesta! ¡Cuán grande interés despertaba su pena! Aunque yo había visto muchas veces la misma tragedia, dentro de la escena, y había perdido toda ilusión, en aquella noche sentía un terror inexplicable, y me conmovía la suerte de la infeliz e inocente Edelmira.

La esposa de Otelo, ansiando desahogar la sofocante angustia de su pecho, toma el arpa y entona la canción de Laura al pie del sauce, cuyos lastimeros quejidos son la voz de la misma muerte. Edelmira, a quien Manuel García había enseñado la hermosa estrofa, cantó con dulce y poética expresión. Su voz parecía que nos penetraba hasta los huesos, y nos hacía estremecer con horripilante escalofrío, como el contacto de una hoja de acero.

Cesó la canción y sonó la tempestad en el interior del teatro. El público estaba tan impresionado que ni siquiera aplaudía. Acostose Edelmira y todo quedó en profundo silencio. Otelo debía aparecer, y en el breve momento en que estuvo la escena muda, profundísimo silencio reinaba en la sala. Yo creí sentir el palpitar de los corazones; pero solo escuchaba las oscilaciones del mío. La más ardorosa inquietud se había apoderado de mí, y miré en torno buscando una persona de confianza a quien comunicar mis recelos; pero no vi sino el pálido semblante de mi ama que se esforzaba en reír diciendo:

—¡Qué bien ha hecho Lesbia su papel! Me confieso derrotada, pues representa mil veces mejor que yo. Pero ahora verán ustedes a Isidoro. Esta noche está más inspirado que nunca.

Observé a Máiquez que ya decía los primeros versos de la escena junto al lecho de la veneciana. Su rostro aparentaba una serenidad meditabunda. Cuando alzó las cortinas del lecho y dijo con voz calmosa:

> No... tú no morirás... ¡cuánto realzan
> su hermosura estas lúgubres antorchas!

un rumor confuso surgió del apiñado auditorio; lloraban casi todas las mujeres, y los hombres se esforzaban en sostener el decoro de la insensibilidad. Otelo acerca su rostro al de Edelmira y dice con extasiado amor:

> ¡Con qué pureza respirar la siento!
> ¿Qué poderoso hechizo es el que arrastra
> mi persona a la suya con tal fuerza?

Edelmira despierta con sobresalto. Otelo disimula al principio; mas luego no oculta el objeto que le trae, y Edelmira aterrada y confusa, jura que es inocente. Nada convence al terrible moro, que mudando de improviso la expresión de su fisonomía, exclama con ferocidad y descompuestos ademanes:

> Mírame, ¿me conoces... me conoces?

El auditorio se estremeció de terror. Algunas señoras se desmayaron, y oyéronse voces acongojadas que decían: «Piedad, piedad para Edelmira... es inocente... ese infame Pésaro tiene la culpa... que traigan a Pésaro.»

Isidoro sacó el papel y lo mostró con fiero ademán a Lesbia, quien lanzó un grito terrible sin decir los versos que correspondían en aquel momento. Otelo se acercó más a Edelmira, y Edelmira hizo un movimiento para saltar del lecho. Se le habían olvidado los versos; pero al fin, dominando un poco su turbación, recordó algo, y el diálogo siguió así:

Edelmira: ¿Y qué quieres decirme?
Otelo: Preparaos.
Edelmira: ¿Pero a qué?
Otelo: Este acero os lo señala.

Diciendo esto, Isidoro desenvainó la daga; en lugar de la hoja de madera plateada, vimos brillar en su mano una reluciente hoja de acero. La conmoción fue general entre bastidores. Lanzose Edelmira del lecho con precipitación y azoramiento, y recorrió la escena gritando como una loca: «¡Favor, favor... que me mata! ¡Al asesino!»

No puedo pintaros lo que fue aquel momento en la escena y fuera de ella. Los espectadores de primera fila trataron de subir al escenario en el momento en que Lesbia perseguida por Isidoro, fue asida por el vigoroso brazo de éste. En el mismo instante, no pudiendo contenerme, me abalancé hacia la dama como impulsado por un resorte, y abracéme estrechamente a ella. El puñal de Isidoro se levantó sobre mí. La presencia inesperada de una víctima extraña hizo sin duda que el moro volviera en sí de su furiosa obcecación; conmoviose todo, pareció que un velo se descorría ante sus ojos, arrojó el puñal, quiso recobrar su aplomo; pronunció algún verso tremendo clavando sus manos en mí, como si yo fuera Edelmira; ésta, desprendiéndose de mis brazos, cayó al suelo desmayada, y al punto nos vimos rodeados de multitud de personas. Todo esto pasó en unos cuantos segundos.

XXVI

El escenario se llenó de gente. La condesa, alzada al instante del suelo, fue objeto de solícitos cuidados. Al poco rato desvaneciose su desmayo, abrió los ojos y dijo algunas palabras. No tenía la más ligera lesión, y todo había concluido sin más consecuencias que las del susto. Su palidez y la alteración de su semblante eran extraordinarias; pero aún había entre los circunstantes una persona más alterada y más pálida: era mi ama.

Isidoro parecía embrutecido y avergonzado. Transcurrió media hora, y cuando fue indudable que no había ocurrido ninguna desgracia que se temía, entablose una discusión muy viva sobre aquel acontecimiento, que la mayoría de los presentes consideraba bajo el punto de vista artístico; y era opinión de muchos que exaltado hasta un extremo de delirio el genio artístico de Máiquez, se identificó con su papel de un modo perfecto.

—Pues lejos de ser el camino de la perfección artística —dijo Moratín—, lleva derecho a la corrupción del gusto, y extinguirá en las ficciones el decoro y la gracia, para confundirlas con la repugnante realidad.

—Ni eso es representar, ni eso es nada —dijo Arriaza, que como es sabido, detestaba a Isidoro—. Desde que ese caballero introdujo aquí la escuela francesa, ha corrompido el arte de la declamación.

—Nunca he visto a Máiquez tan apasionado y fogoso —indicó un caballero que se unió al grupo—. Me parece que en la escena ha pasado algo extraño a la comedia.

Otro joven acercó sus labios al oído del primero, y por un rato le habló en voz muy baja. Después a los cuchicheos siguieron las risas. Pasó Mañara no lejos de allí, y todos fijaron la vista en él.

—Bien se explica la ferocidad de Isidoro —dijo uno.

—Hasta aquí —añadió Moratín—, siempre se le ha visto contenerse dentro del límite de las conveniencias escénicas.

—Me acuerdo de cuando Isidoro era un pedazo de hielo —dijo Arriaza—. En el teatro no le llamaban sino el *marmolillo*.

—Es verdad —repuso Moratín—. Pero cuando volvió de París vino muy corregido, y no puede negarse que es un actor de gran mérito. En lo patético no tiene igual; en lo trágico suele carecer de fuego: pero esta noche lo ha tenido con exceso.

—Le he tratado bastante —dijo un tercero—. Es hombre de pasiones enérgicas. Como actor consumado, comprende bien que el arte es una ficción, y representando no deja nunca de ser comedido y decoroso. Esta noche, sin embargo, le hemos visto tal cual es.

Otro personaje se acercó al grupo.

—¿Qué le ha parecido a usted, señor duque, el desenlace de la tragedia? —le preguntó Arriaza.

—¡Magnífico! Esto se llama representar —contestó el marido de Lesbia—. Parecía aquello la misma realidad. Pero no consentiré que mi esposa salga otra vez a la escena. Representa demasiado bien y entusiasma y trastorna a los actores que la acompañan.

Un abanico tocó el hombro del señor duque; volviose éste, y Amaranta entró en el corrillo. Todos la saludaron, disputándose a porfía el honor de dirigirle la palabra. Ella habló así:

—Bien dije a usted, señor duque, que no había nada que temer. Un exceso de inspiración dramática y nada más.

—El exceso es malo en todo: yo creí que la duquesa iba a perecer a manos de Isidoro por un exceso de inspiración.

—Además —dijo Amaranta—, quizás alguna causa que no conocemos...

Al decir esto pareció que los pies de la hermosa dama habían tocado algún objeto arrojado en el escenario. Apartose ella vivamente, apartáronse todos, y las faldas de Amaranta, al deslizarse sobre el piso, dejaron ver un papel arrugado. Como si aquel papel fuera un tesoro de inestimable precio, Amaranta bajose a cogerlo, y después de mirarlo rápidamente, lo guardó en su bolsillo. Era la carta fatal, como diría un novelista.

—¿Alguna causa que no conocemos?... —preguntó el duque continuando la conversación interrumpida.

—Sí —contestó la dama—; y me parece que puedo sacarle a usted de dudas... Pero tengo que ir al cuarto de la González. Allí le aguardo a usted y hablaremos.

Quedaron solos los hombres otra vez. La marquesa atravesó la escena preguntando por Isidoro.

—¿Será posible —decía—, que no pueda representarse *La venganza del Zurdillo*? ¡Pepa!... ¿Pero dónde está Pepa?

Esta pregunta se dirigió a mí, y al instante marché en busca de mi ama. No estaba en su cuarto, y sí en el de Máiquez, quien una vez pasada la excitación del terrible momento, se esforzaba en aparecer tranquilo y hasta risueño, aunque era fácil conocer que la rabia no se había extinguido en su pecho.

—¡Qué broma tan pesada, Isidoro! —dijo la marquesa asomándose a la puerta—. Aún no me he recobrado del susto.

—Es verdad, señora —dijo el actor—; pero la señora duquesa tiene la culpa, por la perfección con que ha hecho su papel. Su incomparable talento tuvo el don, no solo de transportarla a ella, sino de transportarme a mí mismo a la esfera de la realidad. Jamás me ha pasado cosa igual desde que piso las tablas. Un actor inglés, representando en cierta ocasión a Otelo, mató a la cómica que hacía de Desdémona. Esto me parecía inverosímil; pero ahora comprendo que puede ser verdad.

—¿No se suspenderá *La venganza del Zurdillo*?

—Por ningún caso. Hace falta reír un poco, señora marquesa.

Retirose ésta y después que salieron algunos amigos de Máiquez, que le acompañaban, el actor quedó solo con mi ama y conmigo.

—Ven acá —me dijo el actor, apretándome vigorosamente el brazo—. ¿Quién te dio aquella carta?

Señalé a mi ama.

—Fui yo —dijo ésta—. Quería que conocieras el corazón de Lesbia.

—¿Por qué no me la diste en otra parte? Me has puesto al borde del abismo; he estado a punto de cometer un crimen. Mi furor fue tan grande cuando leí aquel papel, que lo olvidé todo, y aunque en el instante que estuve fuera de la escena procuré serenarme, mi cólera se encendió más, y... ya sabes lo que pasó. Cuando la vi en la escena final quise contenerme; pero sus miradas, su acento, me irritaban cada vez más, y sentí en mí una crueldad, una ferocidad que nunca había conocido. Recordaba sus tiernas promesas, sus apasionados arrebatos de amor, su falsa sencillez, y por un momento creí que hasta era un deber castigar a aquel monstruo de falsedad e hipocresía. Cuando saqué el puñal y advertí que era una hoja de acero, experimenté un placer indecible. ¡Ay, Pepa! ¡Qué momento! No sé cómo no la maté; no sé cómo en aquel instante no me perdí y me deshonré para siempre. Si Gabriel no se hubiera abrazado a ella cubriéndola con su cuerpo, creo que a estas horas... no lo quiero pensar.

—A estas horas —dijo mi ama—, estarías llorando sobre el cadáver de tu amante, herida por tu propia mano.

—No, Pepa, no; ya no la amo. La lectura de la carta ha ahuyentado de mí todo sentimiento amoroso: ya no tengo para ella más que un desprecio, una repugnancia de que no puedes formar idea. Me espanto de haber amado a semejante mujer. Pero di: ¿fuiste tú quien trocó el puñal de teatro por la hoja de acero?

—Sí; yo fui.

—¿Luego tú —exclamó con asombro, lo preparaste todo? ¿Qué interés, qué intención...?

—¡La aborrezco con toda mi alma!

—¡Y quisiste hacerme instrumento de un crimen! Hace poco hablabas de tu venganza. ¿Por qué aborreces a Lesbia?

—La aborrezco porque... la aborrezco.

—¿Y no te remuerde la conciencia de un sentimiento que te lleva hasta el crimen?

—¡La conciencia!... ¡Un crimen! —dijo mi ama con cierta enajenación, y después ocultando el rostro entre las manos empezó a llorar amargamente, exclamando—. ¡Oh! ¡Dios mío, qué desgraciada soy!

—Pepa, ¿qué tienes? ¿qué es eso? —dijo Isidoro sentándose junto a ella, y apartándole las manos del rostro—. Pero tú... Con que tú... De modo que tú...

Dieron golpes en la puerta, y una voz dijo: «El sainete: que va a empezar el sainete.»

El aviso no distrajo a los dos actores. Pepa seguía llorando e Isidoro lleno de asombro.

XXVII

Creí prudente retirarme, no solo porque allí no hacía falta ninguna, sino porque en mi mente bullía, inquietándome mucho, un proyecto que al fin decidí poner en ejecución sin pérdida de tiempo. Dirigime lleno de resolución al cuarto de mi ama. Amaranta estaba allí y estaba sola.

—¡Oh Gabriel! —me dijo— ¿tienes valor para presentarte delante de mí? ¿Sabes que tienes un modo singular de despedirte? Veo que eres un farsantuelo de quien nadie debe fiarse. Di: ¿es esa la lealtad con que tú acostumbras pagar a tus favorecedores?

—Señora —repuse desafiando el rayo de sus ojos, como el marino desafía la tempestad—, el oficio a que usía me pensaba dedicar en palacio no era de mi gusto. Si no me despedí de mi ama, fue porque el temor de que me prendieran me obligó a salir del real Sitio.

—No puedo negar —dijo riendo—, que te burlaste con mucha gracia del licenciado Lobo. Bien decía yo que eras un chico de mucha disposición. Pero el talento más fecundo permanece oculto hasta que encuentra ocasión de mostrarse. Aquel rasgo de ingenio habría sido completo, habría sido sublime, si me hubieras entregado la carta.

—No me la habían dado para usía.

—Lo cierto es que no fue a poder de su dueña. Pepa te la quitó, y ha hecho de ella el uso que sabes. Tampoco ella quiso entregármela; pero al fin la casualidad la ha traído a mis manos. ¿La ves?

—Creo que usía me la entregará, porque esa carta es mía, me pertenece, tengo que devolverla a su dueño —dije con resolución.

—¡Devolvértela! ¿Tú estás loco? —exclamó Amaranta riendo como quien oye un gran despropósito.

—Sí señora, porque el recobrarla es para mí una cuestión de honor.

—¡Honor! —dijo la dama riendo más fuerte. ¿Acaso tienes tú honor? ¿Sabes tú lo que es eso, chiquillo?

—¿Pues no he de saber? —respondí—. Cuando usía me propuso el oficio de espía, sentí que se me subía un calorcillo a la cara; y me pareció que me estaba viendo a mí mismo en aquel empleo y en los de engañar, fingir y mentir... y viéndome me daba espanto... y un sudor se me iba y otro se me venía, porque el Gabriel que mi madre echó al mundo, se entretiene a veces oyendo lo que él mismo se dice por dentro acerca de la manera de ser caballero decente y honrado. Cuando la señora duquesa me pidió su carta, y yo no podía dársela sentí el mismo embarazo... y también me ocurrió que no devolviendo el papel y permitiendo que otras personas sigan haciendo mal uso de él, el señor Gabrielillo no vale dos cuartos. Si esto no es el honor, que venga Dios y lo vea.

Amaranta pareció muy sorprendida de estas razones, y me dijo con bondad:

—Tales ideas no son propias de ti. Tiempo tienes, cuando seas mayor, de tener todo el honor que quieras. Cada vez te encuentro más propio para desempeñar a mi lado los empleos de que te hablé. Me parece que has empezado bien el curso en la universidad del mundo; y o mucho me engaño, o te bastarán pocas lecciones más, para ser maestro.

—Creo que usía no se equivoca —respondí—, y en cuanto a las lecciones que usía me ha dado, me parece que han sido de provecho.

—¿Y no renuncias a tus proyectos de ser... como decías?... —me preguntó irónicamente.

—No señora, sigo en mis trece —contesté sin turbarme—, y a lo mejor va a tener usía el gusto de verme príncipe o tal vez de rey en cualquier reino que las damas de la corte sacarán para mí. Si no hay más que ponerse a ello, como dice Inesilla.

—Pero di, chiquillo: ¿de veras creíste tú que ya te estaban labrando la espada de general o la corona de duque?

—Como esta es noche. Y usía, que se me figuraba una divinidad bajada del cielo para favorecerme, acabó de trastornarme el juicio, enseñándome lo que debía hacer para echarme a cuestas el manto regio o cuando menos para ponerme los galones de capitán general.

—Parece que te burlas; ¿qué quieres decir?

—Digo que desde que usía me dijo que el camino de la fortuna estaba en escuchar tras de los tapices, y llevar y traer chismes de cámara en cámara, se han arreglado las cosas de tal modo, que sin querer estoy descubriendo secretos, y aunque quiero taparme las orejas, las picaronas se empeñan en oír...

—¡Ah! Tú quieres revelarme algo que has oído —dijo Amaranta con complacencia—. Siéntate y habla.

—Lo haré de buena gana, si usía me devuelve la carta de la señora duquesa.

—Eso no lo pienses.

—Pues entonces callaré como un marmolejo. En cambio contaré una historia parecida a la que usía me refirió, aunque no es tan bonita. No la he leído en ningún libro viejo, sino que la oí... Estas condenadas orejas mías...

—Pues empieza —dijo la condesa con alguna perplejidad.

—Hace quince años había en Madrid una damita muy guapa, muy guapa, que se llamaba... no me acuerdo su nombre. Esto no pasaba en ningún reino apartado ni antiguo, sino en Madrid, y no se trata de sultanes ni de grandes ni pequeños visires, sino de una damita muy linda, la cual damita se enamoró de un joven de buena familia que vino a la corte a buscar fortuna. Parece que los padres se oponían; pero la damita amaba ciegamente al joven; y como todo lo vence el amor, entre éste y el demonio proporcionaron a los dos jóvenes entrevistas secretas que...

Amaranta se puso pálida, y su mismo asombro la tenía muda.

—Pues es el caso que la damita dio a luz una criatura— continué.

—No estoy aquí para oír necedades —dijo Amaranta dominando su ira.

—Pronto concluyo. Dio a luz una criaturita: huyó el joven a Francia temiendo ser perseguido, y los padres de la damita se dieron tan buena maña para echar tierra a aquel negocio, que nada se supo en la corte. La damita se casó después con el conde de no sé cuántos... y nada más.

—Veo que eres rematadamente necio. No quiero oír más tus simplezas —dijo la dama, cuyo semblante se cubría de vivísimo carmín.

—Aún falta un poquito. Más tarde lo descubrieron algunas personas; y hablaron de esto en sitio donde yo lo oí; pero como soy tan curioso, y ahora ando amaestrándome en los chismes y enredos para ver si llego a general o a príncipe, no me contento con aquellas noticias y voy a que me dé más una mujer que vive orillas del Manzanares, junto a la casa de don Francisco Goya.

—¡Oh! —exclamó Amaranta furiosa—. Sal de aquí, desvergonzado mozalbete. ¿Qué me importan tus ridículas historias?

—Y como estas noticias no tienen valor hasta que no se traen de aquí para ahí, pienso comunicárselas a la señora marquesa para que me ayude en mis pesquisas. ¿No cree usía señora condesa, que esta es una excelente idea?

—Veo que sabes manejar la calumnia y las bajas y miserables intrigas. Supongo quién habrá sido tu maestro. Vete Gabriel, me repugnas.

—Me iré y callaré; pero es preciso que usía me vuelva la carta.

—Miserable rapaz: ¡quieres burlarte de mí, quieres medir conmigo tus indignas armas! —exclamó levantándose de su asiento.

Su actitud decidida me turbó un poco; pero hice esfuerzos por reponerme, y continué así:

—Para hacer fortuna no hay medio mejor que el espionaje y la intriguilla: el que posee secretos graves lo tiene todo, y ahora salimos con que voy a conseguir dos mitras, ocho canonjías, veinte bastones de coronel, cien capellanías y mil plazas de contaduría para todos mis amigos.

—Déjame, no quiero verte. ¿Has oído?

—Pero antes me dará usía la carta. Si no he de llevar un recadito a la señora marquesa, o al señor diplomático, que como hombre reservado no lo dirá a alma viviente.

—¡Ah!, imbécil, cuánto te desprecio —dijo revolviendo en su bolsillo con febril inquietud—. Toma, toma la carta, vete con ella, y jamás vuelvas a ponerte delante de mí.

Diciendo esto, arrojó en el suelo la carta que recogió un servidor de ustedes.

Después, sentándose de nuevo, volvió hacia mí su rostro siempre bello, y me dijo:

—¡Quién te ha enseñado esas travesuras? Eres un necio.

—De los necios se hacen los discretos —contesté—. Dando con un buen maestro... Si usía no me hubiera despabilado tanto... Oyendo y viendo se aprende mucho, señora; y yo, desde que entré al servicio de usía hasta hoy, no he desperdiciado el tiempo. Bien haya quien me ha abierto los ojitos que ven y las orejitas que oyen. Para ser discreto es preciso haber sido tonto.

Cuando pronuncié esta extraña sentencia, Amaranta echó sobre mí una mirada de orgulloso desdén, y señalome la puerta. ¡Ay!, estaba hermosa,

hermosa como nunca. Su noble ademán, sus mejillas teñidas de leve púrpura, el incendio de sus ojos, la agitación de su seno encantaban la vista, y no era posible aborrecerla. Indudablemente, señores, el mal es a veces lindísimo.

Ya me marchaba, cuando entró el señor duque acompañado del diplomático.

—Aquí estoy, Amaranta —dijo el primero—. Me habló usted de causas que no conocemos...

—No le hagas caso, sobrina —exclamó el marqués—. ¿Pues no ha dado en la flor de estar celoso? Y dice que en el caso de Otelo él haría lo mismo.

—Sí —dijo el duque—. Si yo sospechara de mi mujer la mataría.

—No me refería a nada que no fuese algún motivo artístico —indicó secamente Amaranta.

—No consiento que mi mujer salga más a las tablas en compañía de ese bárbaro Otelo. La pobrecita debe de haber padecido mucho. Pero veo que en mi ausencia han ocurrido grandes novedades. Parece que también han querido ponerla presa. ¡Pobre cordera mía! ¿Cómo es posible que haya dado motivos para eso...? Si es la bondad, si es la dulzura en persona.

—Son tantos los que han sido incluidos en la causa... —dijo Amaranta—. Pero por mediación mía se la puso al instante en libertad.

—¡Oh!, gracias, querida condesa. Verdad es que Lesbia es amiga de usted desde la infancia, y entre amigas... ¿Y no se la molestará más?

—No —dijo el diplomático—. Felizmente puede arrancarse de la causa todo lo que conviene, ¿no es verdad, sobrina?

—Sí; precisamente se ha hecho eso con todo lo que se refiere al príncipe, porque como ha confesado y hecho acto de contrición de todas sus faltas... Los jueces tienen buena mano, y suprimirán todo lo que se quiera, dejando la causa tal como convenga presentarla al público.

—Eso está muy bien dispuesto —afirmó el diplomático—, y prueba que hay tacto en el Gobierno. ¿Y Napoleón?

—Napoleón ha exigido que no se le nombre para nada, y por esto ha sido preciso eliminar también cuanto a él se refiere. Aunque consta que el príncipe le escribió y tuvo tratos con su embajador, los jueces se comerán todas las declaraciones y documentos en que esto se vea, para que Bonaparte quede contento.

—Bien, bien, eso me tranquiliza —afirmó el diplomático con mucho énfasis—, y así lo pondré en conocimiento del príncipe Borghese, del príncipe Piombino, de S.A. el gran duque de Aremberg. Por supuesto, os encargo que no digáis a nadie mis propósitos; ¿lo oyes Amaranta? ¿Lo oye usted, señor duque? ¡Ah!, al duque no se le puede confiar un secreto. Todo lo dice.

—¿Qué? —preguntó Amaranta.

—Por más que me empeño en que la más absoluta reserva sirva de impenetrable velo a lo que ocurre entre la González y yo...

El señor marqués no abandona sus antiguas mañas —dijo el duque.

—No hijo; es que sin saber cómo ni cuándo... Nada he puesto de mi parte. Hace tiempo que Pepita ha manifestado que hallaba en mí cierto encanto... Pero la pícara no se cuida de disimular; ahora mismo, durante el sainete, me echaba unas miradas... ¡Y qué bien ha representado! Nunca la he visto tan alegre, tan graciosa, tan juguetona, tan vivaracha. La verdad es que me está comprometiendo. ¿Lo creerás, sobrina? Yo me empeño en ocultarlo, porque... ya sabes... ese es mi carácter, y ella... pero si todo el mundo lo sabe. Al concluir el sainete, no he podido menos de acercarme a ella, y le he dicho: «Disimule usted Pepa, no olvide usted que la reserva es hermana gemela de la... digo, del amor.» Sin duda por obedecer esta advertencia, se ha marchado con Isidoro, fingiéndose muy contenta en su compañía. Ambos iban muy amartelados, y cualquiera menos listo que yo, los habría tenido por amantes.

—Tal vez —dijo Amaranta.

Salí del cuarto. Cuando después de buscar ávidamente a Lesbia por el escenario, di con ella al fin y la entregué la carta, me dijo con mucha ansiedad mientras la guardaba:

—¡Ah, Gabrielillo! Esta noche me has salvado la vida dos veces.

XXVIII

No quise estar más allí; salí decidido a huir para siempre del vergonzoso arrimo de cómicos y danzantes, de damas intrigantuelas y de hombres corrompidos y fatuos. Al salir, un vivo deseo de correr a casa de Inés llenaba mi alma toda. Volé al cuarto piso tomando la pequeña escalera, y por el camino, en mi precipitada marcha, iba arrojando los postizos y adornos que me habían servido para la representación. Aquí dejé las barbas y bigotes, allí las plumas de mi sombrero, más allá la escarcela, y por último eché a rodar el tahalí y el collar. Me parecían prendas de ignominia que no debían ir sobre mí al presentarme en la casa del reposo.

Subí y entré: el padre Celestino me abrió la puerta, y al punto advertí que sus ojos habían llorado.

—La pobre doña Juana ha muerto hace dos horas —dijo contestando a mis preguntas.

Esta noticia dio a todo mi ser el frío y la inmovilidad de una estatua. Sepulcral silencio reinaba en la casa. En el fondo del pasillo vi la puerta de la sala, cuyo recinto iluminaba una claridad rojiza. Acerquéme con pasos lentos y conteniendo con la mano el latir de mi corazón que parecía querer salírseme del pecho. Desde el umbral vi el cuerpo de la santa mujer vestido de negro, y sobre el mismo lecho en que había sido abandonado por el alma: sus manos cruzadas en actitud de orar, sus cerrados ojos y la apacible y tranquila expresión de su semblante blanco como el mármol, más que el aspecto de la triste muerte, dábanle la fisonomía propia de un recogimiento meditabundo y de aquel místico sueño que es en las gentes de exaltada piedad, como un viaje al cielo para volver.

Junto a ella, y sentada en el suelo, con la cabeza entre las manos y apoyada en el lecho, estaba Inés. Su llanto tranquilo era el natural desahogo de un dolor resignado, propio de quien acostumbraba a relacionar las penas y las alegrías con la voluntad de arriba. No hizo movimiento alguno para mirarme, ni yo seguramente lo merecía. Una sola vela de cera, cuya llama puntiaguda y movible señalaba al cielo con leve oscilación, iluminaba la silenciosa sala; y las imágenes de vírgenes y santos que había en la pared, como afectadas del fúnebre cuadro, parecían tener en sus rostros inusitada gravedad.

A pesar de mi aflicción, yo experimentaba ante aquel espectáculo una especie de alivio moral que me es imposible expresar con palabras. Aquella tranquilidad que acompañaba a una gran pena, aquella paz de espíritu que cubría el dolor, como las alas del misterioso ángel protegen el alma, al salir turbada y temerosa del cuerpo pecador; aquel silencio de la mujer muerta, que me hacía oír en lo profundo de mi mente un lejano y celeste coro de triunfante música; el sereno llorar de la huérfana, cuyo dolor modesto no acusaba a la suerte, ni a la casualidad, ni a otro alguno de los irrisorios dioses que ha creado el holgazán entendimiento humano; aquel aspecto de resignación; el reposo imperturbable que ni aun la muerte había alterado en aquella mansión de la conciencia pura, de los deberes, de la religión, del sencillo amor, fueron para mi espíritu como un aura serena, como un templado y regenerador ambiente que equilibra y uniforma la atmósfera por tempestades revuelta o agitada por opuestas corrientes. Jamás he podido comparar con más propiedad mi alma con la imagen de un terso lago, de igual y no alterada superficie, ni jamás he distinguido con tanta claridad el lejano fondo. Cual si mi pecho hubiese estado por largo tiempo privado de fácil respiración, mis pulmones se dilataron y mi aliento sacaba del corazón un gran peso...

El cura me sacó de tales abstracciones llamándome fuera.

—La pobre Juana —me dijo enjugando una lágrima—, no tuvo tiempo de ver satisfecho el deseo de toda mi vida.

—¿Pues qué? usted..

—Sí, hijo mío; poco antes de su muerte recibí este papel en que se me nombra ecónomo de la iglesia parroquial de Aranjuez. Al fin se me ha hecho justicia. No me ha cogido de nuevo, y bien te decía yo que había de ser esta semana. ¿Ves, Gabrielillo? Dios ha acudido oportunamente a nosotros en esta desgracia. Ya Inés no quedará desamparada, ni tendrá que pedir auxilio a los parientes de Juana.

—¡Pobre Inés! —exclamé—. A ella consagraré mi vida entera. Viviré por ella y solo por ella.

—¡Ah! —dijo el clérigo—. Ocurre una cosa singularísima, querido Gabriel. ¿Sabes que la pobre Juana me ha hecho antes de morir una revelación que... a ti puedo confiarlo porque casi eres de la familia.

—¿Qué?

—Después que confesó, llamome aparte y me dijo que Inés no es hija suya... ¡Si vieras qué historia tan singular! Estoy confundido, absorto. Pues, sí, Inés no es hija suya, sino de una gran señora que...

—¿Qué dice usted? —exclamé con el mayor asombro.

—Lo que oyes: la verdadera madre... ya comprenderás que en esto hubo una de esas secretas aventuras, que deshonran a una noble familia. La verdadera madre abandonó a esa pobre niña, y... ya te contaré despacio.

—Pero el nombre, el nombre de esa señora es lo que quiero saber.

—Juana iba a revelármelo: su relación la había fatigado mucho, y la palabra tembló en sus labios ya paralizados por la muerte.

Tal noticia produjo en mí espantosa confusión: volví a la sala y contemplé a la muerta, casi esperando que sus labios pudieran articular el deseado nombre.

—¿Es posible, Dios mío —dije dirigiendo mi mente al cielo—, que no hagas bajar un rayo de vida a este yerto cadáver para que su fría lengua se mueva y pronuncie una sola palabra?

En mi ansiedad, hasta tuve por un momento la esperanza de que el cadáver reanimado por mis ruegos, volviese a la vida para revelarme el misterio del nacimiento de Inés.

—¡Qué loco soy! —dije después—. No faltarán medios de averiguarlo.

Desde entonces Inés fue para mí el resumen de la vida. Si antes no la hubiera amado, su desgracia me habría inclinado con invencible fuerza hacia ella. Empleé los dos mil reales en el entierro de la difunta, y en el viaje que el padre Celestino y la huérfana hicieron a Aranjuez, donde se instalaron. Yo regresé a Madrid. Inés, reclamada después por los parientes de doña Juana, sufrió martirios y desgracias, cuyo recuerdo hace aún estremecer de angustia mi corazón. Creímos al fin asegurada nuestra felicidad; pero vinieron aciagos y terribles días: vino la revolución de Aranjuez, vino el Dos de Mayo, día de sangre y luto; los franceses inmolaron muchas víctimas; Inés cayó en poder de los invasores... pero ahora me faltan fuerzas para relatar tan horrorosos acontecimientos. Estoy fatigado y necesito tomar aliento para seguir contando.

Fin de La Corte de Carlos IV

Madrid, abril-mayo de 1873.

Libros a la carta

A la carta es un servicio especializado para

empresas,

librerías,

bibliotecas,

editoriales

y centros de enseñanza;

y permite confeccionar libros que, por su formato y concepción, sirven a los propósitos más específicos de estas instituciones.

Las empresas nos encargan ediciones personalizadas para marketing editorial o para regalos institucionales. Y los interesados solicitan, a título personal, ediciones antiguas, o no disponibles en el mercado; y las acompañan con notas y comentarios críticos.

Las ediciones tienen como apoyo un libro de estilo con todo tipo de referencias sobre los criterios de tratamiento tipográfico aplicados a nuestros libros que puede ser consultado en Linkgua-ediciones.com.

Linkgua edita por encargo diferentes versiones de una misma obra con distintos tratamientos ortotipográficos (actualizaciones de carácter divulgativo de un clásico, o versiones estrictamente fieles a la edición original de referencia).

Este servicio de ediciones a la carta le permitirá, si usted se dedica a la enseñanza, tener una forma de hacer pública su interpretación de un texto y, sobre una versión digitalizada «base», usted podrá introducir interpretaciones del texto fuente. Es un tópico que los profesores denuncien en clase los desmanes de una edición, o vayan comentando errores de interpretación de un texto y esta es una solución útil a esa necesidad del mundo académico.

Asimismo publicamos de manera sistemática, en un mismo catálogo, tesis doctorales y actas de congresos académicos, que son distribuidas a través de nuestra Web.

El servicio de «libros a la carta» funciona de dos formas.

1. Tenemos un fondo de libros digitalizados que usted puede personalizar en tiradas de al menos cinco ejemplares. Estas personalizaciones pueden ser de todo tipo: añadir notas de clase para uso de un grupo de estudiantes,

introducir logos corporativos para uso con fines de marketing empresarial, etc. etc.

2. Buscamos libros descatalogados de otras editoriales y los reeditamos en tiradas cortas a petición de un cliente.

www.ingramcontent.com/pod-product-compliance
Lightning Source LLC
Chambersburg PA
CBHW020645260626
47157CB00008B/2912